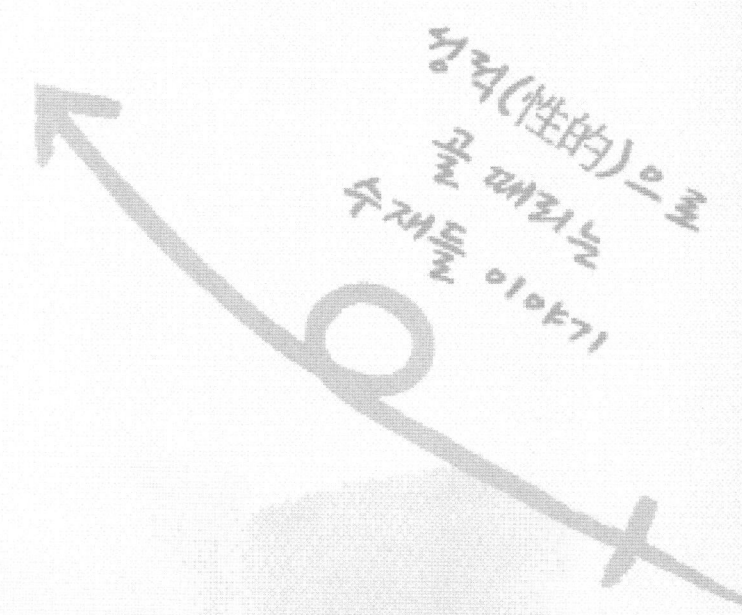

성적(性的)으로
꼴 때리는
수재들 이야기

이홍사 장편소설

비타민Q

뿌리출판사

비타민 Q

이홍사 장편소설

뿌리출판사

머리말이나 서문이라기보다는

출간의 변(辨)이라 해야 함이 마땅하리라.

혹시, 소설이 아우성치는 소리를 들은 적이 있는가?

나는 매일 아침 그 아우성에 몸서리를 친다.

컴퓨터를 켜고 내 문서를 클릭하면 소설이 아우성이다.

왜 활자화시켜 주지 않느냐고,

이대로 사장(死藏)시킬 거냐고,

물론 내 가슴에서 이는 아우성이겠지만

나를, 피곤하게 하고 창작의욕이 떨어지게 만든다.

나는 나를 추스르며

출간을 결심했다.

너무 피곤해서 한 결심이다.

안티들이 상당히 많을 게다.

어느 비평가나 문인에게 해설을 부탁할 소재가 아니다.

평론가나 독자들의 예리한 비평의 칼날에 의해

이 소설의 오장육부가 갈기갈기 찢어지고 난도질 당할 것이다.

각오 한다.

이를 악물고 단두대에 올라서는 기분으로 책으로 묶는다.

솔직히 내 소설의 주인공인 비타민Q가 되어

픽션 같은 생활을 한 번이라고 체험하고 싶다.

이번 생이 아니라 다음 생이 될지라도.

그리고

마지막 병상에 누워 이 소설을 정독하며 오탈자를 잡아주고

하늘 소풍을 떠난 친동생 같은 후배 김교환,

때로는 친구 같고 때로는 스승이 되어준

김교환에게 마음속의 국화 한 다발과 함께 이 책을 바친다.

2013년 가을에

이홍사

Q 1

-세상에! 참신하게도 비타민Q 라는 물건이 다 있네?

언젠가 코끼리 녀석과 마주앉은 돼지 국밥집에서 그릇을 거둬가는 아주머니가 우리 얘기를 듣고 불쑥 흘린 말이다.

비타민Q가 참신한가? 모르시는 말씀!

비타민Q란? 어떤 의약 물질의 성분이 아니라 동물, 동물 중에서도 인간, 인간 중에서도 프로이드의 영향을 받아 카사노바의 기질이 다분한 작자의 별명이다. 그 별명이 붙여진 기이한 작자가 누구인가? 은근히 궁금해 할 적에 '바로 너다!' 라고 깜짝 놀라도록 소리치고 지목한다면 누구나 '씨발' 이라는 폭발적인 접두사가 불쑥 튀어나오기에 충분요소를 두루 갖춘 별명이다.

비타민에는 여러 종류가 있다.

비타민A부터 B, C, D, E까지, 그 중에서도 비타민 B는 1번부터 12번까지 분류된다. 비타민은 그 종류가 다양하고 기능과 효능, 성분 또한 천차만별이다. 그 많은 비타민 중에서 또 한 가지가 불어났다. 의학 연구진이 아닌 바로 우리 동아리에서 우연히 개발한 것인데, 애석하게도 그건 바로 내 별명으로 화산 폭발하듯 생겨서 화석처럼 굳어버렸다. 비타민Q! 별명이 아니라 송광사 강원에서 붙여진 이름이니 법명法名이라고 해야겠다.

우리 동아리는 '풍경소리' 라는 고찰 순례동아리다. 불교의 교리를 배우고, 그 가르침을 몸소 행하라는 성향이 다분한데, 그 고리타분한 교리보다 '고찰 순례' 라는 지극히 역마살이 짙은 이름이 지닌 뉘앙스와 이미지에 현혹되어 덜컥 가입한 동아리다. 아니, 정정하자. 덜컥 가입한 게 아니라, 신입생 오리엔테이션에서 유난히 돋보이는, 이마에 꿀물이 묻어 있는 듯이, 이마가 예뻐서 끊임없이 뽀뽀를 해주고 싶은 수경선배가 그 풍경소리의 회원이었고 내가 그 동아리에 관심을 보이자 수경선배가 때와 장소를 가리지 않고 찾아와 가입을 종용했다. 제어할 수 없는 유혹이었지만 뺄대로 빼다가 주가를 잔뜩 높여 가입하면서부터 비타민Q는 예쁜 선배 보살님들의 총애를 한 몸에 받고 있다.

가입할 적에는 소풍삼아 고찰을 순례만 하면 되는 줄 알았는데 그게 아니라 불자로서 고찰을 비롯해 성지순례와 정진을 목적으로 하되 화두話頭 공안公案을 꾸준히 참구參究해서 대오견성하자는, 목적마저 해석하기 난해한 모임이다.

고찰 순례를 가면 예불부터 올리고, 천수경부터 금강경까지 독송하고 주지스님이나 큰스님을 모시고 법문을 거쳐 반야심경으로 끝을 내는, 지겹기 그지 없는 행사를 하며 다른 동아리에서 잔뜩 즐기는 음주가무 대신에 일천팔십 배의 절을 하며 철야정진으로 귀하디 귀한, 일박이일을 탕진하는 동아리다. 이럴 줄 알았으면 다른 동아리를 찾아보는 건데, 후회는 언제 해도 늦다.

학년 초에 처음 따라간 동아리 MT, 그러니까 송광사 순례 때 회장인 사 학년, 예비역 철민선배가 강원에서 법문했다. 이미 스님들이 쓴 책에 다 나와 있는 상투적인 법문 끝에 남성의 정액, 그 성분이 무엇이냐는 질문을 공개석상에서 던졌다.

강원 한가운데 방석을 깔고 가부좌를 틀고 꼿꼿하게 앉은 나를 콕 집어 물었다. 철민선배의 눈에는 새내기인 내가 만만했던 모양이었겠지. 물론 많은 선배 보살들이 합석한 법당이었다.

질문을 받은 나는 비타민이라고 진지한 목소리로 우렁차게 대답했다. 예상 밖의 대답에 말문이 막힌 그 선배는 한참 뜸을 들이다가 다시 물었다. 비타민 중에서도 성분이 무엇이냐고? 질문의 의도를 파악하지 못하고, 'Q입니다' 하고 또 큰소리로 대답했다.

왜 Q라고 했을까? 질문을 받고 스치는 생각에, 제가 조루증에 걸렸다고 심각하게 대가리를 처박고 고민하던, 고등학교 동기 덕호녀석에게 붙은 별명 퀵(Quick)이 떠올라, 말이 되거나 말거나 Q라고 내질렀다. 그 순간 강원은 웃음바다가 되었고 나는 비타민Q로 변해 있었다.

-저렇게 비타민Q라고 대답하는, 청량제 구실을 하는 비타민Q도 있음돠. 대충 아시는 얘기겠지만 어느 대학에서 생물학 교수가 남성의 정액은 97%의 수분과 3%의 단백질에 포도당이 함유되어 있다며 강의

를 했음돠. 근데 강의를 경청하던 한 여학생이 손을 들고 질문을 했음
돠. 질문인즉슨, 그럼 남자의 정액에 설탕과 같은 달콤한 맛이 나는 포
도당이 함유되었다는 말입니까? 교수님은 진지하게 그렇다고 대답을
했습니돠. 고개를 갸웃하던 그 여학생이 다시 손을 들고 말했음돠. 그
런데 저는 왜 단맛을 느끼지 못 했죠?

거기까지 법문(?)했을 때 회원들은 수도승들이 이미 잠이 든 절집의
강원이라는 때와 장소에 대한 개념을 망각한 채, 환호와 야유를 보내
며 목탁까지 두드리고, 박수를 치며 뒤집어졌다.

-에~ 중요한 건 그게 아니고, 그 대학 학생들은 확실히 여러분보다
대가리가 나쁩니다. 그 여학생의 질문을 듣고 강의실은 딱 5초간의 정
적이 흘렀으니까요. 그 5초 뒤에 다른 학생들은 데굴데굴 굴렀음돠.
그러거나 말거나 교수님은 진지하게 강의를 했음돠. 당연하죠. 인간
의 혀에서 단맛을 느끼는 부위가 맨 앞에 있음돠. 너무 깊숙이 넣어 맛
을 보면 단맛을 못 느낄 수도 있음돠. 여기까지는 들은 얘기죠? 근데
그 여학생이 끝까지 그 강의를 들었을까요? 못 들었을까요? 그 대답
도 비타민Q가 해보시죠. 단백질보다는 비타민Q가 영양가가 높을 테
니까.

선배는 또 나를 지목했다. 그 순간부터 비타민Q로 아주 야무지게
옹이가 박혔음을 스스로 인정해야만 했다.

-분위기가 경직되어 웃자고 한 소리였습니다. 다시 경전의 법문으로
들어가겠습니다. 아까 견성에 대해 얘기하다 말았죠? 대오견성이란

인간 만물에 있어서…….

그 다음 말부터는 귀에 들어오지 않았다. 철민선배야 그 딱딱한 법문에 유연제로 웃자고 한 소리였지만 나는 준혁이라는 할아버지께서 깊은 뜻을 담고 지어주신 고유명사 대신에 영양가가 있어 보이지만 실제로는 영양가가 개뿔도 없는 비타민Q로 불리워졌다.

수경선배는 VITAMIN 이 아니라 B~tamin Q라고 했다.

사전에도 나오지 않는 비타민 Q 대답 한 번 잘못한 댓가 치고는 가혹하고 억울하다.

Q, 2

　-어이! 비타민Q! 일루와 봐.

　숙사 모퉁이를 돌아 나오는데 중앙도서관 앞, 잔디밭에 앉아 수다를 떨던 수경선배가 손가락으로 까닥까닥, 애완견 부르듯이 호명했다.

　수경선배가 초등학교를 한 해 일찍 들어갔다는 걸 들었다. 또래들보다 키가 작다는 이유로 할아버지의 반대를 관철시키지 못한 아버지로 하여금, 내 의지와는 전혀 무관하게 초등학교를 재수한 탓에 수경선배와 분명 동갑이다. 하지만 시쳇말로 쪽팔려 티를 낼 수가 없다.

　-어? 동작 봐라. 빨리 안 튀어?

　밉지 않은 재촉이다. 아니, 저항할 수 없는 유혹이지만 내심 못 이기는 척 잔디밭을 가로질러 수경선배 앞에 서서 성불이라며 차렷 자세로 거수경례를 붙였다.

　목탁소리 동아리에서 인사는 늘 '성불 하십시오' 다. 수경선배가 성불을 하거나 성욕을 느끼거나 그건 알 바가 아니고. 옆에 앉아 같이 수다를 떨던 수경보살의 친구들이 배를 잡고 웃었다. 같은 과의 선배인지, 우리 학교에 놀러온 수경선배의 친구들인지 모두 처음 보는 얼굴이다.

　-일 학년이랬죠? 참 귀엽게 생겼네요.

　-귀엽기도 하지만 얘는 영양가가 높다. 비타민Q라고 맛있는 후배야.

　-수경보살님! 영양가 높은 거하고 맛있는 거 하고는 별 상관관계가 없음돠!

　-야! 비타민Q는 영양가도 높고 맛도 있는 거야. 너 맛있게 생겼잖어? 내가 한 번 먹어 볼까?

　-정말요? 제가 비타민Q를 선배께 보시할까요?

　옆에서 듣고 있던 수경보살의 친구들이 배를 쥐고 잔디밭에 뒹굴었다. 짧은 청치마를 입은 채 그대로 뒤집어지는 순간, 아~ 저 눈이 시린 실오라기! 한 여학생의 가랑이 사이로 드러난 하얀 헝겊 조각을 보고 나도 모르게 속으로 내지른 감탄사였다.

　-그래. 보시 중에서 육보시가 제일이라더라. 다음에 보시로 비타민Q를 받을 게. 눈물겹도록 고맙다. 이 녀석아!

　-다음이라면 언제를 말하는 겁니까?

　옆에 있는 어여쁜 보살들이 킥킥거리는 가운데 비타민Q는 태연하고 능청스럽게 끝까지 물고 늘어졌다.

　-모르겠다. 야! 비타민Q! 농담 그만하자. 애들 배꼽 빠질라.

　-다음 순례는 언제죠? 티베트나 인도 쪽으로 고찰 순례는 왜 안 가는지 모르겠어요. 그런 곳으로 구박십일 정도 다녀오면 얼마나 좋아요. 그런 곳으로 가면, 수경보살을 대상으로 비타민Q! 아니, 선배의

이 세를 다운이나 백업시켜, 둘을 데려올 수가 있을 텐데.

옆에 앉은 어여쁜 보살들이 또 뒤집어지고 수경선배가 배를 잡고 손을 내저었다.

-그래. 비타민Q! 다음 순례는 티베트나 인도로 가자고 내가 회장에게 건의할게. 이젠 그만하자. 얘들 또 뒤집어진다. 지금 강의 들어가는 중이니? 잠시라도 여기 앉아.

-싫음돠! 이렇게 서 있어야 보살님들의 밀크 박스를 감상하기가 좋음돠.

말이 떨어지자 둘러앉은 여학생들은 화들짝 놀라며 본능적으로 팔꿈치로 제 앞가슴을 가렸다. 그 사이 나는 히죽 웃으며 수경선배 옆에 앉았다.

서 있어도 밀크 박스를 감상하기는 어려운 옷차림들이다. 가슴이 파인 윗도리를 입은 여자는 아무도 없다. 목까지 오는 티셔츠나 라운드 티를 입고 스웨터나 재킷을 걸치고 있다.

-비타민Q 씨! 보기보다 엉큼하신데요?

화들짝 놀라 가슴을 가렸던 여학생이 귀엽다는 투로, 밉지 않게 힐책을 했다. 나는 안경을 벗어 옷깃에 닦으며 능청스레 대답했다.

-부처님께서 말씀하셨음돠. 보살을 보고 관심을 베풀지 않으면 처사의 도리가 아니라고. 엉큼한 게 아니라 부처님의 가르침을 몸소 행하고 있었음돠!

수경선배가 다시 끼어들었다.

-너, 밝히는 거 보니까, 고등학교 다닐 적에 공부 되게 안 했지 싶다. 근데 우리 학교에 어떻게 들어왔니? 너 혹시 농어촌 특별전형으로 들어온 거 아니니?

-농어촌 특별전형이나 외국인 우선전형으로 들어온 게 아니라 외계인 초청전형으로 들어왔음돠. 지구상에 비타민Q는 없으니까요.

강의 시간은 아직 한참이나 남았다. 숙사에서 마냥 죽치기가 따분해서 동아리 사무실에나 들러볼까 하고 일찌감치 나온 참이다. 입이 부지런한 보살들의 말을 거들며 이렇게 노닥거릴 시간은 충분하다.

-이번 달 순례에 어디 추천할만한 곳이 없니? 가고 싶은 곳이라든가.

-여기 계시는 분 중에서 한 분을 소개팅해주시면 좋은 곳을 알려드리겠음돠.

-아주 기어 타라. 쬐그만 것이.

-뭐가 작다는 말씀임까? 벗겨봐야 작은지 큰지 아시죠? 기어 타는 게 아니라 잘 뫼시고 다니려고 그러는검돠.

-너? 말꼬리를 자꾸 허리 아래로 끌어내릴 거야? 죽는다!

-비타민Q는 프로이드의 영향을 왕창 받았음돠. 말이 저절로 그렇게 나옵니다.

-그러냐? 근데 외계인인 비타민Q는 어떤 스타일을 좋아하냐?

-지적이고 모던한 보살임돠. 거기다가 미모까지 겸비하면 금상첨화죠.

-이 녀석아! 나라고 콕 찍어 말하지! 세상에 그런 여자가 나 말고 어디 있냐?

-인정함돠. 근데 차순위란 게 있지 않음돠? 선배와는 근친상간이라는 고약한 법의 적용을 받음돠. 하여 곤란함돠.

-어떻게 근친상간이야?

-제 누나와 사귀는 놈이 어디 있음돠? 저 아무리 외계인이지만 그건 곤란함돠!

-네 말이 맞다. 싸~랑하는 동생아! 근데, 여기 있는 친구들은 너 군에 갔다 오면 다들 졸업하고, 너 졸업하면 다들 고무장갑 끼고 설거지하는 아줌마가 되어 있을 걸. 한 학기만 기다려라. 신입생 들어오면 바로 내가 네 스타일로 골라 줄게. 근데 너 머리 좀 잘라라.

-싫음돠! 더 길러서 꽁지머리 할 검돠. 아니, 카사노바의 헤어스타일로 만들검돠.

시간이 남는다. 동아리 본부에서 시간을 죽이다가 인문대학 쪽으로 가야할 것 같다. 나는 일어서다 말고 다시 주저앉았다.

-저 외계에서 지구를 방문한 비타민Q가 오묘한 부처님의 진리 하나를 가르쳐 드리겠음돠. 보살님들이 예뻐서 시주하는 겁니돠.

내 결연한 선언에 호기심 어린 시선이 집중되었다.

-자~ 보살님들! 일단 가부좌를 틀고 앉으세요.

-그렇죠~ 부처님처럼. 그리고 손을 이렇게 엄지와 중지를 말아 쥐세요.

-그래요~ 잘 하시네~ 수미단에 앉은 부처님처럼. 그리고 한 쪽 눈으로 그 구멍을 들여다보세요.

보살 네 명이서 내가 시키는 대로 했다. 단 한 명 짧은 청치마를 입은, 좀 전에 눈부신 실오라기를 보여주었던 여학생은 복장 관계로 가부좌를 틀지 않고 꿇어 앉아 손가락을 말아 쥐었다.

-눈에 힘을 주지 말고 그윽한 눈으로 그 구멍을 들여다보세요. 오묘한 진리가 보일 겁니다.

-야! 아무 것도 안 보이는데…….

수경선배가 걸고 넘어졌다.

-누님! 반야심경에 없을 무無자가 몇 자나 나오는지 아십니까?

-몇 자인데?

-그래 가지고 우리 대학에 어떻게 들어왔어요? 농어촌 특별전형으로 들어온 사람이야 말로 누나죠? 스물한 자나 됩니다. 없는 것이 있는 것이요, 허공에 보이는 것이 진리입니다. 너무 집중하지 말고 무심히, 말 그대로 마음을 비우고 바라보세요.

-야! 비타민Q! 너무 어렵다.

당연히 어렵지. 없는 것이 있는 것이라고 했으니까. 그러면서도 손가락 구멍으로 허공을 보며 오묘한 진리를 찾는 여자 넷! 참으로 가관이다.

-정말 느낌이 없어요? 삼베자루에도 물을 담을 수가 있다고 했어요. 모든 게 마음의 문제죠.

-자! 그럼 이렇게 해보세요? 그 손은 그대로 두고 왼손의 중지를 하나 세우세요.

-그렇죠! 이렇게, 세워서 그 구멍으로 살며시 넣어보세요.

눈치를 긁는 보살은 아무도 없다. 모두들 왼손 중지를 세워 그 구멍으로 넣었다. 내가 너무 진지하게 말했나?

-이젠 뭔가 보이죠?

모두들 고개를 갸웃했다. 화창한 가을날 유명대학 캠퍼스, 그것도 중앙도서관 앞 잔디밭에서 연출되는 괴이한 풍경이었다.

-그럼 손가락을 뺐다가 넣어보세요.

역시 고개를 갸웃하며 시키는 대로 행했다. 눈치 없기는 저 머리를 가지고 이 대학에 어떻게 들어왔나 정말 한심스럽다.

-그 집중력을 가지고 이 대학을 어떻게 들어오셨남? 그럼 넣었다가 뺐다 빨리, 빨리 왕복운동으로 해보세요.

빠르게 왕복운동을 몇 번 하던 수경선배가 손바닥으로 내 등짝을 후려쳤다. 가장 먼저 수경선배가 내 장난기를 감 잡은 모양이다.

-아이쿠! 아퍼.

번개같이 가방을 들고 일어나 잔디밭을 박차고 나오면서 예쁜 보살들을 향해 소리쳤다.

-욕이 아닙니다. 오묘한 진리만이 아니라 세상의 모든 이치는 성性을 향해 대가리를 박고 있는 거라구요! 성불하세여.

Q 3

동아리 본부는 썰렁했다. 중이 떠난 절집 분위기다.

풍경소리 본부는 완전히 잡동사니 절집이다. 본부 중간에 돌탑이 하나 있다. 동아리 회원들이 순례 때마다 작은 돌을 하나씩 주워와, 탑사에 있는 돌탑처럼 몇 년에 걸쳐 쌓은 것이란다. 따지고 보면 전국 각지의 돌이 다 모인 탑이다. 돌탑을 중심으로 벽면에는 만다라부터 절집 사진, 선시가 적힌 한지, 단청이 벗겨진 서까래, 목탁부터 죽비, 오래된 경전을 비롯하여 절집에 쓰는 물건은 다 비치되어 있다. 다만 절집이 아니라 부처를 모시지 않은 것이 그나마 다행이다. 돌탑을 중심으로 책상이 붙은 강의실 의자를 두 줄로 둥글게 놓여있다.

풍경이 달린 문을 열고 들어서자 철민선배가 손을 들어보이고는 노트북으로 무선인터넷을 뒤적이고 있었다. 고개를 꾸벅하고 가만히 다가가서 보니 취업정보와 컴퓨터기계응용학과에 관련된 기술직 수험정보를 열람하고 있었다. 철민선배는 06학번으로 학부의 골동품이지만 전공을 살리기 힘든 학과를 택했다. 컴퓨터기계응용학과, 그런 학과는 지방의 전문대만 나와도 적당한 중소기업에 취업이 가능하다.

철민선배 정도라면 대기업의 연구소 정도는 들어가야 폼이 난다.

취업대란! 취업을 두고 대란이라고 했다. 임진왜란, 한국동란 다음으로 피 터지고 치열한 전투가 바로 이 시대의 취업대란이라고 일컬어질 정도로 취업이 심각과 위험수준위를 넘어서 폭발 직전의 사회문제로 대두되고 있다. 선배도 예외는 아니다. 고찰 순례를 처음 갔을 때는 선배가 하는 법문을 듣고 졸업을 하면 분명 머리를 깎고 출가할 것이리라 생각했는데 그게 아니다.

좀 있는 집안의 졸업생들이라면 도피성 유학으로 외국의 대학원을 가는데, 그것도 선배 말마따나 '말짱 황' 이다. 그렇게 가서 석사나 박사 학위를 받아와도 취업할 곳이 없고 교수자리를 놓고 오라는 대학도 없다. 운이 좋아 지방에 있는 전문대학에 강사를 거쳐 교수로 가더라도 파리 목숨이다. 신학기가 시작되기 전에 시골 고등학교나 실업계 학교를 돌아다니며 홍보하고 학생을 모셔 와야 일 년을 견딘다. 정원을 채우지 못하면 폐과가 되거나 과를 통합시키고 교수는 자동 퇴출이다.

선배와 적당한 거리를 두고 책상에 앉아 학점에 관계되는 중어중문전공의 리포트를 중국어로 어떻게 작성할 것인가 초안을 잡고 있었다. 그러면서도 자꾸만 철민선배의 눈치가 보인다. 게시판으로 쓰는 백보드에는 취업자들의 명단이 적혀 있었다. 모두가 풍경소리 동아리 회원들이다.

~축 행정학과 (07학번) 김진철 행시 합격~

그 아래로 내용이 비슷한 글귀들이 적혀있었다.

외무고시, 7급 검찰사무직, 사법고시, 7급 행정직, 무슨 대기업 취업자가 열 명이 넘고 그 아래로 사범대 출신으로 임용고시 합격자는 아홉 명이나 되었다.

모두 철민선배가 직접 쓴 글씨다. 백보드에 취업자 명단을 적는 철민선배의 마음이 오죽했으랴. 감이 잡힌다.

-야! 비타민Q! 넌 학부선택을 잘하고 과를 잘 찍은 거야. 향후 십 년 이내에 중국이 세계의 경제 중심국으로 급부상한다. 중어중문에 부전공으로 경제학을 공부해라. 전공과 부전공을 살리면 뭐가 되어도 된다. 지금 미국은 망조가 들었어. 미국으로 가서 눌러앉는 놈들은 미친 놈이야. 등잔 아래 밖에는 못 보는 놈들이지.

언젠가 순례를 마치고 뒤풀이 자리에서 철민선배가 한 말이다. 내 담당 조교도 중국이 경제대국으로 부상한다는 말을 했다. 나는 초안을 잡던 리포트를 던져두고 선배 옆으로 다가갔다.

-선배님! 취업 때문에 고민이시죠? 웬만하면 대학원으로 진학하시는 게…….

-대학원? 야! 솔직히 머리 깎고 싶다. 우리 엄마가 뭐하시는 줄 아냐? 상주 재래시장 안에 있는 소머리 국밥집의 주방 일을 보고 계셔. 대학원은 말도 안 돼. 죽도록 해서 대학원을 나온다고 뾰족한 수가 생기는 것도 아니고. 그 때 담임선생님 말을 듣고 공사나 해사로 갔어야 했는데……. 공사로 간 놈들은 지금 중위 계급장을 달고 비행수당을

받고 있더라. 아버지의 충고를 무시하고 태양에 너무 가까이 날아갔다가, 날개가 다 녹아버려 바다로 추락하는 이카루스의 기분을 알 것 같다. 고 삼 담임께서 집안 형편을 생각해서 그 쪽을 종용했거든. 그때 나는 너무 철이 없었지.

-그랬었군요. 선배님 눈높이를 좀 낮추어 중소기업으로 가는 게 어때요? 가방 크다고 공부 잘 하나요? 태양은 결코 대기업 옥상만 비추지 않는다고 했어요.

-짜식, 귀엽네! 지금 그 생각 중이다. 중소기업에 가서 정밀기기를 개발해서 특허를 내는 거야. 그리고는 수틀리면 독립하는 거지 뭐! 지금 보니 정밀기기에 문제점들이 많더라구. 실전에서 좀 익히면 문제점들을 보완할 수가 있을 거야.

-그럼 바로 사장님이시네요?

-야! 비타민Q! 그것도 말처럼 쉽지 않다. 돈이 있어야 하고, 발판을 구축하는데 몇 십 년이 걸릴지? 야! 누구는 부모 잘 만나서, 따라지 지방 사범대 미달학과를 찾아서 갔지만 삼 년 후에는 교감이 된단다. 내 친구 중에 그런 놈이 있어. 그 자식의 할아버지가 사학재단을 두 개나 갖고 있어서 그 자식 아버지는 서른다섯에 교장이 되었고 그 놈 형도 나이 서른에 교감이 되었다. 교사들 월급이야 국가에서 나오지만 인사권은 재단에서 쥐고 있다. 그 자식도 삼 년 후에는 교감이 되고 십 년 후에는 교장 자리를 넘보겠지? 그건 그렇고 다음 순례를 어디로 가고 싶냐?

선배는 그런 종족들과 비교하는 게 싫은지 말머리를 돌렸다. 좀 딱해 보인다.

-저야 뭐, 선배님들 정하시는 곳으로 따라가야죠.

-오늘 몇 군데로 압축시켜 다수결로 결정하자. 빨리 결정해야 스쿨버스 두 대를 지원받는다. 지난번처럼 늦어서 버스 한 대 밖에 지원 못 받으면 또 난리다. 절밥도 공짜로 먹으려면 빨리 총무스님이나 주지스님께 허락을 받아야 한다. 다른 행사와 겹치는지 절집 일정도 알아보고. 아! 이 나이에 내가 그런 것까지 섭외해야 되냐?

-복학한 예비역 선배 중에서 한 명을 찍어 회장을 물려주시죠.

-그렇잖아도 오늘 그 얘기를 꺼낼 참이다. 철학과 재호가 딱인데, 그 자식이 죽어도 싫다니. 다른 동아리에서는 서로 하려고 나서서 선거로 결정하는 곳도 있다는데.

선배는 취업대란의 참전용사가 되어 이래저래 심란한 모양이다. 선배의 법명은 도현道顯이다. 도현스님! 딱 어울린다.

-도현처사님! 우리 풍경소리 출신 중에서 출가한 선배들이 계신가요?

-있지. 열댓 명이 넘을 걸. 아마도 지금쯤 작은 암자의 주지나 큰 절의 총무스님이나 큰스님의 상좌로 계실 거야. 너는 모르지만 작년에도 둘이나 머리를 깎았지.

철민선배, 아니 도현처사도 머리를 깎으면 머지 않아 큰 스님이 될 터인데……. 취업보다 그쪽 방면이 어울린다는 생각이 지배적이다.

이 비타민Q가 있어서 선배의 진로에 비타민 역할을 하지 못한다. 수업 들어갈 시간이라고 둘러대고 초안을 잡던 리포트 용지를 주섬주섬 챙겨 본부를 빠져나왔다.

현관을 빠져나오다가 사법고시에 합격한 준호선배를 만났다. 인사를 하고 축하한다는 말을 했다.

-당연히 되어야 쓰지라우. 긍게, 도현시님. 시방 본부에 있어부러?

-예. 지금 본부에 혼자 계십니다.

-그 화상, 시방 허벌라게 궁상떨고 앉았지라? 비타민Q! 너, 싸게 싸게, 거 머시냐? 긍게 허벌라게 쪼아야 써. 아따, 징한 거.

전라도 사투리가 진하게 묻은 손바닥으로 내 어깨를 두드려주고 현관 안으로 사라졌다. 뭔 소린지는 잘 모르지만, 나를 보고 열심히 하라는 말일 게다. 준호선배는 기분이 업 되었을 때만 전라도 사투리를 쓴다. 철민선배를 찾는 것으로 미루어 아마 무슨 취업정보를 물고 온 모양이다.

Q﹒4

강의실에서도 집중이 되지 않는다.

책상에 오래 앉아 있다고 공부가 잘 되는 건 결코 아니다. 근데 지금 중국 원어민 강사로부터 듣고 있는 언어학은 우이독경이다. 군중속의 고독이라고 했던가? 강의를 들으며 비타민Q는 이름 모를 고독을 씹었다.

강사는 중국에서 파견된 조선족인데, 신은 그의 외모에 한 푼어치도 정성을 부여하지 않았다. 뻐드렁니에 주걱턱이고 얼굴에 여러 개 돋은 검은 작은 사마귀가 눈에 거슬린다. 이왕 같은 값의 국비를 들이는 거 좀 예쁘고 날씬하고 목소리도 낭창낭창한 여강사를 구하면 어디가 덧나나? 뻐드렁니의 원어민강사는 중국어로 떠들고 있다. 귀를 기울여보지만 하나도 귀에 들어오지 않는다. 순전히 그의 외모 탓 일 수도 있다.

중어중문학과! 철민선배 말마따나 잘 선택한 건지 모르겠다. 처음에는 법대를 지원하고 싶었지만 고 이 때 전학을 온 녀석이 있었다. 전학이 아니라 중국에서 유학을 하다가 편입한 녀석이었다. 그 녀석의 아버지가 중국 파견 근무할 때 따라 가서 베이징 외국어고등학교를 다니다가 온 규태라는 녀석인데 당시唐詩를 중국어로 읊조리는 데 그렇게 멋이 있을 수가 없었다. 한국의 서정시 낭송과는 비교가 되지 않을 정도로 운율이 심금을 울렸다.

그 자식은 어학에 대해서 남들보다 총명한 대가리와 유연한 혀를 지니고 있다. 중국 학교에서 이 년 반을 다녔다는데 그렇게 능통할 수가 없다. 규태라는 그 물건이 읊조리는 시에 반해서 중국어를 배우겠다고 마음먹고 있던 차에, 로스쿨이 생기며 법대가 없어져 인문대학으로 들어와 중어중문학과를 지원했다. 중어중문으로 학위를 받고 경제학을 부전공으로 해서 로스쿨을 가고 싶다. 솔직히 그렇게 해서 국제변호사가 되고 싶지만 마음대로 될지 모르겠다.

강의에 제대로 집중할 수가 없어 당시唐詩를 성조에 맞추어 속으로 읊조리며, 또 중국어로 번역하기 좋게 리포트 초안을 잡았다. 이젠 아무래도 노트북 자판에 중국 간체자를 오려서 붙이든가 중국제 자판을 따로 하나 장만하여 노트북에 연결해서 익혀야 할 것 같다. 제대로 하려면 중국 인터넷을 들락거려야 한다. 과 선배들은 베이징의 대학생들과 중국어로 채팅을 할 정도로 자판에 능숙하다. 선배들처럼 간체자로 된 근사한 노트북을 하나 갖고 싶지만 언감생심이다.

내 폰에는 지금 중국에서 유행하는 노래들이 잔뜩 들어있다. 숙사에서 그 노래를 들으며 억양을 익히고 간체자로 노랫말을 따라 쓰는 속도를 연습하고 있다. 수업은 듣지 않고 딴짓거리를 하는데 문자가 들어왔다.

저녁 6시 동아리회의 전원 참석요∧∧

철민선배가 단체로 날린 문자다.

회의는 다음 고찰 순례할 절을 정할 게 뻔하다. 이번 고찰 순례는 법당에서 바다가 보이는 절이었으면 좋겠다. 그런 절이 어디에 있을까 고심하며 다녀온 고찰을 훑었다. 하긴, 내가 괜찮다 싶어 추천하면 작년이나 재작년에 다녀온 곳이란다.

역마살이 짙어 그런지 순례까지는 좋은데 세부사항으로 주지스님이나 큰스님을 모시고 법문을 듣는 시간이 제일 지겹다. 내용이 모두 비슷한 소릴 가부좌를 틀고 앉아 코끝에 침을 찍어 바르며 두 시간 이상 들어야 하기 때문이다. 물론, 예외도 있다.

지난 번에 다녀온 연화도 보덕암의 스님이 하시는 법문은 재미있었다. 법당 문을 열어놓으니 바다가 훤히 보이는 절이라 풍광도 그만이었다. 큰스님의 법문은 해탈을 소재로 하셨다. 입심이 좋아 중간에 음담패설도 하시고 유머도 적당히 믹스해서 부처님 말씀이 귀에 들어오도록 재미있게 풀어서 생활 불교로 살아가는데 지침이 되라고 하신 법문이다.

그 때, 보덕암 주지스님은 법문에서 이런 질문을 던졌다.

-절집 살림은 누가 키우고 살리는가?

역설적인 성향을 지닌 질문이라, 아무도 명쾌한 답을 내지 못했다.

한참 뜸을 들이다가 큰스님은 입을 열었다.

-절은 바로 공양주가 살린다. 공양주가 예쁘고 손맛이 좋아야 절이 산다. 우리 보덕암을 살린 것도 주지가 아니라 공양주보살이다. 지나가는 등산객까지 공양을 챙겨주고 애교를 떨어야 그 등산객이 법당으로 들어온다. 내일 아침에 모두들 공양간에 가서 공양주 보살을 보아라. 배움은 무릇 도처에 널려있다. 법문보다 공양주에게 더 많은 것을 배울 수도 있다.

일천팔십 배를 올리며 철야정진을 마치고 새벽에 나는 맨 먼저 공양간으로 가, 뭐 좀 도울 거 없냐며, 공양간에서 얼쩡거리며 공양주에게 말을 걸었다.

삼십대 후반으로 보이는 공양주보살은 터빈을 쓰고 있었지만 한 눈에 보아도 상당한 미모에 성격이 서글서글해 보이는 보살님이었다.

-보살님 법명이 어떻게 됩니까?

-자비향이에요.

돌아보지도 않고 빠른 손놀림으로 시금치를 데치며 대답을 하고선 가마솥에 씻은 쌀을 안쳤다.

-그러는 학생 처사님은 법명이 어떻게 되지요?

자비향 보살은 서글서글한 목소리로 내 법명을 물었다.

-제 법명이 비타민Q입니다.

-비타민Q? 재미있는 법명이네요. 주지스님께서 유명대학의 수재들이 오셨다고 각별히 아침 공양에 신경을 쓰라 하셨습니다. 비타민Q 처사님! 저 아궁이에 불을 좀 지펴주세요.

공양주 보살이 가리키는 장작과 불쏘시개를 가져다가 아궁이에 불을 지폈다. 큰 가마솥으로 밥을 하는 중이었다.

-학생처사께서 불을 잘 지피니까 밥이 잘 되었네.

뜸이 들 동안 솥뚜껑을 열어 본 자비향 보살이 나를 추켜세웠다.

-보살님! 다음에 오면 저를 꼭 기억해 주세요. 비타민Q입니다.

-당연히 기억하죠. 공부도 잘하고 이렇게 잘 생겼는데, 비타민Q라고 했죠?

공양주를 도와 울력의 공덕을 쌓고 있는데 풍경소리 회원들이 산책을 하고 아침공양을 한다며, 밖에서 나를 찾았다. 새내기라 찾는데 나가지 않을 수가 없었다. 산책보다 공양주 보살에게 마음이 더 끌렸지만.

저 뻐드렁니의 조선족 강사를 보고 있으니 허리선이 고운 자비향 보살과 비교가 된다. 갑자기 미치도록 그립다. 자비향 보살이. 군에 가기 전에 여행 삼아 꼭 가보아야겠다.

Q, 5

동아리 본부에 도착시간이 좀 늦었다. 과 동기들과 조교를 모시고, 뻐드렁니의 원어민 강사와 잘 돌아가지 않는 중국어로 노닥거린 탓이다.

출입문에 풍경을 달아놓아 풍경소리가 나는 문을 밀고 들어서니, 서른 명 정도의 회원들이 돌탑을 중심으로 둘러 앉아 있었다. 나는 좌중을 향해 고개를 꾸벅하고 빈자리에 가서 앉았다.

벌써 다음 순례지와 날짜는 정해진 모양이다. 백보드에 '11월 23일 경북 의성 고운사' 라고 적혀 있고 그 아래 작은 글씨로 '섭외~ 법학과 류준호' 라고 적혀 있었다. 준호선배는 이미 사법고시에 승전고를 울렸으니 시간이 남아돈다. 취업대란에서 격전을 벌이는 철민선배보다 심리적으로 여유가 있다는 얘기다.

맞은편에 앉은 수경선배와 눈이 마주치자 수경선배는 잔디밭에서 했던 것처럼 왼손을 동그랗게 말아 쥐고 오른손 중지를 그 구멍으로 넣었다 빼고 난 다음, 나를 향해 주먹을 쥐고 때리는 시늉을 했다. 각오하라는 뜻인데 참 예쁘고 귀엽다. 수경선배의 이마에 늘 꿀물이 묻었다는 생각을 지울 수가 없다. 언제 저 로열젤리의 맛볼 수 있을까 생각하는데, 수경선배가 다시 나를 향해 다시 손가락으로 구멍을 만들고 한쪽 손가락을 넣었다가 뺐다. 그 광경을 보고 참지 못한 내가 쿡하고 웃었다.

-비타민Q! 사법고시 되었습꽈? 뭐가 그리 좋지요?

엄숙한 분위기로 사회를 보고 있던 사범대 종민선배가 일침을 가했다. 회장 자리를 놓고 몇 명을 추천받아 압축시키고 있던 참이었다. 보아하니 회장과 총무만 선정되면 이 차로 뒤풀이를 갈 것이다.

한동안 밀고 당긴 끝에 회장으로 이학년, 예비역인 철학과 재호선배가 밀려서 어거지로 회장을 맡았다. 재호선배는 이번 학기에 복학해서 본 지가 겨우 몇 개월밖에 되지 않아 나는 그의 성격을 잘 알지 못한다. 공군 헌병으로 근무했다는데 제대하면서 혀를 국방부에 반납하고 온 것인지 말수가 적다. 자기를 밝히기에 소탈하지 못한 저 선배와 이 년동안 동아리활동을 해야 한다는 게 끔찍하지만 나에겐 국방부라는 도피처가 있다. 내가 군에 갔다 오면 길어야 한 학기정도 같이 활동하면 된다.

현 회장인 철민선배의 강력한 주장으로 등이 밀린 셈인데 회장이 되어도 가타부타 말이 없다. 혀를 공군 본부에 반납하고 온 것이 분명하다. 회장이 정해지자 총무 선출은 간단했다. 사범대 은희선배가 자청하고 맡았다. 그걸로 오늘 회의는 끝이다. 회의를 끝내고 뒤풀이는 학교 북문으로 나가면 킬링필드라는 호프집이 있다고 그리로 가자고 사회를 보던 종민선배가 좌중을 향해 공표했다.

-해피랜드가 아니고? 상호치고는 더럽게 고약하구먼.

마시고 뻗으라는 역설적인 이름을 가진 호프집인 모양이다. 나는 북문 쪽으로는 지리에 익숙하지 못하다. 지하철역이 가까운 정문과 숙사에서 가까운 남문을 이용하는 편이라 북문 쪽의 술집이 많다는 곳으로는 나가보지 않았다. 회의가 끝나고 특별한 사항이라면, 오늘 킬링필드의 곡차 값은 회비에서 쓰는 것이 아니다.

외무고시에 합격한 혜정선배가 스폰서라는 명목으로, 실탄이 장전된 방아쇠를 당기는 것을 자청하며 카드를 흔들어 보이자 모두 기립박수를 쳤다. 서른 명이 넘게 참석한 회원들의 곡차 대금이 호락호락하지 않을 거다. 하지만 혜정선배는 시골 촌닭이 아니다. 일반적으로 부자라고 명명하기보다는 부모님께서 강남에 탄약 창고를 두고 있을 정도로 빵빵한 집안의 외동딸이다.

준호선배가 혜정선배에게 눈독을 들이는 이유도 거기에 있다는 걸 회원들 모두가 알고 있다. 준호선배는 사법고시를 통과했다지만 전라도 구례 골짜기에 홀어머니를 둔 촌닭이다. 혜정선배도 준호선배가 싫은 내색은 아니지만 집안 균형으로 미루어 애정전선에 안개가 자욱하고 야무지게 꼬일 거라고 후배들은 쑥덕거린다.

도착해보니 킬링필드에서 곡차대금은 그리 많이 나올 것 같지 않았다. 회의에 참석했던 회원 몇이 이런저런 이유로 빠지고 또 우리 같은 애송이들은 선배들 눈치 보느라 구석자리에서 조심해서, 적게 마시고 무엇보다 철민선배가 취업대란의 승자들이 벌이는 자축연 같은 분위기가 껄끄러웠는지 자리를 먼저 털었기 때문이다.

철민선배가 가자, 혜정선배가 내 자리로 다가왔다.

-비타님Q! 많이 먹어라. 눈치 보지 말고, 어이구 귀여운 거.

혜정선배가 좌중을 한 바퀴 돌며, 유독 나에게만 등을 토닥여주고 갔지만 이래저래 눈치가 보이고 불편한 자리였다. 나도 적당히 마시고 숙사로 들어갈까 망설이고 있던 참에 수경보살이 추파를 던졌다. 슬쩍 다가와 이 차를 다른 곳으로 가자고 했다. 소음에 가까운 음악 때문에 선배의 말을 잘 듣지 못했다. 수경선배는 내 귀에 두 손으로 나팔을 만들어 이곳을 떠나자고 고함을 질렀다. 봉곡득타! 울고 싶은데 때려주니 얼마나 고마운가! 바로 가방을 챙겨들고 일어나 수경선배를 따랐다. 꿀물이 나오는 마빡뿐이 아니라 수경선배는 히프라인까지 작품이다.

Q.6

　킬링필드를 나와 뒷골목으로 들어가니 원룸촌이다. 학생들과 부근의 고시학원에 다니는 고시생을 노린 대단위 원룸촌이 그곳에 형성되어 있다. 나도 군에 갔다가 오면 아마 원룸 신세를 져야할 것이다. 일학년 중에서 성적이 좋은 놈에게 숙사를 제공하지만 이 학년이 되면 신입생을 위해 비워주어야 한다. 그 때가 되면 이런 곳의 원룸 촌으로 짐을 싸들고 나와야 하겠지만 이번 학기만 마치고 바로 입대할 예정이다. 예비역이 되어 학교로 돌아오면 수경선배는 졸업하고 없겠지? 좀 아쉽다는 생각을 하며 걷는데 수경선배가 스스럼없이 내 팔짱을 끼었다. 말을 두면 마부를 가지고 싶다고 했던가. 수경선배가 팔짱을 끼자 그녀의 이마에 뽀뽀를 하고 싶은 충동이 일었다. 꿀물이 발린, 아니 로열젤리를 분출하는 마빡이라 입술 또한 달콤할 것이다. 가로등이 희미한 골목을 천천히 걸어서 올라가며 수경선배가 어디론가 전화를 했다.

　-집에 있니?……. 지금 들어간다……. 영양가 있는 놈 하나 데리고 간다. 괜찮은 동아리 후배야……. 맞아, 그 녀석……. 그래!

약간의 취기가 있는 수경선배의 통화로 미루어 아마도 수경선배가 거처한다는 원룸으로 가는 모양이다. 그 곳에는 또 누가 있을 터이고.

건물 모양새가 비슷해서 다음에 혼자서 찾아오라면 찾지 못할 것 같은 미로를 따라 한참 올라갔다.

-야! 비타민Q! 부처님 말씀 가운데 가장 큰 공덕이 무엇인 줄 아니?

지금 분위기가 딱 좋아 뽀뽀를 하고 싶은데 뭔 부처님 말씀을 올려서 분위기를 깨고 난리야? 그런 건 동아리방이나 순례 때 절집의 법문에서도 싫증나는 소린데, 하지만 수경선배의 낮은 목소리가 워낙 진지해서 싫은 내색을 할 수가 없다.

-그게 뭔데요?

-일곱 개 공덕 가운데서 바로 아사구제야.

-그렇지만 요즘 세상에 굶어 죽을 사람이 어디 있나요? 아사구제로 공덕을 쌓을 대상이 없어 애석하죠.

-아니야. 많아!

수경선배는 팔짱 낀 몸을 나에게 더욱 밀착시키며 대답했다. 팔짱을 끼고 있으니 이런 짜릿한 기분은 처음이다. 선배의 목소리가 술기운 탓인지 워낙 차분하고 진지했으므로 반론을 제기할 여지가 없었다.

-그런 사람이 어디 있어요? 제가 아사구제 공덕을 좀 쌓게요. 가르쳐 주세요.

-비타민Q! 음담패설로 듣지 말고……. 여자는 입이 두 개다. 두 개의 입을 다 채워야 돼. 하나라도 허기지면 아사에 걸리는 거야.

-그런 사람 있으면 소개 좀 시켜주세요. 제가 아사구제를 하지요. 아사구제 보다 육보시를 한다고 해야 맞겠네요.

-많지! 여자도 동물이다. 수컷 냄새는 그리운데, 고약한 놈팽이를 잘 못 사귀면 계속 치근덕거리며 따라다녀 성가셔. 또 공부에 지장이 생기고……. 남들 다 있는데 없으니 옆구리가 허전하고, 하룻밤 화끈하게 놀아주고 사라질 그런 수컷을 찾는, 초라하고 외로운 싱글들이 엄청 많다. 찾아보면…….

이게 무슨, 어우동의 톤이야? 농담이야? 진담이야? 농담으로 받아들이기에는 너무 진지하고 진담으로 해석하기에는 실감이 나지 않는다.

-멀리서 찾아야 하나요?

-등잔 밑이 어두울 때도 있는 법이지.

-혹시, 선배가 바로 그런 싱글이에요? 설마 농담하는 건 아니겠죠.

-그런 건, 직설적으로 묻는 게 아니야. 눈치로 긁는 거지.

눈치로 긁으라구? 비타민Q가 아니라 누구라도 이런 경우에 어울리는 적절한 말을 찾을 수가 없을 게다. 수경선배 말마따나 눈치로 긁는 수밖에는.

-다 왔다. 여기야.

조선의 페미니스트 어우동. 아니, 수경선배가 팔짱을 풀며 가리킨 곳은 그린빌이라고 음각으로 새겨진 검은색 대리석이 박힌 원룸이었다.

어우동 할머니와 카사노바! 동서고금, 어디를 뒤져도 이 만큼 마음에 드는 위인은 없다. 거룩하고 성性스러운 인물이다. 수경선배는 어우동이고 나는 카사노바가 되고 싶다. 오늘 밤만. 딱 오늘 하룻밤만이라도, 비타민Q는 그렇게 기원하며 잽싸게 주변의 지형을 익혔다. 가로등이 달린 전봇대가 있는 골목 안 사거리이고 옆에 있는 원룸 건물 일층에 자그마한 찻집이 있었다.

-금남의 집이 아닌가요?

마음에도 없는 소리를 했다. 금남의 집이라 하더라도 들어가지 않을 비타민Q가 아니다.

-야! 비타민Q! 네가 남자니?

-이거 서운한데요. 여태 남자로 안 보였다는 말입니까? 증표를 보여 드릴까요?

아무도 없는 골목에서 허리띠를 풀 태세를 갖추었다.

-아서라. 네가 동생 같아서 그랬어. 알았다. 너도 수컷이야. 인정할게. 너무 급하게 서둘지 마라.

선배가 과장된 손짓으로 내 허리띠 쥔 손을 잡으며 만류했다.

-안에 누가 있어요?

-룸메이트! 같이 방을 쓰는 고등학교 동기야. 괜찮은 친구니까 걱정 말고, 원래 금남의 집인데 비타민Q 너만 예외로 하는 거다. 동생 같아서.

수경선배의 원룸은 이 층이었다. 일 층 입구에 있는 디지털 자물쇠의 비밀번호를 누르고 자동 센서로 불이 들어오는 등이 달린 현관 계단을 올라가니 202호의 문이 조금 열려있었다. 저 푸른 초원 위에 그림 같은~ 그린빌 202호. 내 기억의 파일에 그렇게 처넣고 저장버튼을 클릭했다.

-어서 오셈.

현관을 들어서자 사람은 보이지 않고 인사부터 날아왔다. 신발도 벗지 않고 현관에서 안을 들여다보니 선배의 고등학교 동기라는 여자가 아랫도리에는 꽉 끼이는 타이즈 같은 쫄바지에 허벅지까지 내려오는 티셔츠를 치마삼아 입은 채 고무장갑을 끼고 설거지를 하고 있었다. 한눈에 보아도 긴 생머리에 괜찮은 몸매를 지닌, 카사노바의 입맛으로 감칠맛이 도는 보살이다.

-인사들 해라. 요새는 인사를 시켜주는 게 아니라 서로 알아서 해야 한단다.

수경선배가 그렇게 흘려놓고 방으로 사라지자 설거지를 하던 S라인의 보살이 고무장갑을 벗으며 다가와 웰컴! 이라고 하며 손을 내밀었다. 악수를 하며 관등성명을 댔다.

-닌 하오! 중어중문학과 일 학년 김준혁입니다.

-비타민Q라고 솔직히 얘기하시죠? 나는 조미령이라고 해요. 이리로 들어와 앉으세요.

거실에 놓인 작은 소파를 가리켰다. 남학생 숙사와는 비교가 되지 않을 정도로, 은은한 화장품 냄새까지 배어있었다.

-절 아시나요? 우리 학교 선배님이신가요?

-아뇨! K대에 다녀요. 수경이에게 얘기를 워낙 많이 들었으니 알죠. 영양가 높고 맛있다고 소문났던데요.

-저는 아무에게도 맛을 보여준 적이 없는데……. 수경선배 동기라면 삼 학년이시겠네요

-그것도 아뇨. 이 학년이에요. 어학연수를 일 년 다녀왔어요.

조미령! 인사를 하니 보이지 않는 벽이 허물어졌다. 누구나 친근하게 다가갈 수 있는 수더분한 타입이다. 거리감이 없이 금세 친해질 것 같았다. 그 사이 수경선배가 편안한 복장으로 변신하고 나왔다. 브래지어까지 벗어버린 것인가? 연신 선배의 헐렁한 티셔츠 안 밀크 박스로 눈길이 갔다. 카사노바의 기질이 다분하다고 자타가 공인하는 비타민Q가 초보인가? 육안으로 보아서는 모르겠다. 그렇다고 손으로 더듬어 확인할 성질의 일은 아니다.

-선배! 생각보다 집이 아늑하네요.

-조용해서 좋지 뭐. 술집보다 낫지? 한 잔하기에는?

-예! 그럼요. 주색을 겸비했는데요. 거기다 색은 더블이니 분위기가 야무지게 아름답죠. 또 수컷이라곤 비타민Q 혼자라는 사실! 황공할 정도로 황홀함돠. 수경마마.

-못 말려. 애! 미령아. 피대기 있지? 그걸로 안주하자.

수경선배는 피대기는 일명 섹스미네랄이라고, 남자의 정력에 좋고 여성의 미용에 좋다고 직설적 언어를 토해냈다.

-그렇게 좋은 물건을 어디서 났죠?

미령선배의 부모님께서 구룡포에서 오징어잡이 배를 두 척이나 가지고 있는 선주고, 자상하신 부모님께서 그저께 향토장학금과 아이스

박스로 한 박스를 택배로 보내서 많이 있다고 하며 비타민Q도 갈 적에 몇 마리 줄 테니 가져가서 먹으라고 했다.

  -선배 먹으라고 보내주신 것이 아닐 텐데, 선배가 인심 쓰고 그래요? 그건 그렇고 저 선배님은 들어보니 고향이 구룡포인 모양인데, 어떻게 선배와 고등학교 동기죠? 수경선배는 철민선배와 동향이라고 했으니 경북 상주인데?

  -몰랐니? 우리? 과학고 출신이다. 전국에서 수재들이 다 모인다. 그건 그렇고 미령이가 어디로 꿰맞추어도 분명히 네 선배는 아니야. 그냥 누나라고 불러라.

  듣고 보니 그것도 맞는 말이다. 내가 그러겠노라고 고개를 끄덕이는 사이, 냉장고를 뒤지던 미령누나가 겨우 반이 남은 소주병을 흔들며 한 마디 했다.

  -나! 오늘 영양가 있는 동생 하나 생겨서 좋은데 술이 이것 밖에 없네. 어쩌나?

  -제가 나가서 후딱 사오겠음돠.

  주색을 겸비해야하는 황홀한 분위기에 주酒는 이 비타민Q가 시주하는 게 마땅하다. 나는 주酒, 그대들은 색色! 그래야 궁합이 일치하는 것이다.

  -그럴래? 왔던 길로 가지 말고, 요 앞 사거리에서 좌측으로 내려가면 바로 큰길이다. 거기가면 24시 편의점이 있어. 너? 한 다섯 병은 마셔야 양이 차지? 알아서 사라. 근데 돈은 있니?

-저도 고향장학금을 엊그제 받았음돠.

급하다. 현관에서 신발을 신는데 수경선배의 목소리가 뒤통수를 때렸다.

-야! 비타민Q! 너 오늘 비아그라 필요한 거 아니니? 우리 둘을 아사 구제하려면 코피 날 텐데?

아! 이 몸서리치게 직설적인 유혹. 농염하여 더욱 거룩한 저 목소리. 농담이라도 귀가 즐겁다. 카사노바는 잠시 굳어 있다가 돌아섰다. 그리고 선배를 똑바로 보며 응대했다.

-어흠! 수경 씨! 비타민Q! 하룻밤에 일곱 번까지는 자신만만하니까 걱정 마시구, 홍콩으로 날아갈 티켓이나 준비하셔!

-말로만. 자신 없으면 24시 편의점 옆에 약국이 있으니까 준비 단단히 하고 와라. 호호호.

Q,7

　원룸에서 나와 골목 사거리에서 왼쪽으로 내려가니 바로 큰길이 나
왔다. 24시 편의점에 들어가 소주병이 든 냉장실 문을 열다 생각하니
꼭 필요한 약이 떠올랐다. 편의점을 나와서 보니 수경선배 말마따나
바로 옆이 약국이다. 약국으로 들어갔다.

　-안녕하세요.

　인사를 하고 보니 이런, 하필이면 약사가 여자다. 일단 들어왔으니
할 수 없다.

　-저어……. 그게 거, 박카스 한 병 주세요.

　그렇게 밖에는 말이 나오지 않았다. 약사가 내미는 박카스를 따서
마시고 숨을 좀 돌렸다. 뭐라고 말을 해야 하는데 입이 떨어지질 않는
다. 좀 서성거렸나? 흰색 가운을 입은 사십대의 아줌마. 아니, 약사님
께서 말을 걸었다.

　-학생! 뭐 필요한 거 있어요? 말해요. 괜찮아요. 뭐든지…….

　아, 약사들은 눈치가 빨라지는 약을 많이 먹는가 보다. 아니면 막힌
입을 열게 하는 신통한 약을 먹는지 모르겠다. 내 입은 신통하게도 금

세 열렸다.

-저어……. 여성 호르몬. 아니, 흥분제! 맞아요, 그런 게 있나요? 돼지 흥분제도 괜찮고.

-호호호. 학생, 작업 들어가려나 보죠? 종류가 많아요. 돼지 흥분제는 가축병원에나 있고, 이걸 써요. 무색무취니까.

눈치 빨라지는 약을 많이 먹는, 거룩한 약사님께선 돌아서서 금세 진열장에 있는 플라스틱 통에서 흰 알약, 세 개를 카운터 위에 꺼내 놓았다.

-맥주나 포도주 같은데, 한 병에 두 알 정도 타면 적당한데 혹 모르니까 세 알 타세요. 금세 효과가 나타날 걸요. 말초신경까지 퍼지는 시간이 한 십 분정도?

-알겠습니다. 고맙습니다. 부처님의 가피를 받아 성불하십시오.

내가 아는 좋은 인사말을 다 던져놓고, 봉지에 넣을 사이도 없이 약을 쥐고 돌아섰다. 그리고 급하게 문을 열고 나가는데 약사가 뒤에서 던진 목소리가 발목과 목덜미를 잡았다.

-학생! 아무리 급해도 약값은 내고 가야 쥐!

-헐!

머리를 긁적이며 카운터로 가 계산을 하는데 자상하기 그지없는 약사가 또 거룩한 소리로 주의를 주었다.

-학생! 순진하게 생겼는데, 너무 심하게 해서 사고는 치지 말아용. 산부인과 입원시키는 불상사를 만들지 말란 말이에요. 걱정이 되면

콘돔을 준비하시든가?

-저어, 그, 그게 선배님들 심부름입니다.

핑계를 진열장 위에 토해놓고는 후다닥 약국을 빠져 나와 24시 편의점으로 들어갔다. 소주를 다섯 병 바구니에 담고 포도주를 한 병 추가했다. 계산대에 올려 바코드를 찍고 난 다음, 알바생에게 포도주 따개를 좀 빌려달라고 했다. 친절한 알바생은 카운터 아래 서랍을 뒤지더니 포도주 따개를 꺼내 직접 포도주 병뚜껑을 따 주었다.

편의점을 나와 골목으로 들어서서 전봇대 아래에서 멈춰 섰다. 포도주 병을 열고 약을 넣으며 기도를 했다.

부처님이시여! 이 시대에도 아사구제에 걸린 보살들이 있음돠. 이 중생이 그 공덕을 쌓고 성性스러운 밤이 되도록 가피를…….

약을 넣은 포도주가 잘 희석되도록 돌리며 원룸으로 왔다. 그 사이 피대기와 고추장이 마련되어 원탁 위에 놓여있었고 수경선배가 주방에서 무슨 전을 굽고 있었다.

-미령누나! 누나와의 만남을 자축하기 위해서 와인 한 병 샀어요. 따개가 없을까봐 편의점에서 직접 따왔죠. 이 비타민Q, 대가리 좋죠? 귀엽죠? 이쁘죠?

-호호호. 정말 귀여운 게 아니라 귀여움을 창출하시네. 누구에게나 사랑받겠당! 수경이가 매일 비타민Q를 섬기는 이유가 있었구나. 호호호.

분위기가 A+다. 전을 다 구운 수경선배가 전을 접시에 담아 원탁에 엎어놓고 자리에 앉았다. 무슨 전이냐고 물었다.

-피대기와 김치를 잘게 썰어서 구운 전! 굳이 이름 하자면 섹스미네랄 토스트라고 표현해야 하나?

-K대에서는 그렇게 노골적으로 표현하나요?

-아니, 나만 그래.

이름이야 어쨌건 노릇한 전이 먹음직스러웠다.

-미령누나와의 만남을 자축하는 의미에서 와인으로 우아하게 건배하죠.

한 치의 의심도 없다. 미령누나가 와인마개를 열고 종이컵에 와인을 세 잔 가득 부었다. 나는 와인을 입에만 대고 내려놓을 참이다. 그리곤 소주를 마실 속셈으로 잔을 들었다.

잔을 드는 순간, 수경선배가 잠깐만! 하기에 적잖이 놀랐다. 다행히 와인을 걸고넘어지지 않고 주방에서 굵은 양초를 찾아와 원탁 중간에 놓았다. 내가 라이터를 꺼내 불을 밝히자 미령누나가 거실 전등 스위치를 내렸다.

분위기는 한층 업그레이드되었다. 올 A+. 완전히 몽유도원도다.

술이 있으면 신선에게 배우고 술이 떨어지면 부처에게 배우라고 했다. 이렇게 분위기 야무지게 아름다울 때, 중어중문 학도답게, 어험! 헛기침을 하고 한마디 해야 한다.

-너희가 풍류를 아느냐?

그렇게 서두를 꺼내고, 이백의 장진주將進酒 군불견황하지수君不見

黃河之水 천상래天上來……. 술 마시기를 예찬하는 시를 중국어로 성조에 맞추어 한 수 때리면 죽이겠는데 애석하게도 비타민Q는 그 시를 중국어로 다 외질 못한다. 아깝다. 이백의 월하독작月下獨酌도 괜찮다. 하늘이 술을 즐기지 않는다면 술별이 하늘에 있지 않으리라.

이런 걸 중국어로 줄줄 외우고 해석해주며 풍류를 즐겨야 하는데, 정말 아쉽다. 이런 주색을 겸비한 분위기가 될 줄 미리 알았더라면 공부를 하고 오는 건데. 내일은 그런 시들을 줄줄 외도록 공부를 해야겠다.

건배 제창은 수경선배가 했다. 위하여!

잔을 살짝 부딪치고 한 모금 마셨다. 원 샷으로 주욱 마신 미령누나와 수경선배는 잔을 내려놓으며 엄지를 세운 손을 내밀며 와인향이 그만이라고 했다.

-넌 왜 안마시냐?

-선배! 저 와인 체질이 아니에요. 소주가 딱이지.

-촌닭이 따로 없다.

밉지 않게 눈을 흘기며 빈정거리는 수경선배 앞으로 와인이 든 잔을 밀쳐놓고 옆에 있는 소주를 따서 한 잔 부으려니 미령누나가 소주병을 낚아챘다.

-비타민Q! 할머니라도 술잔은 여자가 채워주는 게 더 맛있는 법이랬어요.

-누나! 감솨함돠. 먼 훗날, 왕생극락하옵소서.

소주를 왕창 채운 다음에 농염하게 익어가는 보살들의 잔에 포도주를 채우고 또 건배 제의를 했다. 무슨 건배를 연거푸 하냐고 수경선배가 물었다. 석 잔까지 건배를 하는 게 우리 고향의 주법이라며 막무가내로 우겨 기어이 석 잔을 마시도록 만들었다.

두 번째 건배는 미령선배가, 비타민Q가 머지 않은 장래에 변 씨 가문의 강쇠도령이 되기를 기원한다고 했다. 두 번째 잔도 원 샷이다. 세 번째 건배는 내가 굶주린 옹녀들의 화려한 만찬과 포식을 위하여, 라고 외치며 건배를 했다.

이거? 아무리 엘리트들의 사석이라 하지만 언어가 너무 질펀한 거 아닌가?

-비타민Q! 지금 좀 덥지 않니? 나, 열이 나니? 이마 한번 짚어봐.

수경선배의 음색이 달라졌다. 이마를 짚어보니 이마가 아니라 몸이 후끈 달아있다. 그건 굳이 카사노바가 아니더라도 수컷의 본능적인 감각으로 감지할 수가 있다. 역시 이마에는 열이 없다. 몸에 열이 생긴 것이다. 서서히 약기운이 퍼지는 모양이다.

당연한 이치. 십 분 내로 말초신경까지 약효가 도달한다는 약사의 말은 거짓이 아님이 생체실험을 통해 판명되었다. 후후후. 일이 제대로 되어가는 군. 내가 책임질 한계를 넘어설 것 같은 분위기다.

-나도 소주 마실래.

미령누나가 소주를 거들었다. 할머니가 부어도 여자가 따르는 술이 제 맛이라던 보살들이 잔이 비어도 술을 따르지 않는다. 아니, 않는 게 아니라 따르지 못한다. 비타민Q는 자작으로 종이컵에 소주를 가득 부어서 마시며 찢어놓은 피대기에 연신 고추장을 찍었다. 왜 이렇게 화끈거리지? 그 말을 연발하는 수경선배는 내가 소주를 따르기가 무섭게 잔을 비우고 있었다. 드디어 마지막 소주병을, 태권도 사단인 내가 이단옆차기와 배지기로 보기 좋게 비우자 미령누나가 말했다.

-어라? 술이 벌써 떨어졌네! 딱 2%가 부족한데……. 내가 금세 사올게.

어지간히 취한다. 그만하자고 말릴 틈도 없었다. 미령누나가 현관문을 열고 사라졌다. 현관문을 조금 열어두고 번개같이.

-수경선배! 취하지 않아?

-좀 화끈거리는데, 정신은 말짱하네. 비타민Q! 우리 야동 볼까?

-야동? 금남의 집에 그런 게 있어요? 중학생도 아니고? 선배! 난 그런 거 중학교 때 마스터 했어요. 지금은 거의 야동 평론가 수준이라니까!

-야! 비타민Q! 웃기는 소리 마라. 그런 건 숨어서 보는 게 아니라 수컷과 함께 보는 거야.

내 말을 일축하며 거실 구석에 놓인 텔레비전 대신에 쓰는 본체가 커다란 컴퓨터를 켰다. 그 구닥다리 컴퓨터가 부팅이 되는 동안 방으로 가서 USB 하나를 찾아와서 살짝 웃으며 흔들어보였다. 뭐 새로운 게 있을까? 기대하며 버린 봉지를 뒤져 빈병을 하나 들고 와 재떨이 삼아 담배를 한 대 물고 소파에 앉았다.

하드에 USB를 끼우고 클릭하자 화면은 재부팅 되어 금세 그룹섹스의 질펀한 성교장면과 교성이 흘러나왔다. 뭐 특별할 것도 없고 새로

울 것도 없는 야동이다.

Made in, 日本.

촬영한 지 십 년도 넘는 영상물이다. 지금 돌아가고 있는 화면은 중간쯤이다. 일제는 거의가 여고생을 대상으로 찍는다. 앞에 지나간 장면은 안보아도 교복을 벗기는 장면부터 시작했을 것이다.

여자 셋에 남자 하나가 벌이는, 야동에서 만큼은 진부하고 상투적인 성교장면이다. 곧 오르가슴에 도달할 것이고 사정을 하면 그곳에서 분출된 비타민Q를 여자 셋이 입술이나 유두에 바르는 장면으로 끝이 날 것이다.

수경 선배가 볼륨을 낮추고 나더니 벽에 나란히 붙어있는 삼인용 소파를 두고 슬쩍 다가와 일인용 소파에 앉은 내 허벅지 위에 걸터앉았다. 아뿔싸! 반바지에 헐렁한 티셔츠를 입은 선배의 몸은 바짝 달아있었다. 수경선배가 내 목덜미를 두 팔로 감싸며 농염하게 귓불에 뜨거운 입김 같은 말을 불어넣었다.

-비타민Q! 저런 건 수컷과 함께 보는 것이 재밌어.

목소리마저 농염하게 변한 외로운 암컷! 야동보다 수경선배의 교태로운 목소리에 비타민Q가 분출되는 신체 특정부위에 힘이 조금 실렸다. 내 손은 저절로 수경선배의 희고 보드라운 허벅지를 쓰다듬고 있었다. 미치도록 희고 보드라운 살결이다. 다른 부위를 더듬고 싶었다.

나중에 후회할 일은 저지를 적에 달콤한 법이다. 손을 옮기려는 찰나, 미령누나가 술을 사오는지 복도에 슬리퍼를 끌고 누군가 뛰어 올라오는 소리가 났다.

　-애가 벌써 오남?.

　수경선배가 목덜미에 감고 있던 팔을 풀고 옆의 삼인용 소파로 가서 앉았다. 아주 얌전히.

Q₈

소주병이 담긴 비닐봉투를 들고 현관을 들어서던 미령누나가 딱 멈추어 섰다.

-애! 이거 속도가 너무 빠른 거 아니니? 일을 내요, 일을.

혼자 중얼거리더니 컴퓨터로 가서 야동을 꺼버렸다.

-야! 비타민Q! 분위기 쇄신을 위해 노래를 부르자.

-노래? 무슨 노래요?

-애국가나 어버이 날 노래 같은 거.

명령투다. 항명하면 쫓겨난다는 생각이 압도했다. 그래선 안 되지. 암, 절대 그건 안 되지.

셋은 둘러앉아 어버이날 노래를 불렀다. 농염한 기운이 흐르던 공간이 갑자기 엄숙해졌다. 노래가 끝나자 다시 술판이 벌어졌다. 미령누나가 사온 것은 소주 네 병. 내게 술을 따르며 미령누나가 말했다.

-비타민Q? 술이 엄청 세네?

-음주량과 정력은 정비례합니돠.

-너 또 말꼬리를 허리 아래로 끌어내릴래?

수경선배가 밉지 않게 눈을 흘기며 손바닥으로 내 등짝을 철썩 때렸다. 여태 허리 아래를 노리개 삼아 놀아난 게 누군데? 아마도 미령누나를 의식하는 모양이다. 카사노바의 통찰력으로 짐작컨대, 여자들은 아무리 친하지만 그런 벽이 있는 모양이다.

-그럼 이야기를 대가리까지만 하죠. 저는 대가리가 둘이걸랑요.

-너? 정말 못 말리겠다.

수경선배가 야~ 왜 이렇게 후끈거리지?를 연발하며 티셔츠를 조금 걷어올렸다. 겨우 배꼽이 보일 정도다.

-나도 너무 후끈거린다. 얘! 아예 윗도리를 벗어라.

-정말 그럴까? 비타민Q가 있는데?

-동생인데 어때서?

미령누나의 말이 떨어지기가 무섭게 수경선배는 팔을 꼬아 티셔츠를 말아 쥐고 머리통으로 빼냈다. 으흭! 이게 꿈인가? 꿈이라면 깨지 말지어다. 눈이 시리도록 하얀 브래지어를 걸친 선배가 헝클어진 머리를 손으로 쓸어내리고 내 잔에 거침없이 술을 부어주었다. 눈길 주기가 민망해서 주는 대로 마셨다. 어지간히 취한다. 정말 주색을 겸비한 카사노바가 된 기분이다.

-비타민Q! 너 너무 취하는 거 아니야? 술 덜 취하는 약을 줄까?

수경선배는 벌써 혀가 꼬였다. 내가 대답도 하기 전에 잠깐만! 하고는 반바지에 브래지어만 걸친 채 조금 비틀거리며 방으로 들어가 하얀 알약 하나를 가지고 나왔다.

-이게 술이 덜 깨는, 아니 덜 취하는 약이라고요?

수경선배의 손바닥에 얹힌 알약을 집어 입에 넣고는 물 대신 소주로 삼켰다. 몇 순배가 돌아가자 미령선배가 나섰다.

-야! 나도 미치겠다. 왜 이리 화끈거리며 열이 오르지?

당연하지, 약이 든 포도주를 마셨는데! 속으로 쾌재를 불렀다. 손부채로 얼굴을 휘휘 내저으며, 미령선배는 일어서서 현관으로 가더니 그때까지 조금 열려있던 현관문을 찰칵 자물쇠가 잠기는 소리가 나도록 닫았다. 그리곤 현관에 선 채로 헐렁한 티셔츠를 수경선배와 똑 같은 자세로 홀렁 벗어 던졌다. 검정색 브래지어였고 밀크박스는 수경선배보다 더 풍만했다. 아랫도리에 꽉 조이는 쫄바지에 윗도리는 겨우 검정색 브래지어! 죽여주는 패션이다. 그러나 그걸 보자 현실감은 일지 않고 갑자기 몽롱한 눈길, 맥이 쭉 빠지는 기분이었다.

-비타민Q! 너도 더우면 좀 벗어라.

-아, 더는 못 마시겠어요.

-딱 한 병 남았어. 비타민Q? 마저 마시고 가야지?

미령누나의 말이었다. 가다니? 그 말이 떨어지기 무섭게, 삼인용 소파로 기어 올라가며 흥알거렸다.

-나 좀 누울게요.

저 한 병을 마시면 가야 한다. 가기 싫다. 그래서 마시면 안 된다. 몽롱한 가운데 수경선배가 다시 컴퓨터를 켜고 야동을 보는 소리가 들렸다. 스피커에서 여자의 교성이 들린다. 같이 보며 즐기고 더 원초적으로 발전하면 생비디오를 연출할 수도 있겠지만 몸이 말을 듣지 않는다.

　-야! 비타민Q, 너도 더우면 옷 좀 벗고 쉬라니까. 많이 취하니?

　수경선배가 내 목덜미와 이마를 짚어보며 말했다. 손길이 부드럽다. 청바지를 확 벗어버릴까 하지만 그렇게 설치기에는 너무 몽롱하다. 왜 이렇게 취하지? 너무 급하게 마셨나? 술이 덜 취하는 약까지 먹었는데, 내가 왜 이러지?

Q, 9

아웅~ 잘 잤다. 이 씨발놈의 느림보 거북이야 어디까지 오고 있니? 토끼가 기지개를 켜며 뒤를 돌아보고, 앞을 보며 사방을 살폈다. 이런~ 거북이는 벌써 산등성이에 도착해 깃발을 쥐고 있었다. 아차! 너무 잤구나! 졌다. 거북아! 심한 갈증과 요의 때문에 잠이 깬 토끼, 아니 비타민Q는 기지개를 켠 채 사방을 둘러보고 깜짝 놀랐다.

-헉! 이게 뭐야?

꿈결에 젖어 있던 내가 자신도 모르게 내지른 소리였다. 숙사인 명륜관의 202호가 아니라 수경선배의 집이다. 거실에는 밤새 불이 환하게 켜져 있었고 브래지어와 음모가 시커멓게 비치는 아슬아슬한 팬티만 걸친 수경선배가 거실바닥에 퍼져서 자고 있었다. 그걸 보니 정신은 초롱같이 밝아졌다.

-이런! 혼자 보기 아깝네…….

입맛을 쩍 다시다 보니, 비타민Q의 몰골도 말이 아님을 깨달았다. 완전히 알몸이었다. 내가 왜 이렇게 되었지? 에라~ 모르겠다. 그건 조금 있다가 생각하고 옷은 어디 있나 둘러보니 청바지와 메리야스, 팬티는 머리맡의 일인용 소파에 얌전히 걸쳐져있다. 방광과 대장이 터질 것 같다. 팬티와 청바지만 걸치고 후다닥 화장실을 향했다.

깔끔하게 뒤처리를 하고 일어서는데 머리에 무언가 걸리는 게 있었다. 올려다보니 속옷을 빨아서 말려놓은 것이다. 수경선배 것인지 미령누나 물건인지 하얀 팬티와 브래지어였다. 눈이 시리도록 앙증맞은 물건들이다. 나는 그 물건 중의 팬티로 손이 갔다. 한참 어루만졌다. 오! 부드러운 촉감! 환장할 수준의 향기롭고 감미로운 비누 향기! 순간적으로 팬티를 빨래집게에서 떼어내어 꼭 쥐어보았다. 겨우 손수건 정도의 부피다. 수컷들은 이 작은 물건을 벗기기 위해 목숨을 건다. 내 손바닥에 오롯이 들어있는 이 실크의 촉감!

'허? 무엇에 쓰는 물건인고?'

누군가 뒤에서 근엄한 목소리로 소곤거리며 넘보는 거 같았다. 환청인가?

후다닥 화장실 문을 닫고 나왔다. 그렇게 들락거려도 수경선배는 깨지 않는다. 문이 열린 방문을 살며시 들여다보았다. 그 방은 빈방이다. 다시 문이 닫힌 방문을 노크했다. 반응이 없다.

-미령누나의 밤은 안녕한가?

문을 살며시 밀어보았다. 허걱, 숨이 탁 막혔다. 그곳은 더 가관이다. 미령누나가 완전히 알몸으로 뻗어 있었다. 브래지어와 팬티마저도 없이, 구체적으로 말하면, 실오라기 하나 걸치지 않은 몸으로 모로 누워 자고 있는데 엉덩이가 밀크 박스보다 실하다. 얇은 이불은 침대 아래로 흘러내려 이불로서의 기능을 상실하고 있었다. 아! 이래서는 안 되는데 하면서도 나는 그 방으로 들어섰다. 호흡이 조금 가빠지며 바지 앞섶이 잔뜩 부풀었다. 나직이 미령누나! 하고 부르며 그녀의 어깨를 흔들었다. 반응이 없다. 가슴이 쿵쾅거린다. 관세음보살…… 성적 욕구, 정신적 흥분을 종교적으로 달래고자 내 입에서 흘러나온 소리였다. 사음하지 말라는 불가의 오계는 수없이 들었다.

심호흡을 하며 욕구를 억지로 자제하고 문을 닫고 나오다가 기어이 발기하는 호기심을 누르지 못하고 다시 방으로 들어갔다. 그리고 휴대폰을 꺼내 누나의 기가 막힌, 다시는 취하지 못할 포즈를 몇 컷 찍었다. 방을 나와 거실에 뻗은 수경선배의 포즈도 돌아가며 몇 컷 찍었다.

-선배! 나, 갈래요.

대답이 없다. 살결이 부드러운 선배의 어깨를 흔들었다. 역시 대답이 없다. 으음~ 작은 신음을 내며 모로 자고 있던 선배는 바로 누웠다.

-헉! 더 요염한 자세를 취하는군. 완전히 뻗었네!

선배의 밀크 박스에 손을 얹었다. 결코 내 두뇌가 손에게 지시한 사항이 아니다. 두뇌의 지시를 거부하는 손이 제 마음대로 작동한 것이다. 전율이 흐르고 마인드가 컨트롤되지 않는다. 이러다가 정말 일 내겠다.

객관적 판단과, 거기다 간밤의 분위기와 더불어 역동적인 상상력을 동원하면 지난 밤은 환상이 아니라 원초적 욕정으로 얼룩진 광란의 밤이었을 거다. 유명대학 엘리트들의 사생활치고는 도가 넘을 정도로

난잡스러웠다는 죄책감이 아득히 밀려들었다. 빨리 음탕하고 질펀한 유독가스가 분출되는 공간을 탈출해야겠다.

일어서는데 뭔가 아쉽고 허전하다. 나는 다시 휴대폰을 꺼내 큰 대자로 뻗은 수경선배의 얼굴과 은밀한 부위를 아슬아슬하게 가리고 있는 헝겊 조각까지 선명히 나오도록 몇 컷을 더 찍었다. 오묘한 진리는 저 헝겊조각 안에 있는지 모를 일이다. 진리와 이상, 그것을 추구하는 모든 인간의 두뇌는 저곳에서 창출하고 삼라만상의 기운과 불가에서 말하는 도道마저도 저곳으로 내통한다고 생각하며 성聖스럽고 성性스러운 그곳을 모범생답게 면밀히 참구하며 내려다보았다.

Q.10

의식을 못했지만, 원룸을 나와 사거리를 돌아 큰길로 내려올 때까지 비타민Q가 분출되는 그곳은 걸음걷기가 불편할 정도로 빳빳했다. 조물주가 인간이라는 동물을 창조할 적에 비타민Q의 분출구를 다리와 다리 사이가 아닌 이마에 달아두었더라면 발기가 되더라도 걸음걸이가 불편하지 않을 테인데, 이마에 달아놓으면 팬티를 머리에 쓰고 다녀야 하나? 그것도 좀 이상하다. 그럼 배꼽 위에 달아놓으면 어떤가? 그렇다. 생각하니 그곳이 적당하겠다. 말과 소는 발기가 되어도 걸음걸이에 지장이 없다. 인간이라는 동물만 그렇다. 순전히 머리가 나쁜 조물주가 만든 신체 구조 때문에 나도 몰랐지만 무의식중에 그 때까지 책가방으로 바지 앞섶을 가리고 어기적거리며 내려온 것이다.

혹시 어젯밤에 수경선배가 준 약이 수면제가 아니라 정력제인지 모르겠다. 그렇게 의심을 하다가 고개를 저었다. 수경선배가 뭐가 아쉬워서 그런 정력제를 책상 서랍에 비치하고 있겠는가? 그 정도 마셨음에도 불구하고 이렇게 정신이 말짱하고 숙취가 없는 걸 보니 정말 술이 덜 취하는 약일지도 모른다는 긍정적인 생각을 클릭하여 끌어다가 의심이 가는 마음에 덮어씌우기를 했다.

깊어가는 가을 새벽! 거리는 한산하다. 큰길을 따라 조금 내려오니 북문이 보이고 가로등이 밝혀진 캠퍼스가 윤곽을 드러내기 시작했다. 수경선배의 원룸은 걸어서 다니기에 딱 맞을 만큼, 학교에서 그리 멀지 않은 곳이다.

천천히 걸으며 지난밤 꿈같은 일을 더듬다가 앞으로 수경선배를 보지 못할 것 같은 예감에 휩싸였다. 저지르고 나서 후회할 짓은 하지 말라고 했거늘 그 선을 넘어선 것이다. 만나면 무슨 말을 해야 할지 모르겠다. 평소처럼 그렇게 다정하고 아무 일도 없었던 것처럼 지낼 수가 있을까? 자문하고 고개를 저었다. 어쩌면 평생 수경선배의 꿀물이 묻은 이마를 보지 못할 수도 있다. 몇 달 남은 학기를 마치고 군에 갔다가 오면 수경선배는 졸업을 하고 없을 것이니까.

휴대폰으로 찍은 사진들은 파일을 만들어 내 노트북 깊숙이 묻어두고 지난밤이 생각나거나 수경선배가 아득히 그리울 때면 한번 씩 꺼내보며 마음을 달래야 하나?

간밤, 그 술로 무르익는 분위기에 중어중문학과 학도답게 당시를 줄줄 외지 못한 것이 못내 아쉽다. 오늘은 기필코 이백의 장진주將進酒와 월하독작月下獨酌을 중국어로 외워야겠다. 그 구절을 인용하여 리포트에도 활용하고.

새벽바람이 차다.

벌써 이렇게 기온이 떨어진 건가? 가방을 어깨에 걸치고 시린 손을 청바지에 넣다가 고개를 갸웃했다. 이게 뭐지? 청바지 앞주머니에 감촉이 부드러운 헝겊조각이 들어 있었다. 나는 손수건을 가지고 다니지 않는데……. 주머니에 든 것을 꺼내서 가로등에 비춰보았다.

-아뿔싸!

이걸 청바지 주머니에 나도 모르게 넣은 모양이다. 원룸 화장실에서 내가 만지작거리던 흰색 팬티였다. 이걸 어쩌지? 수경선배 것인지 미령누나의 물건인지 모르겠다. 다시 돌아가 그곳에 원위치 시키기에는 늦었다.

-그러나 저러나 이 물건을 어떻게 한담? 휴~

휴~ 한숨과 입김을 내불었다. 그것 때문인가, 안경알에 성에 같은 김이 끼어 시야를 가렸다. 안경을 벗어 옷깃에 닦다 말고 그 물건의 용도를 순간적으로 떠올렸다. 안경닦이! 그만이다. 면으로 된 레이스가 달린 안경닦이다. 이 물건으로 안경을 닦아 끼고 다니면 세상 모든 인간과 사물이 성性스럽게 보일 것이고 섹시하게 비춰질 것이다. 그렇다. 생각하니 지난밤의 성性스러운 기 싸움에서 획득한, 그야말로 기가 막힌 전리품이다. 눈이 시리도록 하얀 팬티로 안경을 닦아 끼고 그 전리품을 구겨지지 않게 잘 접어서 청바지 깊숙이 쑤셔 넣었다. 이제 성性스러운 세상만 보며 살아갈 것이다.

취업대란을 맞은 캠퍼스는 불야성이다.

정말이지 우리 시대에 가장 피 터지는 전쟁이다. 밤을 새워 전략과 전술을 익히는 취업대란의 참전용사들이 도서관에서 밤을 새우는 모양이다.

책가방을 멘 채로 도서관 건물로 들어섰다. 현관 입구에는 커피와 컵라면을 뽑을 수 있는 자판기가 있고 더운물이 나오는 보온물통은 바로 옆에 있다. 그리고 식탁으로 이용하는 긴 테이블이 놓여있다. 나는 숙사 쪽의 식당에서 밥 때를 놓치거나 인문대에서 식당까지 가기 싫은 날이면 중앙도서관 현관에 있는 이 자판기에서 컵라면을 뽑아 점심으로 때운다.

지금 보니 나같이 게으른 학생을 위해 설치한 물건이 아니다. 밤을 새워 열람실에서 전술을 익히는 용사들의 시장기를 달래고 커피로 잠을 쫓으라는 학교 측의 배려로 마련한 공간이다. 컵라면을 하나 먹을까? 생각하니 내키지 않는다. 어쩐 일인지 어젯밤에 그렇게 마셨음에도 불구하고 속은 거짓말같이 멀쩡하다. 숙취도 없고, 그냥 커피나 한 잔 뽑아 마시고 열람실에 얼마나 많은 용사가 전술을 익히는지 둘러보며 신선한 충격을 받아 나도 공부라는 화두를 두고 철야 정진하는 계기로 삼아야 할 일이다. 자판기의 커피 한 잔을 뽑아 놓고 나머지 동전이 나오도록 기다리는데 이 층에서 내려오던 누가 낮고 은밀한 목소리로 나를 불렀다.

-야! 비타민Q, 이 시간에 도서관에 웬일이냐?

-아~ 철민선배! 선배님이야 말로 웬일이세요? 커피 한 잔 뽑아드릴까요?

장소가 도서관인 만큼, 나도 목소리를 낮추었다. 대답도 듣기 전에 밀크커피 버튼을 눌렀다. 따끈한 기운이 도는 종이컵을 받으며 선배가 재차 물었다.

-여태까지 도서관에서 밤을 새웠냐?

-아……, 예. 좀 정리할 게 있어서, 이제 막 숙사로 자러 가려던 참이에요.

-야! 비타민Q! 너 무섭다. 새내기들이 도서관에서 철야 정진하는데, 우리 일 학년 때는 늘 술만 마시고, 미팅이라고 보살들 꽁무니만 따라 다녔어! 하긴 그러니 이 나이에 이 모양이지! 넌 뭐가 되어도 되겠다.

선배의 칭찬을 들으니 비타민Q도 인간인지라, 좀 찔리는 구석이 있다. 밤을 새운 탓인지 선배의 얼굴은 까칠해보였다. 철민선배 앞에만 서면 왜 이렇게 주눅이 드는지 모르겠다. 철민선배가 비타민Q를 총애함에도 불구하고 늘 고양이 앞에 선 생쥐 꼴이다.

-선배님! 밤을 꼴딱 새운 모양이네요? 눈이 충혈된 게. 뭐, 어디 시험 칠 곳이라도 생겼나요.

-과기처 부설 무슨 공사인데 기술직으로 겨우 네 명을 뽑아. 내 전공과는 겹치는 과목도 있고 다른 과목이 두엇 추가되니 좀 어렵다.

-밤을 꼴딱 새운 겁니까?

-아냐! 책상에 엎드려 두어 시간 잤어. 바람 좀 쐬려고. 어젯밤 늦게까지 마셨냐?

-모르겠어요. 저는 500cc 두 잔 마시고 바로 나왔어요.

-그래 잘했다.

선배가 나서는 곳으로 종이컵을 물고 나와 바로 앞의 벤치에 앉았다. 이슬이 내려앉은 나무벤치는 촉촉했다. 눈치가 삼 단인 나는 주머니를 뒤져 담배를 꺼내 선배에게 내밀었다. 선배는 내 얼굴을 한 번 힐끔 보고는 담배를 빼어 물었다. 불을 붙여주는 것도 내 몫이다.

-선배! 시험이 끝날 때까지 도서관에 사시겠네요?

선배가 담배를 다 피는 동안 옆에 앉아 있자니 뭔가 찔리는 구석이 있어 자유스럽지 못하고 오히려 곤혹스러웠다. 나는 몇 개 피지도 않은 담뱃갑을 선배에게 내밀었다. 아마도 선배는 담배를 사러 나갈 짬도 없을 거다.

-고맙다. 비타민Q! 내 꼴 나지 마라. 우리 학교 졸업생 취업률이 60%를 밑돈다. 대학원 진학을 포함해서 그렇다. 다른 학교는 취업률이 산출도 안 된단다. 심각한 대란이다. 아무리 미화시켜도 환경미화원으로 불릴 수밖에 없는 청소부 시험에, 응시자 90%가 대졸 출신이란다. 말이 되냐?

-그 정도로 심각한가요?

-지금 말이 아니다. 오죽하면 대란이라고 하겠냐? 들어가서 좀 자라.

선배는 나에게 받은 담배를 쥐고 자리를 털었다. 건물로 들어가다 말고 뒤돌아보고 한마디 던졌다.

-야! 비타민Q! 동아리 회원들에게는 비밀이다. 떨어지면 모양새가 우습다. 아무래도 호락호락하지 않아. 그리고 순례 잘 다녀와라. 재호

녀석이 잘 할는지 모르겠다.

　-선배님! 그런 걱정 마시고, 석 자인 코에 부처님 가피가 충만하도록 기도할게요.

　-짜씩~ 저거 귀엽네!

　한 마디를 흘려놓고 선배는 현관 안으로 사라졌다. 철민선배 파이팅!

Q,11

이놈의 학교는 사감마저도 국가공무원이다.

사감도 목에 자기 성명과 사진이 박힌 공무원 표찰을 메달처럼 걸고 다닌다.

-헤이~ 스투던트! 컴 히어!

새벽 다섯 시 반, 들어오는 시간이 하 수상하다는 듯이 그 사감은 비타민Q를 불렀다. 근무시간이 하염없이 지루하고 심심하던 차에 잘 걸렸다는 듯이 꼬치꼬치 물고 늘어졌다. 중앙도서관에서 리포트 작성하며 밤을 새우고 자러 들어간다는 입실 이유를 둘러대고 술 냄새가 나는지 음주측정기 대용으로 쓰이는 국가공무원 코에 입김과 함께 구취를 확 불었다. 학생증을 제시한 다음에 입실자 명단과 대조 후에 이 층 계단을 오를 수가 있었다. 그나마도 주머니를 뒤져 안경닦이로 쓰이는 여자 팬티를 압수당하지 않은 게 다행이다.

-이제 오냐? 여태 마셨어? 무슨 뒤풀이가 그리 길어? 모텔까지 가서 하는 뒤풀이냐?

자고 있을 줄 알았던 코끼리가 내 책상까지 점령하고는 요상한 물건을 잔뜩 펼쳐놓고 희한한 짓거리를 하고 있다. 무슨 전자기기 정비공장인가?

-여태 안자고 무슨 지랄이냐?

공대 건설공학부에서 토목을 전공으로 찍은 녀석이다. 이인일실을 쓰는 기숙사라 룸메이트라고는 이 코끼리 녀석뿐이다. 선배들 말에 의하면 올해 들어온 새내기들은 운이 좋단다. 작년까지 한 방에 여섯 명이 쓰는 숙사인데 이인일실로 신축하면서 12층으로 올려 거의 800명을 수용할 수 있는 명륜관이란다. 옛날 숙사는 지금 산학협력센터를 겸한 창업보육센터를 짓느라 한창 공사 중인 바로 옆자리라고 했다. 취업대란이 닥치니 국비를 들여 그런 용도의 건물을 짓고 있는 모양이다. 공사현장 소음이 거슬린다고 아침마다 짜증낼 일만은 아니다. 여섯 명이 한 방을 썼다니 생각만 해도 끔찍하다.

이 자식은 팬티만 입고 거리를 활보하는 도시, 세부나 와이키키에서만 살다 왔는지 숙사에만 들어오면 팬티바람이다. 잠도 팬티만 입고 자고 공부도 팬티만 걸치고 한다. 팬티도 박스팬티라면 봐줄만한데 사타구니에 꽉 끼이는 삼각팬티라 코끼리가 새벽에 발기인대회라도 참석하는 날이면 방안의 아침이 혼란스런 풍경을 연출한다.

-그게 측량기냐?

-이거 재미있다. 광파기라고 들어봤냐? 이게 광파기고 이게 프리즘이다.

-현미경 같이 생겼는데?

-이 광파기를 수평에 맞게 세워놓고 멀리 있는 이 프리즘에 맞추어 빛을 쏘면 이 프리즘에서 빛을 받아 되돌아오는 시간을 계산하여 거리를 측정한다. 줄자를 들고 다니는 조선시대는 지났어. 광속을 백만분의 일로 계산하여 거리를 밀리미터 단위까지 정확히 하고 높낮이까지도 측정할 수가 있다. 직선거리와 사거리까지도 측정이 가능하다. 이게 무슨 원리인가 알아보려니 아무래도 전자응용을 부전공으로 해야겠다. 내가 다 분해하고 조립했어. 이 드라이버 하나로.

책상 앞에 앉은 녀석은 조그마한 드라이버를 집어 들어 내게 보여주었다.

-신라시대에는 그런 것 없이도 첨성대를 올렸어. 인마! 토목실험실에서 가져온 거냐? 잠긴 문도 안에서 못 여는 녀석이. 너 국가 재산 박살내는 거 아냐?

-그런 거 같아. 씨발, 분해해보고 조립은 했는데 수평이 안 맞네.

-밤새 그 지랄을 한 거냐? 이거 국산이야?

-아니, 독일젠데 AS 맡겨도 견적이 꽤 나오겠다. 몇 번이나 수정을 했는데 안 되네! 미치겠다.

-토목을 전공하려면 그걸 쓸 줄만 알면 되지. 네가 광파기나 계측기 공장 차릴 일 있어? 그런 건 전자응용과 놈들이 하는 짓거리야! 일을 내요, 일을 내. 견적이나 왕창 나와라. 야! 그만하고 자자. 견적이 얼마나 나올지 내일 걱정하고, 자자.

-내일이 바로 오늘이다. 인마! 날 샜어. 밤을 샌 뒤풀이 즐거웠냐?

-한숨 자고 이야기 하자.

비타민Q의 침대는 이 층이다. 내가 옷을 대충 갈아입고 이 층으로 올라가서 눕자 코끼리도 광파기를 밀어두고 제 침대로 기어들어갔다.

-근데 그 광파기로 사진 촬영이 가능하냐?

-컴퓨터와 연결시키면 가능하겠지?

-그럼 버지니아까지 볼 수 있냐?

-버지니아? 미국 버지니아시티를 말하는 거냐?

-지구가 둥근데, 직선거리가 아니니까, 거긴 안 되고, 공부 좀 해라 이 자식아! 버지니아! 콘사이스에 스펠링으로, VIRGINIA 그대로 찾아봐! 성숙한 여자의 성기라고 주석을 달아 놓았을 걸. 어떤 무식한 년들은 티셔츠에 웰 컴 투까지는 작게 씌어져있고 그 아래 버지니아라고 큼직하게 박힌 티셔츠를 입고 다니더라. 나 그걸 보고 얼마나 웃었는지 모른다.

-그런 오묘한 뜻이 있었는가? 한번 찾아봐야겠네. 그런데 버지니아까지 보이면 어떻게 하려구?

-옥상에 광파기를 설치해놓고 지나가는 여학생 버지니아를 찍어서 흑백사진 전시회 하려고 그런다. 중앙도서관 복도 같은데서 하면 좋겠다. 그치? 여학생들 꽤나 몰려 킥킥거리겠지? 제 물건인지도 모르면서.

-저 자식은 꼭 말꼬리를 허리 아래로 끌어내려요. 비타민Q 아니랄까봐 그러냐? 역시 넌 그쪽 방면으로 잘 돌아간다. 요즘도 카사노바를

존경하냐?

 -그래! 나의 우상이다. 숲이 우거진, 아름다운 버지니아 랜드를 활 보하는 꿈을 꾸며 자라. 말 시키지 말고, 수틀리면 또 방귀 뀐다.

 이불을 끌어다가 얼굴을 덮었다. 코끼리가 말없이 침대머리에 붙은 전등 스위치를 내렸다. 잠을 청하는데 난데없이 수경선배의 버지니아 랜드가 떠올랐다.

Q. 12

잠깐 잔 것 같은데 일어나니 해가 중천에 걸려있다.

시계를 보니 열한 시다. 아침은 물 건너갔고 열두 시부터 시작되는 점심시간을 기다려야 한다. 코끼리는 씩씩하게 자고 있다. 나야 수경 선배의 원룸에서 좀 잤지만 녀석은 광파기에 미쳐서 밤을 홀딱 새웠으니 퍼지는 게 당연하지.

-그래 자라 이 자식아! 이미 늦었다. 조교 없을 적에 광파기를 반납하기에는.

다음 달 향토장학금 받아서 광파기 AS대금 물어주고 나면 남을 게 없을 거다. 그러면 허구한 날 내 식권을 빌려가겠지.

이미 늦은 거, 점심시간을 맞춰 깨우려고 침대에서 살금살금 내려와 책상 앞에 앉다가 보니 코끼리 숨소리가 수상했다. 녀석의 이불을 살며시 들추어 보았다. 그럼 그렇지. 이 자식이 또 발기인대회에 참석 중이다. 삼각팬티가 잔뜩 부풀어 팬티가 찢어질까 겁이 날 지경이다. 광파기로 녀석의 비타민Q 분출구의 최대 길이나 재어볼까? 그런데 프리즘을 어디에 고정시켜야 하는 거지? 저 자식이 일어나면 제대로 배위야 되겠다.

책상 위에 놓아 둔 휴대폰이 제 몸을 부르르 떤 것은, 내가 노트북을 켜고 조용히 앉아 점심시간을 기다리며 리포트 초안을 정리하고 있을 때였다. 코끼리 녀석이 잠이 깰까봐 얼른 휴대폰을 집어들었다. 번호를 보니 생전 처음 보는 번호다. 이거 혹시 미령누나 번호가 아닌가? 덜컥 겁이 났다. 집요하게 제 몸을 흔들며 요동치는 전화기를 들고 조용히 복도로 나왔다.

-여보세요.

나직한 목소리로 조심스럽게 수화기 저쪽의 상대방을 더듬었다. 틀림없이 미령누나의 전화인 줄 알았는데 웬걸, 아버지다.

-너 이 자식아! 어제 왜 그렇게 전화를 안 받았어?

-어? 아버지! 이거 누구 전화예요?

-어험, 아부지 전화 스마트폰으로 바꿨다. 이 자식 봐라? 관등성명도 없어?

-아차! 그게 빠졌군! 충성, 아니 열공! 육군 김종식 원사께서 총애하시는 차남, 김준혁 열공!

나지막한 목소리지만 박력을 실어 관등성명을 댔다.

-하하하. 됐어. 근데 어제 저녁에는 왜 그리 전화를 안 받았냐?

-어제 저녁……. 그게 그, 도서관에서 밤을 새웠죠.

-그랬나? 전화번호 바뀐 것도 일러주고, 오늘 집에 오려나 싶어 전화를 했다.

-아부지! 오늘은 수업이 왕창 있어요.

-이 자식! 거짓말 하는 거 봐라? 토요일에 무슨 수업이 있냐?

아차, 오늘 토요일이다. 잘못 둘러댔다. 그게 그, 우물거리는 사이 아버지의 우려가 담뿍 실린 공포탄이 날아와 내 앞에서 폭발했다.

-너 대학생 되었다고, 가시나들 꽁무니만 따라다니는 거 아냐? 이왕 이면 좀 예쁜 가시나를 꼬셔라.

군 생활 삼십 년이 넘는, 육군 원사 김종식씨는 보이지 않는 사거리에 곡사포를 정조준하고 방아쇠를 당겼다. 명중이다. 그렇다고 픽 쓰러질 김종식 원사의 아들, 비타민Q도 아니다.

-전 가시나 꽁무니에 관심 없어요.

-이 자식 봐라? 왜 관심이 없어? 인마. 대학생이 되었으면 관심을 가지고 좀 예쁜 가시나를 꼬셔라.

-가시나들을 꼬셔 어디에 쓸라구요? 귀찮기만 하죠.

-귀찮긴, 어험! 그게, 말이다. 나중에 니 마누라가 되면 젖 좀 만질라고 칸다. 와? 꼽나?

-아부지가 남의 마누라 젖은 왜 만져요? 아부지도 차암.

-이 자식아! 니는 내 마누라 젖 안 만지고 놀았나? 남의 마누라 젖을 빨고 또 가지고 놀았으면 니도 갚아야 될 꺼 아니가 인마.

-아, 그런가요. 알았어요. 예쁘고 젖통이 세 개나 네 개 달린 가시나를 꼬실게요. 아니, 젖통이 다섯 개 달린 가시나를 꼬실게요. 실컷 주무르고, 빨고 노세요. 됐심니꺼?

-그거 기똥차게 기발한 생각이다. 지발 쫌 그래라.

-알았어요. 근데 아버지 전화만 바꾸시지 번호를 왜 바꿨어요? 놀랐잖아요?

그게 말이다, 로 시작된 아버지의 설명을 요약하면, 주임원사 사무실에 근무하는 행정병 한 놈이, 자기 형이 휴대폰 대리점을 개업했다며 기지국을 바꾸면 공짜로 요금이 적게 나오는 전화를 준다고 해서 하루 외출을 보내며 칠 년이나 사용했던 구닥다리 전화기와 주민등록증을 줬더니, 최신형 스마트폰으로 바꾸고 폰 번호도 아버지의 군번을 따서 바꿔왔는데 스마트폰이 뭐가 이리 복잡하냐고 불평을 늘어놓았지만 그게 불평이 아니라는 걸 비타민Q는 안다.

-아버지 조금만 배우면 돼요. 금세 할 수 있어요. 근데 을지훈련 끝났어요?

-지난 주에 끝났지. 어제 저녁에 하도 전화를 안 받아서 학교에서 탈영한 거 아닌가 싶어 전화를 해봤다. 내 전화번호 찍혔지? 열공해라 끊는다.

-예. 오늘은 쉬시겠네요? 내일도 그렇고, 희숙 씨랑 산에도 좀 다니고 그러세요.

-야, 인마! 산에 안 다녀도 심심하면 사병들과 구보를 같이 한다. 사병들은 낙오를 해도 나는 낙오가 없어. 십오 키로는 거뜬히 뛴다. 너그 아버지 아직까지 사병 둘은 때려눕힐 수 있어. 청춘이야. 걱정 마! 근데 너 밥은 잘 챙겨먹고 있냐?

-예! 끼니를 때워야 공부를 하죠. 체력과 학력은 정비례합니다.

-알았다. 너라도 오면 소주 한 잔 하려고 했더니 아쉽네. 그거 참.

-형을 부르세요.

-오늘은 중대장도 못 온단다. 너 엄마는 참모부녀회 '새파란 것들' 계모임에 갔고, 뭐 하며 놀지? 이거 심심한데…….

-아버지! 스마트폰 공부나 해요. 그거 한 일주일은 바짝 배워야 다 써먹을 수 있어요.

-그럴 참이다. 알았다. 끊어!

방으로 들어와 나는 방금 온 아버지의 전화번호를 단축번호에서 찾아 새로운 번호로 변경했다. 중대장이 못 온다니 내게 전화를 한 모양이다. 중대장이라고 아버지가 지칭하는 작자는 바로 형이다. 형은 나보다 일곱 살이나 많다. 현역이 아니라 지금은 어느 그룹의 산하 전자회사 예비군 중대장으로 근무한다. 아버지의 적극적인 권유와 성적을 고려하여 지방대학으로 가서 ROTC 마치고 장교로 입대했다. 그러나 진급이 어렵다는 것을 간파하고 대위에서 예편하고 취업대란이라지만, 없는 자리를 만들어 회사의 예비군 중대장으로 갔다. 그 자리도 희숙 씨가 사단장과 사모님을 은근히 요리해서 만든 자리다. 사단장이 소장인 투 스타라면 사모님은 쓰리 스타다. 무슨 이치인지 모르지만 희숙 씨의 원리에 따르면 그렇게 된단다.

공교롭게도 아버지와 형은 같은 사단에서 근무했다. 형은 대위로 진급하여 중대장이 되어도 사단 주임원사인 아버지를 능가할 수 없었

다. 군대는 계급사회라는 말은 내가 보면 순전히 거짓말이다. 계급사
회라면 집에서 아버지는 형을 볼 적마다 경례를 붙여야 마땅하다. 하
지만 아버지는 형에게 늘 잔소리만 늘어놓았다. 보직이 우선이다.

사단 주임원사인 아버지는 대위인 형이 넘보지도 못할 대대장급과
연대장, 각 참모들의 회의에까지 참석하는 특별한 계급이다. 희숙 씨
의 말에 의하면 그것도 사단장의 바로 옆자리에 앉아서 회의를 한단
다. 군대에도 경로우대석이 있는지 모르겠다. 형을 예편시킨 것도 아
버지다. 사단장과 사석에서 얘기하고 적절한 시기에 예편을 시켰다.
모종의 계획 하에. 그리고 바로 없는 자리를 만들어 예비군 중대장으
로 옷을 갈아입혔다. 바뀌지 않은 것은 대위 계급장뿐이다.

오늘 아버지는 종일 스마트폰을 주물럭거리거나 일찌감치 예편한
고참 주임상사들을 만나 한 잔 하실 거다.

그러나저러나 앞으로 걱정이다. 모르는 번호가 찍힌 전화만 오면 미
령누나가 아닌가 싶어 가슴을 졸여야 할 것이다.

코끼리 녀석은 아직 자고 있다. 아직도 버지니아 랜드를 헤매나 싶
어 이불을 들추어보니 그 놈이 얌전히 죽어 있다. 광파기로 찍어보면
오 센티가 되지 않겠다. 하지만 저 물건은 언제 부활할지 모른다. 예수
는 평생 한번 부활했지만 코끼리 녀석의 비타민Q 분출구는 새벽마다
몇 번씩 부활하는 신기한 물건이다.

아버지와 통화하면서, 말문이 막히면 안경을 주무르는 고약한 손버
릇으로 인하여 안경이 잔뜩 흐려져 있다. 청바지 주머니를 뒤져 안경

닭이를 꺼내 안경을 닦아 끼고 그 헝겊을 보니, 참 성性스럽기 그지 없는 헝겊조각이다. 코에 살짝 대고 냄새를 맡아보았다. 은은한 비누향이 가득했고 가슴이 콩닥거리는, 대한민국에는 하나밖에 없을 진기한 안경닭이다. 전리품으로는 나이스다. 이번엔 청바지가 아니라 책가방 안에 별도로 자크가 달린 비밀 주머니에 넣어두고 노트북 앞에 앉았다.

Q.13

노트북 앞에 앉았으나 집중이 되지 않는다.

일단 휴대폰에 든 사진을 훑어보았다. 알몸, 이것도 알몸, 나체, 반라, 이것도 반라, 옆으로 누운 반라, 바로 누운 반라, 가랑이를 벌리고 있는 반라, 차례대로 크게 확대해 보았다. 작품이다. 억지로 포즈를 취하지 않은 순수한 걸작이다. 이 사진을 스캔 떠서 미대에 다니는 형식 선배에게 선물할까. 스케치만으로도 좋은 작품이 될 것이다. 형광등 아래서 찍은 사진으로는 선명하게 나온 편이다. 포즈 또한 기가 막히다. 이대로 두면 위험하다는 생각에 노트북과 잭을 연결시켜 사진 파일을 만들어 노트북 깊숙이 저장했다. 아버지는 분명히 말씀하셨다. 좀 예쁜 가시나를 꼬시라고.

-그럼요 예쁘죠. 이 정도면 예쁘지 않습니까? 젖을 만지시고 싶죠?

사진을 아버지 폰으로 날려주고 싶지만 참아야 한다. 지금쯤 한참 스마트폰을 주물럭거리고 계실 아버지께서 이 기괴한 사진을 메시지로 받고 심장마비를 일으키는 불상사가 생길 수도 있다. 순전히 아버지의 정신적인 충격방지를 위해 참아야한다. 사진은 휴대폰과 노트북에 야물게 보관되어 있다. 녀석을 깨울까? 시계를 보는데 코끼리가 부스스 일어났다.

-배꼽시계 정확하네.

-자다가 생각해도 저 놈의 광파기 어떻게 해야 하나? 아무래도 다시 고쳐봐야겠어.

-야! 밥부터 먹고.

팬티만 걸친, 코끼리 녀석이 트레이닝복을 걸치고 슬리퍼를 끌고 식당으로 내려갔다. 식권을 내고 줄을 서서 식단을 보니 토요일 점심은 우거지 국이다. 스테인리스로 된 식판을 들고 먹을거리를 골라서 잔뜩 담아보았지만 온통 풀밭이다.

-뱀 나올까봐 겁나네. 이거 토끼 되는 거 아니야?

-코끼리가 초식동물이라는 걸 알고 있는 교육과학기술부의 세심한 배려야. 그냥 처먹어.

코끼리를 달래서 아침 겸 점심을 때우고 올라오니 문자 왔쇼. 문자 왔쇼. 휴대폰에 문자 메시지가 들어왔다는 신호음이 울렸다. 확인하니 아버지의 웃는 얼굴사진이 떡하니 박힌 메시지가 들어왔다. 드디어 연구심이 강한 아버지께서 셀프카메라와 사진 전송을 터득하셨군! 나도 휴대폰을 거꾸로 들고 억지로 웃는 내 사진을 찍어 '더욱 열공'이라는 문자와 함께 메시지를 날렸다. 오늘은 육군 원사가 심심한 토요일이다. 아버지께서 싫증이 날 때까지 계속 문자가 날아올 것이다.

코끼리 녀석은 주물럭거리던 광파기를 밀어놓고 '아이구! 어여쁜 내 새끼'를 연발하며 손수건에 입김을 불어 코끼리를 닦고 있다. 목각으로 만든 인도산 코끼리인데 크기가 제 머리통만하다. 내가 보아도 정교하게 조각된 작품이다. 코를 잔뜩 쳐들고 물을 뿜는 자세, 몸통은 나무인데 상아는 플라스틱이 아닌 진짜 상아를 갈아서 만든 거란다.

녀석이 중학교 삼 학년 때 할아버지 칠순 기념으로 온가족이 인도 여행을 갔단다. 혼자 돌아다니다가 뭄바이 뒷골목에서, 평상에 앉아 순전히 끌과 조각도로만 코끼리를 목각하는 예술가를 만났단다. 한눈에 보아도 장인정신을 지닌 손재주가 좋은 사람을 만나 이렇게 깎아 달라, 이런 모양새로 깎아 달라고 손짓 발짓하며 세 시간을 기다리며 주문해서 깎은 것인데 그게 그렇게 마음에 들 수가 없다고 했다. 열받는 일이 생겨도 이 코끼리만 보면 기분이 풀린다는 괴상한 자식이다.

또 메시지가 들어왔다. 보나마나 아버지일 것이다. 오늘 참 분주하게 문자를 날리실 거다. 이번엔 뭘 터득하셨을까? 메시지를 확인하니, 어라? 아버지가 아니라 수경선배가 날린 문자다. 이를 갈고 있을 줄 알았는데 문자를 대충 훑어보니 그런 분개나 적개심은 엿보이지 않았다.

∧∧몇 시에 갔니? 아침 맛있게 해주려고 했는데, 없네∧∧

함정이 있을 지도 모른다. 수경선배에게 문자를 날리려다가 말고 폰 번호를 그대로 눌렀다. 상대방의 기분을 정확히 짚어보기에는 아무래도 문자보다 직접 통화를 하는 것이 낫다. 벨이 두 번 울리자 수경선배가 기다렸다는 듯이 받았다.

-몇 시에 간 거야?

-무슨 말씀인지? 수경선배 맞죠? 오랜만이네요.

-야! 비타민Q! 우리 집에서 몇 시쯤 나갔냐구?

-뭔가 착각을 하고 계신 것 같은데, 저어~ 비타민Q는 수경선배의 집에 간 적이 없습니다. 어제 저녁에 킬링필드에서 한 잔하고 바로 도서관으로 갔습니다. 도서관에서 밤을 새우며 리포트를 작성하다가 새벽 다섯 시에 들어와서 잤습니다. 저 비타민Q입니다. 무슨 착각인지 모르겠군요.

-호호호. 너는 됐어. 멋진 수컷이야! 수컷의 입이 그래야 돼. 정말 귀엽고 맘에 든다. 담에 만나면 뽀뽀해 줄게.

-무슨 내용인지 모르겠으나 뽀뽀만은 달게 받겠습니다.

-밥은 먹었냐? 속이 쓰리지 않아?

-조금 전 숙사 식당에서 저 푸른 초원에 있는 것은 다 먹었슴돠.

-아! 이쁜 자식. 지금 뭐하고 있냐?

-숙사에서 어제 밤새 해도 마치지 못한 리포트를 퇴고하고 있음돠. 구체적으로 말씀드리자면, 이백과 두보의 공통점과 상이한 점에 대해서 비교분석하고 있음돠.

-열공해라. 다음에 맛있는 거 사줄게. 귀여운 비타민Q! 끊는다.

휴~ 살았다. 전화를 끊고 골 깊은 안도의 한숨을 토했다. 수경선배나 미령누나가 뭘 원하는지 감이 잡힌다. 능청이 베스트 원이다. 다음에 만나더라도 예전과 다름없이 행동해야한다. 그런 족속을 원한다. 안경닭이가 없어졌는지 그 자리에 있는지 아직 모를 수도 있다. 나중에 알고 유력한 혐의자로 비타민Q를 지목하더라도 귀엽게 보아 줄 것이다. 이젠 선배나 미령누나를 보아도 껄끄럽지 않을 것이다. 어젯밤 일은 기억에서 지운 척, 절대 내색해서도 안 된다는 걸 터득했다.

뭔가 막혀 있던 것이 확 뚫리는 기분이었다. 마음의 짐을 덜었다. 정리하던 두보의 시. 아니, 리포트를 다시 훑어보는데 광파기를 주물럭거리던 코끼리 녀석이 한마디 툭 던졌다.

-너? 연애를 더블로 하냐?

통화내용을 들은 녀석은 뭔가 심상찮은 레퍼토리를 눈치챈 모양이다.

-아냐! 어제 저녁에 두 패로 갈라졌어. 아무 일도 아니니까 상관 말고 광파기나 얼른 반납해라. 빌어먹을 자식아! 국가재산 박살내지 말고. 토요일 오후. 적당한 시간이다. 얼른 반납해. 그것 물어주고 내 식권 빌려갈 생각 말고.

-일단 가서 분위기를 보고…….

코끼리는 책상 밑에 있는 광파기 케이스를 꺼냈다. 케이스를 보니 광파기가 얼마나 정밀한 기기인지 감을 잡을 수가 있었다. 광파기 형태대로 부드러운 스펀지 같은 재질로 딱 맞게 홈이 파여져 있는 것으로 미루어 광파기라는 물건은 흔들리거나 부딪쳐서는 안 되는, 아주 정밀한 기기가 분명하다. 그걸 드라이버 하나로 밤새 분해·조립했으니……. 남의 일이지만 골이 지끈거린다. 녀석은 광파기 렌즈와 몸통을 닦아서 케이스에 넣고 청바지를 입었다.

녀석은 광파기를 케이스에 넣어서 메고 나가면서 '다녀올게, 기다려!'라고 인사를 하고 나갔다. 나에게 하는 인사가 아니라 목각 코끼리에게 하고 가는 인사다. 이런? 저 놈의 코끼리를 창밖으로 던지고 싶은 충동이 일었다. 하지만 그랬다간 저 자식 돌아오면 119구급차를 불러야하는 불상사가 생길지도 모른다. 국방부로 도피하기까지 몇 개월만 참자.

리포트는 거의 완성이 되어간다. 다 되어간다고 하지만 한글로 그대로 제출하는 것이 아니다. 중국어로 번역해서 제출해야한다. 그렇다면 아직 반도 못한 셈이다. 한글로 프린터를 해서 중국어 자판이 있는 조교 연구실에서 번역하며 다시 타이핑을 해야 할 일이다. 이참에 중국어 간체자가 인쇄된 키보드를 하나 구입하는 게 좋을 듯하다. 중국어 간체자는 다운받아 노트북에 깔려있다. 하지만 비타민Q는 중국어 자판을 외지 못한다. 한번 보면 외워야지, 대가리가 나쁜가?

Q﹐14

코끼리 녀석이 돌아온 건 저녁 무렵이었다.

인터넷을 뒤적여 이백과 두보의 문학세계와 그들이 지닌 사상과 추구하는 바를 확연히 분별하여 서술하고 그들의 사생활까지 두루 파악하고 있을 때였다.

코끼리는 방을 들어서서 바지부터 벗고 팬티차림으로 목각 코끼리를 쓰다듬며 중얼거렸다. 내 들으라고 하는 소리다.

-야! 어째 출출하다. 이상하게도 갑자기 수육이 댕기네!

-광파기는 무사히 반납했냐?

-그거, 기가 막히게 시간을 잘 맞추었지! 내가 반납하고 나니 바로 이 학년 선배가 기다렸다는 듯이 들고 가더라구, 기가 막히지.

-하하하. 한 오 년은 감수할 걸 면했구나, 근데 수육이 뭐냐?

-돼지고기 삶은 거, 내가 세상에서 제일 맛있게 먹은 수육이 생각난다.

-무슨 물고기인줄 알았는데, 삶은 돼지고기라구? 언제 먹은 건데?

-우리 할머니 돌아갔을 적에. 벌써 십 년도 넘었지. 그 때만해도 전문 장례식장이 없을 때였어. 내가 초등학교 사학년이었으니까, 할아

버지가 사시던 고향집에서 초상을 치렀어. 내 고향 당진. 지금은 거의가 도시로 떠나고 노인 혼자 사는 집이나 빈집이 많지만 그 때는 동네젊은 사람들이 많았다. 서울과 달리 그런 큰일에는 동네 사람이 다 모이는 품앗이다. 젊은 사람들이 우물가에서 돼지를 네 마리나 잡았어. 종가집인데다 아버지 형제가 육남매니 손님이 얼마나 많았겠냐? 돼지를 잡는 족족, 삶았지! 돼지다리를 삶는 구경을 하는데 시식하라며 종손인 나에게 김이 술술 오르는 고기 한칼 빚어주는데 혀에 감기더라. 썰어서 주는 게 아니야 살짝 살짝 고기를 칼로 날려서 빚어주는데, 덜 삶긴 부분이 있어서 핏물이 벌건데도 왕소금에 찍어서 입에 넣어주니 살살 녹더라구! 요즘 풀밭에서 노니까 그런지 그게 생각나네. 재래시장 같은 데 가면 그런 고기를 파는 데가 있을 거야. 저녁에 그런데를 한 번 찾아보자.

코끼리는 입맛을 다시며 말했다. 말하는 녀석의 입에서 술술 김이오르는, 돼지고기 삶은 냄새나 구수하게 배어나오는 듯했다. 저 자식이 하는 말을 왕소금에 찍어먹어도 돼지고기 맛이 나겠다.

-야! 코끼리는 초식동물 아니니? 웬 고기타령이야? 가까운데 그런재래시장이 있냐?

수육! 삶은 돼지고기라……. 비타민Q는 그런 곳이 어디 있는지 머릿속으로 훑어보았다. 순간, 번쩍 떠오르는 곳이 있다. 그곳에 가면 반찬타령만하는 녀석의 고달픈 식욕을 충족시킬 수가 있겠다. 오우~굿 아이디어!

기가 막힌 아이디어를 떠올리고 구체적으로 계획을 세우고 있을 때 또 메시지가 들어왔다. 혹시 미령누나가 아닌가? 안경닭이 분실문제로 메시지를 보낸 게 아닌가? 콩닥거리는 가슴을 쓸어내리며 확인하니 또 아버지다. 여태까지 스마트폰을 주물럭거리고 계시는가? 메시지를 확인하니 '새파란 것들'의 계모임에 갔다던 엄마 사진이 동영상으로 전송되었다.

-드디어 동영상 전송까지 터득하셨군!

엄마인 희숙 씨가 현관을 들어서는 모습부터 시작되었다. 아마도 종일 집을 지키시며 스마트폰을 주물럭거리고 계시던 아버지께서 엄마가 집을 들어서자 바로 찍은 모양이다. 스마트폰 카메라를 들이밀자 엄마가 한 손으로 얼굴을 가리고 '무슨 짓이에요?'로 시작되었고 '괜찮아' 아버지의 탁하고 갈라진 음성이 크게 들렸다. 엄마를 따라다니며 계속 찍은 동영상이다. 희숙 씨가 외출복을 벗고 평상복으로 갈아입는 동안, 브래지어가 살짝 보였고 티셔츠를 입은 엄마가 주방으로 간다. 냉장고 문을 열고 냉장실에서 휴대폰을 꺼내며 '이 정신 좀 봐라' 혼잣말로 중얼거렸고 밥솥을 열어보고 카메라를 돌아보며 '저녁 뭐 자시고 싶어요?' 아버지에게 묻는다. 동영상을 찍느라 정신이 팔린 아버지는 '아무거나' 음성만 들린다. 엄마가 다시 냉장고 문을 열어보고 '동태찌개 하려고 동태 두어 마리 사온다는 걸 깜빡 했네' 중얼거리다가 카메라를 의식하며 손바닥으로 카메라 렌즈를 막는다. 잠시 동영상이 손바닥에 가려 죽었다가 살아난다. '실험삼아 아이들에게 보낼 거니까, 한 마디 해' 아버지의 음성만 들렸고 희숙 씨가 손가락으로 V자를 만들어 보이며 한 말씀 녹화하셨다.

-엄마 정신이 이렇다. 얘들아! 밥 잘 챙겨먹고. 파이팅!

냉장고 앞에 선 엄마가 억지로 웃는 모습이 클로즈업 되면서 아버지가 한 마디 한다. '제목! 희숙 씨의 건망증!' 탁하고 갈라진 아버지의 목소리가 더욱 크게 들렸다. 그리고 카메라를 천천히 돌리면서 거실과 주방의 정경을 다 찍고 마무리 되었다.

실로 연구심이 대단한 아버지다. 스마트폰으로 동영상을 찍어 전송하는 방법을 하루 만에 익히다니, 그 연세에 정말 천재시다. 형도 분명히 이 동영상을 메시지로 받았을 거다. 내가 동영상을 보며 킥킥거리니 코끼리 녀석이 뭔가 싶어 잔뜩 호기심 어린 눈으로 내 휴대폰을 살핀다.

-이거? 마이 파아더께서 직접 스마트폰으로 찍은 동영상이다. 한 번 봐라. 야! 우리 아버지 대단하시다. 스마트폰 구입, 하루 만에 동영상을 찍어 전송하시다니, 대단하시지? 육군 김종식 원사 대단하잖냐?

코끼리 녀석은 내 휴대폰을 받아 동영상을 찬찬히 훑어보았다. 그리고는 한마디 했다.

-젊은 사병들과 생활하셔서 그런지 정말 대단하시다. 그리고 너의 모친이 희숙 씨냐? 유방이 풍만하시다.

동영상을 끝까지 다 보고는 녀석이 휴대폰을 내밀며 나에게 물었다.

-원사가 무슨 계급이냐?

-원사는 부사관 중에서 별을 단 계급이다.

나는 원사에 대해서 아는 대로 장황하게 늘어놓았다. 녀석은 대충 알아들었는지 고개를 주억였다. 휴대폰을 녀석에게 내밀었다.

　-내 공부하는 모습을 찍어서 동영상으로 답신을 보내야지. 아버지 얼마나 기다리시겠냐?

　녀석은 그제야 알았다는 듯이 휴대폰을 받아들고 동영상을 촬영하기 시작했다. 나는 책상에서 노트북으로 타이핑을 하는 척 하다가 카메라에 대고 척, 거수경례를 붙였다. '사랑하는 아버님 어머님! 열공! 김준혁 열공하고 있슴돠.' 카메라를 들고 찍던 코끼리 녀석이 킥킥거렸다. '카메라맨이 철딱서니가 없어서 소음이 좀 들릴 겁니다. 양지바랍니다. 저 자식은 별명이 코끼리인데 제가 항상 데리고 다니며 밥을 먹여야 합니다. 여기가 바로 제가 거처하는 명륜관이라는 숙사입니다. 이제는 제가 찍겠습니다.'

　-야, 카메라 이리 줘!

　코끼리 녀석에게 휴대폰을 받아들고 코끼리 녀석과 책상 위에 있는 물건들. 그리고 침대와 방안을 하나하나 찍어서 아버지의 폰 번호를 누르고 동영상을 날렸다. 희숙 씨와 함께 보시며 즐거워하실 거다.

　-야! 아버지 스마트폰 하나 바꾼 것으로 조선이 시끄럽다. 그치?

　-그렇지만 너희 아버지. 신세대다.

　코끼리 녀석이 맞장구를 쳤다. 또 뭔가 답장을 보내실지 모른다. 아니, 엄마가 들어오셨으니 이젠 주물럭거리시던 스마트폰을 밀쳐두고 희숙 씨의 유방을 주물럭거릴지도 모른다. 창밖을 보니 어두워지고 벌써 숙사 앞 가로등에 불이 들어와 있었다. 적당한 시간이다.

Q,15

-야! 코끼리, 나도 출출하다. 시장기가 도는 적당한 시간이다. 이제 가자!

-어디를?

-너 인마! 수육인가 수유인가 처먹고 싶다고 했잖아. 빨리 옷 입어.

-수유가 아니라 수육이야. 자식아 아~ 수유 좀 했으면 좋겠다. 아, 그리운 밀크 박스! 너? 정말 수육 사줄 거야?

-싸~ 나이 한마디. 낙장불입! 당연하지. 소주 두어 병 곁들이면 죽이는 거 아냐? 내가 가뿐하게 쏠게.

-소주까지? 금상첨화지. 땡 큐!

너무 수월하게 대답을 하니 감격한 코끼리 녀석이 주둥이를 내밀었다. 뽀뽀를 하겠다고 내민 주둥이를 기분 상하지 않게 손바닥으로 찰싹 때렸다. 녀석은 그때까지 팬티바람이었다. 주둥이가 쑥 들어간 녀석은 히죽 웃으며 트레이닝복을 찾아 다리통을 꿰고 있었다. 나는 잽싸게 트레이닝복을 빼앗아 침대 위로 던졌다. 그리고는 녀석의 옷장을 열고는 제일 근사한 옷으로 입으라고 했다.

-시장 찾아가는데 무슨 복장이 그리 까탈스럽냐?

-시장을 가면서 잠시 들를 데가 있어. 암튼 제일 좋은 옷으로 입어. 유명대학의 엘리트로 격조와 품위를 지켜야지.

검은 바지에 입학식을 할 때 입은 정장 윗도리를 걸쳤다. 녀석은 내 복장을 보더니 저도 내 복장과 걸맞게 옷을 찾아 입었다.

숙사 밖으로 나왔다. 숙사 뒤는 솔밭이 우거진 동산이다. 그 동산의 오솔길을 넘어서면 법학대학 건물이 있고 그 길을 따라가면 의대가 나온다. 나는 녀석을 끌고 그 솔밭으로 들어섰다. 녀석이 뭐가 못미더운지 물었다.

-어디 가는데?

-서문 밖에.

-서문 부근에 재래시장이 있냐?

-군소리 말고 따라와.

법대 건물을 지나고 의대를 지나면 의과대학 부속병원이 있고 바로 앞이 서문이다. 병원을 지나 서문 입구에서 병원 뒤로 돌아섰다. 그 곳에는 별관 건물로 '하늘 소풍'이라는 당호가 걸린 영안실이 있다. 보수한지 얼마 되지 않아 깨끗이 단장된 건물이다. 나는 녀석을 힐끔 쳐다보고는 말없이 영안실 입구로 들어섰다. 녀석은 뭔가 이상한 낌새를 챘는지 조금 망설이다 따라 들어왔다. 현관에는 문상객의 편의를 위해서 전광판으로 고인의 이름과 나이 상주들의 이름이 자세히 적힌 모니터가 있었다. 오늘 빈소는 일곱 곳으로 영안실이 복잡할 정도다.

모니터를 훑어보고는 속으로 적당한 곳을 찍고 녀석에게 말했다

-저 곳 특2호실이다.

-누군데?

-응? 아버지께서 꼭 문상해야 한다는 부탁이다.

특2호실, 가장 적당했다. 바로 내일이 발인이고 고인은 류정순(79)이라고 적혀있고 상주로 김근수, 근호, 근명, 근철, 네 명이나 된다. 적당하다. 나이도, 상주 숫자도 적당하다.

특2호실은 이 층이다. 비타민Q는 현관 데스크에 있는 부의봉투를 하나 집어 들고 윗도리 주머니에 준비한 A4용지를 잘 접어서 넣었다. A4용지에는 '삼가 고인의 명복을 빕니다. 극락왕생 하소서! 라고 프린트 되어 있었다. 코끼리 녀석이 화장실에 갔을 적에 프린트한 것이다. 부의賻儀라고 인쇄된 봉투에 내 이름을 정성껏 적었다. 비타민Q가 아니라 김준혁이라는 내 본명을 유려한 필체로 적어 바지 뒷주머니에 넣고 계단을 통해 이 층으로 올라갔다. 코끼리 녀석은 아무 의심 없이 따라 올라왔다. 검은 리본이 달린 화환이 통로가 복잡할 정도로 도열되어 있었다.

화환의 끝은 특2호실로 연결되어 있었다. 입구에서 보니 예상대로 접견실에는 문상객이 우글거리고 있었고 빈소 입구에는 문상객이 두엇이 서 있었다. 신발을 벗고 올라가 빈소 입구에 섰다. 코끼리 녀석은 말없이 엄숙한 얼굴로 내 뒤에 바짝 붙어 섰다. 우리 앞에 문상하는 사람들은 아마도 부부간인 모양이다. 오십 대의 남편이 국화로 장식된

제단 앞에서 향을 피우고 부인은 뒤에 서 있다가 향을 올리자 영정을 향해 같이 절을 두 번 하고 좌측으로 돌아서서 상주들과 맞절을 하고 는 뒤에서 차례를 기다리는 우리들을 의식해서인지 간단히 몇 마디만 하고 접견실로 나갔다.

다음은 우리 차례다.

내가 성큼 들어서서 빈소 영정 앞에 꿇어앉아 향에 불을 붙여 향로 에 꽂았다. 영정 속의 류정순 할머니는 환하게 웃으며 이 비타민Q를 반기셨다. 참 곱게 늙으신 노인이다. 향을 피우며 슬쩍 돌아보니 코끼 리 녀석은 뒤에서 엄숙히 합장을 하고 서 있었다. 향을 올리는 순간, 때와 장소를 가리지 않는다고 광고를 하는 휴대폰이 때와 장소를 가 리지 않는다는 걸 증명하듯이, 문자 왔쇼, 문자 왔쇼, 소리를 내었다.

이런? 휴대폰을 끈다는 걸 깜빡했다.

틀림없이 아버지일 거다. 코끼리 녀석이 웃으면 큰일 난다. 은근히 걱정을 하며 향을 올렸는데 다행히 코끼리 녀석은 웃지 않고 엄숙한 얼굴로 서 있었다. 향을 올리고 한 발 뒤로 물러나 코끼리 녀석과 나란 히 서서 절을 두 번 올리며 속으로 빌었다. 부디, 부디 극락왕생하시라 고.

그 다음 좌향좌를 해서 도열하고 선, 네 명의 상주들과 맞절을 했다. 네 명의 상주는 검정색 양복에 검정색 넥타이와 왼쪽 팔에 삼베 완장 으로 복장을 통일하고 서 있었다. 얼른 보아도 상주 모두가 사십대 후 반에서 오십대 초반이고 모두 우체국장 정도는 할 정도로 말쑥한 얼굴들이다.

-에……. 뭐라고 위로의 말씀을 올려야할지 모르겠습니다.

절을 마치고 상주들 앞에 머리를 조아린 채 알아듣거나 말거나 나직하고 엄숙한 목소리로 그렇게 위로의 말을 했다.

-드릴 말씀이 없습니다. 이렇게 어려운 걸음으로 멀리까지 찾아주셔서…….

어느 상주인가 그렇게 말꼬리를 사렸다. 결코 멀리서 오지 않았는데, 그러나 그런 말을 할 수가 없다. 예를 갖추고 돌아보니 우리의 문상이 끝나기를 기다리는 사십대의 남자가 입구에서 기다리고 있었다.

-그럼…….

반절을 하며 예를 갖추고 일어섰다. 의외로 코끼리 녀석과 박자가 잘 맞았다. 나는 영정 제단 옆의 부의함에 뒷주머니에 꽂힌 부의봉투를 넣었다. 그리고 돌아서서 상주들에게 다시 고개를 한번 숙여주고 접견실로 나왔다. 혹, 어디서 온 누구냐고 물으면 아버지께서 꼭 문상을 드리라고 해서 왔다고 하려고 했으나 그런 절차도 필요 없었다. 접견실로 나오니 무슨 상조회사에서 파견된 도우미 아주머니가 우리가 앉을 자리를 가리켰다. 넓은 접견실의 구석자리다. 내가 그 쪽으로 가자 코끼리 녀석이 맞은편에 앉았다.

-밥도 드릴까요? 저녁 전이시죠.

상조회사 앞치마를 두른 사십대의 도우미 아주머니가 말을 걸었다.

-아, 예…….

최대한 겸손하게 예를 갖추었다. 상조회사 앞치마를 두른 아줌마들은 손발이 척척 맞았다. 우리가 앉기도 전에 벌써 음식을 차려놓았다. 나는 탁자에 놓인 소주병을 따고 코끼리 녀석에게 돼지고기가 담긴 접시를 가리키며 물었다.

-이런 걸 수육이라고 하나?

-그래. 요즘은 이렇게 각이 지게 썰어서 맛이 덜한데 살짝살짝 날려 빚으면 더 맛이 있다.

-우리 고향에서 그냥 삶은 고기라고 해. 수육이라고 하니 나는 무슨 물고기가 떠오르더라.

그 사이, 도우미 아줌마에 의해 일회용 국그릇과 밥그릇에 국과 밥이 배달되었다. 돼지고기 접시가 금세 바닥을 보이자 류 정순할머니 손자로 보이는, 허리에 삼베 띠를 묶은 고등학생이 돼지고기를 한 접시 더 가져왔다. 국밥을 먹고 돼지고기를 안주 삼아 금세 소주 두 병을 비웠다. 수육이 담긴 접시가 비자 상조회사 도우미 아주머니가 또 한 접시를 우리 테이블에 올려놓으며 많이 먹으라고 했다. 나는 잽싸게 고맙다고 인사를 했다.

코끼리 녀석은 아직도 눈치를 긁지 못한 게 분명하다. 세 병째의 소주병을 따다가 좀 전에 날아온 메시지 생각이 나서 휴대폰을 꺼내 확인하니 역시 아버지다.

아우~ 못 말리는 아버지!

메시지를 확인하니 이번엔 벨소리 다운받은 것을 선물 메시지로 보

내셨다. 무슨 벨소리인가 궁금해 확인버튼을 눌러보았다. 로링~ 로링
~ 로링엔더……. 소리가 너무 크고 경쾌했다. 나도 놀랐지만 옆 좌석
의 문상객 눈길이 우리에게 쏠렸다. 후다닥 아무 버튼이나 눌렀다.

-휴~ 이 노래 들어봤냐?

-아니.

-탐존스의 프라우드 메리, 라는 노랜데 칠십 년대, 그러니까 우리 아
버지 청춘일 적에, 세계적으로 히트를 친 올드 팝이야. 우리 아버지가
제일 좋아하는 노래지. 근데 아버지가 이 노래를 어떻게 다운 받았지?
야! 정말 이렇게 크게 들릴 줄 몰랐다. 미안하다.

-에이~ 괜찮아!

코끼리 녀석은 대수롭잖게 말하며 너희 아버지 참 대단하다고 추켜
세웠다. 종이컵이지만, 소주 컵이 아닌 음료수 컵으로 소주를 콸콸 비
워 마시니 세병 째 소주도 금세 동이 났다.

-어지간히 먹었지? 그만 일어날까?

나무젓가락을 분질러 이를 쑤시던 코끼리 녀석이 고개를 주억이며
동의했다. 그렇다고, 그냥 돌아갈 비타민Q가 아니다. 주방 쪽을 보니
도우미 아주머니가 서 있었다. 뭐 필요한 게 없는지, 좌중을 둘러보는
도우미 아주머니와 눈이 마주치자 나는 손을 들어 보였다. 도우미 아
주머니가 쪼르르 다가왔다.

-저어~ 미안하지만, 밖에서 기다리는 친구가 한 명 있는데 떡을 조
금만 싸주시겠습니까?

-그래요? 예, 예! 알았어요.

잠시 앉았다가 우리가 일어나자 떡을 비닐봉지에 넣고, 또 들고 가기 좋게 검은 비닐에 넣어서 내 손에 쥐어 주었다. 참으로 복 받을 도우미 아주머니다.

-학생! 잠깐만요.

떡을 들고 돌아서는데 도우미 아주머니가 낮은 목소리로 불렀다. 뭔일인가?

-밖에서 먹으면 목이 막히겠다. 이것도 가져가요.

도우미 아주머니는 속이 훤히 보이는 냉장고 유리문을 열더니 캔으로 된 사이다 두 개를 꺼내 비닐봉지에 담아주었다.

현관을 나와 의대 건물을 지나오는데 코끼리 녀석은 밖에서 도대체누가 기다리느냐고, 어디서 기다리느냐고 물었다. 눈치 없기는.

-야, 이 자식아. 이 떡? 밤참으로 먹으려고 그런다. 근데 수육은 실컷먹었냐?

의대 건물을 지나서 법대 건물을 돌아나오며 내가 물었다.

-너 좀 수상하다? 정말로 아는 상갓집 맞아? 너희 아버지 심부름이맞냐구?

-수육 실컷, 맛있게 먹었냐고 내가 먼저 물었다.

-맛있게 먹었지만 너무 궁금하다. 어떻게 아는 사인데?

-이런, 형광등. 눈치 없기는……. 한국 사회가 좁아서 두 다리 건너면 모르는 사람이 어딨어? 우리가 뭐 나쁜 짓 했냐? 고인의 명복을 빌

어주었는데, 옛날에는 지나가던 걸인도 문상을 하면 푸짐하게 대접했던 우리의 인심이 남은 나라야. 신경 쓰지 마! 수육 맛있게 먹었으면 됐어.

-그럼? 너 아까 부의함에 축의금. 아니, 부의금을 넣은 건 뭐냐?

-아, 그거? 고인에게 쓴 편지야. 삼가 고인의 명복을 빕니다. 부디 왕생극락 하옵소서!

코끼리 녀석이 내 등짝을 손바닥으로 후려쳤다.

-서문 쪽의 수육을 파는 재래시장은 찾아볼 필요가 없겠지?

-그럼요. 수육 세 접시나 비웠는데.

제 뱃가죽을 두드리며 코끼리 녀석이 맞장구를 쳤다. 법대 건물을 지나고 소나무가 울창한 오솔길을 들어서며 휴대폰을 꺼내 아버지께서 보내주신 벨소리를 틀었다. 롤링~ 롤링~ 롤링 엔드……. 경쾌하고 발랄한 음악에 발걸음마저도 경쾌했다. 코끼리 녀석이 한마디 했다.

-부전자전이라더니 너도 한 물건 한다.

-앞으로 수육이 먹고 싶으면 언제든 얘기해라. 푸짐하게 사줄게.

Q, 16

 -너, 아까 그 노래의 제목이 뭐라고 했냐?

 인터넷을 뒤적이던 코끼리 녀석이 책상 앞에 앉아 말을 걸었다. 녀석은 어느 틈에 벗어 던졌는지 또 팬티바람이다. 타이핑하다 말고 녀석을 돌아보며 물었다.

 -무슨 노래?

 -너희 부친께서 다운받아 보내신 노래 말이야.

 -아하! 그거? 탐존스라는 가수의 프라우드 메리야. 검색창에 쳐봐!

 코끼리 녀석은 금세 그 노래를 찾아내고 듣기를 클릭하고 스피커 볼륨을 올렸다. 아버지께서 즐겨들으시고, 즐겨 부르시는 프라우드 메리가 경쾌하게 방안에 울려 퍼진다. 녀석은 의자를 밀어놓고 리듬에 맞춰 육중한 체구로 율동을 하고 있었다. 뱃가죽이 출렁거리는 게 정말 코끼리답다. 게다가 팬티바람이니 볼썽사납고 정신이 시끄럽다.

 -스텝보다 그 노래의 유래를 찾아봐! 가사에 애틋한 사랑의 내용이 담겨져 있을 거야. 가사를 해석하면 한 편의 서정시로 착각할 정도일 걸.

녀석은 자리에 앉아 이어폰을 끼고 프라우드 메리를 들으며 인터넷을 뒤져 그 노래에 담긴 사연을 읽기 시작했다. 비타민Q도 하던 타이핑을 계속했다. 한참 타이핑을 하고 있는데 또 휴대폰에 메시지 신호음이 울렸다. 또 아버지의 문자이지 싶다. 이젠 또 뭘 터득하셨을까? 대수롭잖게 폰의 화면을 띄워보니 처음 보는 전화번호다. 혹시 미령누나가 아닐까? 설레는 마음으로 메시지를 확인하니 역시나 미령누나 문자가 맞았다.

∧∧*비타민Q 지금 뭐하니? 미령.∧∧*

뭐라고 하지? 난감하다. 팬티분실신고를 이런 식으로 하는 건 아닌가? 저의를 넘겨짚어 해석하기 난해하다. 아직까지 미령누나의 성격을 완전히 파악하지 못했다. 에라, 모르겠다. 나는 농이 진하게 묻은 문자를 날렸다.

∧∧*고개를 쳐드는 비타민Q. 분출구를 달래고 있음돠. 손으로∧∧*

그렇게 찍고는 전송버튼을 눌렀다. 전송버튼을 누르고 생각하니 내가 딱 한번 본 미령누나에게 너무 무례하고 진하게 대하는 게 아닌가? 자기 검열에 잠겼다. 답신은 금세 날아왔다.

∧∧*너는 피아노! 몇 % 섰냐?∧∧*

다행이다. 농담을 받아주니, 역시 생긴 대로 수더분하게 각지고 모난 데가 없다. 성격 또한 외모와 마찬가지다. 근데 피아노는 뭘 의미하는 거지? 나는 미령누나의 전화번호를 폰에 저장하고 단축으로 만들었다. 그리고 다시 문자를 날렸다.

∧∧*80% 발기 완료! 피아노가 무슨 뜻?∧∧*

피아노가 무슨 뜻인지 생각에 잠겨 있을 때 메시지가 아니라 폰의 벨이 울렸다. 번호를 보니 방금 저장한 미령누나다.

-헤이~ 미령누나? 근데 피아노가 무슨 뜻이지비?

-피아노? 톡, 치면 아름다운 소리를 내는 물건이지. 넌 건드리면 어째 그리 청량제 구실을 잘하냐? 진짜 귀엽당!

-지금 어디에요?

-마이 룸.

-수경선배는요?

-같이 있어. 근데 우리 내일 춘천에 메밀꽃 보러 가려는데 같이 가지 않을래?

-내일요?

-응. 수경이와 청량리서 기차 타고 가서 바람 좀 쐬고 오려고 하는데 보디가드가 필요하다. 같이 갈래?

-생각할 시간이 좀 필요하네요. 메밀꽃이라면 평창을 가야지 왜 춘천을 가요?

-평창? 봉평은 관광지가 돼버려서 분답기만 하고 재미없어. 그냥 조용히 메밀밭 길을 걷고 싶어서. 지금 수경이와 상의 중이다.

-결정하고 전화 주세요. 저도 생각해 볼게요.

-그래 알았다. 지금도 80%니?

-누나 목소리 듣고 90%로 업그레이드 되었음돠!

-호호호. 궁금하다. 그거 폰으로 찍어서 날리면 안 되겠니?

춘천이라……. 춘천에 메밀밭으로 유명한 곳이 있던가? 갔다 오려면 무조건 하루가 날아간다. 좀 생각해보자. 근데 90% 발기된 비타민 Q 분출구를 찍어서 날려라? 그것보다는 내 폰에 저장되어 있는 어젯밤에 찍은 사진 몇 컷을 날리는 게 낫지 않을까? 알몸, 알몸, 반라, 가랑이를 벌린 반라, 생각하다가 고개를 저었다. 그걸 날리면 아무래도 이번엔 어느 영안실에서 수육을 접대받는 꼴이 생길지도 모른다.

-야, 코끼리! 우리 떡 먹자.

-참, 떡이 있었지? 출출한데 먹자.

녀석은 책상 옆구리에 모셔둔 비닐봉지를 책상 위에 올려놓고 풀었다. 아직도 굳지 않고 말랑말랑한 기운이 남아 있었다. 녀석은 사이다 뚜껑을 따고 한 모금 입을 축인 뒤 떡을 집었다. 녀석의 손등을 찰싹 때렸다.

-야! 음복을 하려면 묵념은 하고 먹어야지? 류정순 할머니의 명복을 빌어야지?

-아, 그러냐? 그 할머니 성함이 류정순이냐? 너는 대가리도 좋다.

-문상을 하려면 그 정도는 알고 들어가야지 실수를 안 하지. 인마.

-그렇구나? 그게 도리다. 맞아. 우리 기도를 하자.

코끼리 녀석은 팬티바람으로 앉아 떡을 앞에 놓고 눈을 감고 기도를 했다. 나도 합장을 하고 녀석이 하는 기도를 들었다. '이 떡을 먹게 하여주신 할머니! 부디 극락왕생하시고 좋은 세상을 하늘 소풍 삼아 다니시기를 바라며 삼가 고개 숙여 명복을 빕니다. 이 떡을 먹고 비타민Q의 비타민이 더욱 풍부하고 기력이 소진되지 않는, 변 씨 집안의 강쇠 같은 물건이 되게하여 주시옵소서!' 기도는 훌륭했다.

　-근데, 야 비타민Q! 인터넷에 찾아보니 비타민Q가 없는 줄 알았는데 있더라.

　코끼리 말에 나도 놀랐다. 약대에 다니는 선배들도 없다고 했는데, 그런 걸 인터넷으로 검색하다니.

　-비타민Q가 있다구? 나 말구? 어떻게 생긴 눔인데?

　-응. 있어! 모두들 네 별명인줄 아는데 실제로 비타민Q라는 명칭이 존재해.

　녀석은 떡을 우물거리며 한손으로 인터넷 검색창에 비타민Q를 처넣고 검색을 클릭했다. 넘겨다보니 어느 카페에 올려진 글인데 정말 비타민 Q가 있다.

　비타민q는 코엔자임큐텐을 지칭하는 말입니다. 코엔자임큐텐은 에너지대사에 관여합니다. 그래서 심장질환자나 운동선수들이 꼭 먹어야하고, 결핍되면 심장질환이 발생하여 뇌졸중, 파킨슨병 등 질병이 증가합니다. 특히 고지혈증 약과 코엔자임큐텐을 함께 복용하면 좋은 효과가 있는 성분인데 통상적으로 비타민q라 부르지 않고 코엔자임큐텐으로 통용되고 있습니다.

-정말 희한하네! 아무도 몰랐던 비타민Q가 있네. 그것이 코엔자임큐텐이라는 이름으로 불리는 것이구나. 그래서 비타민Q가 없다고, 새로 개발된 것이라고 알고 있는 모양이구나.

이런 건 언젠가는 써먹어야 한다. 그러니 외워야 된다. 코엔자임큐텐! 나는 거듭 읽고 머릿속 파일을 만들어 저장했다. 코엔자임큐텐! 얼른 문장을 하나 만들었다. '코에 자를 덴 임규태!' 고등학교 동창 중에 임규태라는 자식이 있다. 비타민Q만의 기억 저장방식이다.

-코끼리 아니, 이를 땐 본명을 불러야지. 성학아! 고맙다. 좋은 정보 땡큐!

Q↘17

날씨가 좋은데 수경선배와 미령누나를 따라 춘천 메밀꽃을 보러 갈까?

일요일이라 교수 연구실이 비었을 적에 조교의 자판을 빌려 사전을 찾아가며 리포트를 번역하기에 딱인데, 메밀꽃보다 미령누나와 수경선배를 양쪽에 끼고 고적한 들길을 걷는 것도 괜찮은 그림인데, 선뜻 결정을 내리지 못하고 있었다. 일찍 내려가 아침은 먹고 올라왔는데 나들이옷을 입어야할지, 아니면 노트북을 챙겨야할지, 망설이고 있었다.

폰이 몸을 부르르 떤 건 그 때였다. 수경선배의 전화다.

-야! 우리의 보디가드. 결정했냐? 같이 갈래?

같이 가지 않으면 그냥 둘이서 훌쩍 가겠다는 의미가 다분히 내포된 목소리다.

-선배! 나 지금 결정을 내리지 못하고 있어요. 교수 연구실이 비었을 적에 중국어 자판을 빌려서 리포트 번역을 해야 하는데.

-무슨 자판?

-중국어로 된 키보드 말이에요.

-야! 그런 거 용산 전자상가에 가서 하나 사라. 이만 원 주면 중국제 골라서 산다. 중어중문 전공하려는 놈이 여태 중어 자판도 없냐? 중국어도 다운 받아서 노트북에 깔아놓고.

-중국어는 간체자로 노트북에 깔려 있어요. 자판이 문제지.

-야! 비타민Q, 갔다가 오면서 용산 전자상가에 가서 내가 하나 사줄게, 너 완전히 촌닭이다?

-알았어요. 옷 갈아입고 갈게요. 어디서 만나죠?

-북문 쪽으로 나와라. 3호선을 타고 가다가 갈아타자. 후딱 나와라 우린 준비 다했어. 열 시 십 분 무궁화호야! 햇살이 따가울 테니 모자 하나 준비해라.

내가 결정하는 게 아니라 이건 순전히 수경선배의 결정이다. 내가 남방을 걸치고 모자를 찾아 쓰자 코끼리 녀석이 어딜 가느냐고 물었다.

-메밀꽃 보러 간다. 밀크 박스가 빵빵한 두 송이 꽃을 거느리고.

-가거든 메밀묵 좀 사와라.

-이 자식 또 먹는 타령이군. 메밀꽃밭에 무슨 메밀묵이 있냐. 메밀꽃이나 묵에는 관심이 없고 참신하고 발랄한 두 송이의 꽃을 거느리고 간다니까.

-그래? 눈치 봐서 메밀꽃밭에 눕혀! 그래서 쥐어짜면 비타민Q가 풍부한 묵이 나올지도 모른다.

숙사를 빠져나와 북문을 향해 상경대 앞을 지나는데 또 전화벨이 울렸다. 수경선배가 벌써 지하철역에서 기다리는 모양이다. 빨리 오라는 재촉 전화가 분명하다. 느긋하게 전화를 받았다.

-김준혁 학생 맞는가?

수경선배가 아니라 근엄한 중년 남자의 목소리다. 누구지?

-예 맞습니다. 누구신…….

-주임교수인데 내 연구실로 좀 오겠는가?

목소리를 듣고 보니 비교언어학 개론을 맡고 있는 이장성 교수님이시다. '이장성'이라는 성함에서 파생된 별명이 '투 스타'로 불리는 주임교수다. 성이 오 씨였으면 참모총장으로 불릴 수 있는 교수님인데 아깝게도 별 세 개가 적은, 이 씨다.

-아, 예. 교수님 무슨 일로?

-와서 얘기하세! 혹시 대구에, 집에 간 거 아닌가? 금세 올 수 있어?

-예! 학굡니다. 바로 가겠습니다.

이 영감탱이가, 일요일날 이른 시간에 웬일로 나를 부르시지? 무슨 연유로 이 시간에 연구실에 계시는 건지 모르지만 콜을 받았으니 가지 않을 수 없었다. 시계를 보았다. 아홉 시가 넘었다. 열 시 십 분 기차라고 했으니, 수경선배와 춘천이고 메밀밭이고, 이미 글렀다. 인문대학 쪽으로 발길을 돌리며 역에서 기다리고 있을 수경선배에게 전화를 했다.

-선배! 늦겠다. 그냥 둘이 다녀와요. 주임교수 영감탱이에게 콜 당

했어. 무슨 일인지 모르지만 교수 연구실로 오라시네?

-아깝당! 비타민Q, 오늘 너를 확실히, 맛있게 잡아먹으려고 했는데.

-잘 다녀와요. 갔다 와서 전화주세여.

일요일 아침나절의 인문대학은 썰렁했다. 이 층 계단으로 올라가 투 스타 연구실 문을 밀고 들어서자 투 스타께서 자리에서 일어섰다. 모자를 벗으며 꾸뻑 인사를 올렸다.

-어디를 가는 길이었던가? 복장이 그런데?

-예, 저⋯⋯. 용산 전자상가에 자판을 사러 나가려던 참이었습니다.

-중문 키보드?

-예!

-그런 걸 여태 장만하지 않았나? 그걸 뭐하러 사? 이걸 쓰면 되지.

투 스타께서는 돌아서서 철제 캐비닛 위를 살피더니 먼지가 잔뜩 묻은 중문 키보드를 하나 내려놓으며 혼자 중얼거렸다.

-중국에서 나온 노트북으로 바꿨으니 이젠 나에게 필요가 없지. 괜찮으면 자네가 써.

-고맙습니다. 근데 이걸 주시려고 부른 건 아닐 테고⋯⋯.

-그, 그게 말이야⋯⋯. 일단 앉아!

투 스타께서 자리에 앉으시면서 벽에 기대놓은 접이 의자를 가리켰다. 의자를 가져다 교수님 앞에 펼쳐놓고 앉았다. 커피 한 잔 주랴? 하시더니 내가 대답도 하기 전에, 금방 직접 내려서 마신 듯 따끈하게 김이 오르는 원두를 종이컵에 손수 부어 내 앞으로 내밀었다. 받아들고 보니 따끈한 기운이 손바닥에 오롯이 전해진다.

-자네 고향이 대구고, 아버지가 김종식 원사지?

-예. 어떻게 아세요?

-허허. 고등학교 동창이야. 봄에 동창회에서 만나 자네가 우리 학교, 우리 과에 들어왔다는 이야기를 들었다.

뭔가 꼬여가는 기분이 들었다. 아버지는 왜 그 말씀을 하시지 않았을까? 투 스타께선 내가 모르는 사이에 사각지역에서 아버지의 부탁으로 나를 주목하고 계셨음이 분명하다. 그런데 이제 와서 밝히는 것으로 미루어 뭔가 함정이 있다. 능구렁이가 된 투 스타의 질문에 슬슬 말려 들어가면 뭔지 모를 함정에 빠진다. 아무래도 내가 지금 말려들어가고 있음이 분명하다. 그게 뭔지 모르겠지만 정신을 바짝 차리고 꼬리를 사려야 한다.

-두 분께서 학창시절에 친하셨나요?

-친하진 않았지만 같은 반을 두 번이나 했지. 자네 아버지는 키가 커서 맨 뒤에서 큰 놈들과 어울려 다녔고, 나는 키가 작아 맨 앞에 앉은 땅꼬마로 불렸어. 그러니 친할 리가 있겠냐? 나는 군에 가서 다 컸어. 남자는 서른까지 큰다고 하지 않는가?

그런 말들은 건성으로 들렸다. 이 능구렁이 영감이 무슨 말을 할 게 틀림없다. 나는 커피를 홀짝이며 먼저 말을 꺼내기를 기다렸다.

-자네, 대입 수능이 며칠 남았는지 아나?

-예? 무슨 말씀인지는 모르지만, 전 이 학교에 이대로 다니고 싶습

니다.

-허허허. 자네보고 수능을 치고 다른 학교로 가라는 게 아니야. 내가 늦게 얻은 작은 놈이 올해 수능을 보는데 아무래도 우리 학교에는 들어오기에 턱도 없겠고 지방대학으로 유학을 보내자니 좀 내 체면이 좀 뭣하고……. 자네가 좀 도와주면 안 되겠나?

-대리시험을 치라는 말씀입니까?

말도 안 되는 소리를 골리는 투로 슬쩍 찔러보았다.

-애비를 닮아서 성질이 급하구먼. 그건 아니고, 한 달 정도만 하루에 두세 시간 정도 족집게 과외라니까, 어감이 좀 이상하고 핵심을 좀 찍어달라는 얘기야. 이 녀석이 초조해서인지 학교에서 야자를 하지 않고 집에 와서 자습을 하는데 집중이 안 되나 봐. 갈피를 잡지 못하고 있어.

듣고 보니 별로 어려운 부탁이 아니다. 그런데 이 투 스타께서는 되게 어렵게 부탁을 하고 계신다. 그게 뭐 그리 어려운 부탁인가? 학점을 잘 주겠다고 하라고 명령하면 서로 좋은 걸?

-지금 가서 테스트를 해보고 어느 정도인지 결정하는 게 좋겠습니다.

-그래 주겠나?

Q, 18

　투 스타의 집은 북문에서 그리 멀지 않았다.

　투 스타 차는 고급이지만 상당히 나이가, 아니 저 정도면 연세라고 표현해야 옳은 다이나스티였다. 연세가 들어 골골거리는 승용차를 세운 곳은 골목 안 조그만 정원이 딸린 단독주택이었다. 골목은 좁지만 대문 옆에 차고는 있었다. 투 스타가 세운 차량 넘버를 보고 나는 속으로 웃지 않을 수 없었다. 투 스타의 차량 넘버가 바로 1890이다. 나는 연상기억법으로 차량번호를 외웠다. 18, 90! '십팔 구영' '구영' 이라는 말은 경상도 사투리로 구멍을 뜻한다. 투 스타께서 아시는지 모르시는지, 모르지만 투 스타의 차량번호는 어느 신체 부위를 뜻하는 숫자다. 카사노바의 기질이 다분한 이 비타민Q는 숫자를 가지고 신체의 특정부위와 연결시킬 수 있다.

　프로이드의 정신분석학을 연구하여 카사노바의 기질이 다분한 이 비타민Q가 지닌 기발한 아이디어와 이백과 두보의 성性에 관한 대목을 접목시켜 논문을 쓴다? 그 논문을 중문으로 번역하여 제출하면 근사한 학위를 받을 수도 있겠다. 투 스타가 대문 앞에서 기다리니 그건 다음에 생각하고.

요즘도 문패를 다는 집이 있는지 모르지만 대문 옆 문주에 '이장성'이라는 대리석에 새겨진 문패가 붙어 있었다. 아마도 이 집에서 오래 사신 모양이다. 대문 앞에 서서 가만히 지형을 둘러보니 학교보다 수경선배의 원룸이 훨씬 가깝다. 얼른 생각하니 그 점이 유쾌하고도 통쾌했다. 수능지도를 마치고 돌아가다가 수경선배의 원룸을 기웃거리기 그만이다. 핑계도 적당하고, 시간과 위치 또한 적당하구먼! 쾌재를 불렀다.

-효미야! 잠시 나오거라.

투 스타께서 군화가 아닌 구두를 벗고 거실로 올라서며 건넌방을 향해 누구를 불렀다. 목조로 된 미닫이문이 열리면서 몸피가 왜소하고 아주 앳된 소녀. 고 삼이라기보다는 중학생쯤으로 보이는 소녀가 나왔다.

-아빠의 고등학교 친구분 아들이야. 우리 학교 일 학년인데, 어때? 늠름한 오빠지?

투 스타께서 연구실에서 그 녀석, 저 녀석, 하시기에 남학생인 줄 알았는데 앳된 여학생이다. 아무리 뜯어보아도 고 삼으로 보이지 않는다.

-효미라구했냐? 김준혁이야.

내가 손을 내밀었다. 얼씨구, 인사할 생각은 않고 금세 얼굴이 빨개지는, 수줍음을 많이 타는 아이였다. 쉽지 않겠군! 그 사이, 쓰리 스타!

아~ 참, 군인이 아니지. 투 스타의 사모님께서 과일이 담긴 쟁반을 내왔다. 사모님께 인사를 올리자 투 스타께서 아버지 성함을 거론하며 그 친구의 아들이고 우리 학교 일 학년이라며 나를 효미와 사모님께 소개했다.

거실에 있는 앉은뱅이 원탁 앞에 과일접시를 놓고 네 명이 둘러앉았다. 외모로 미루어 키가 후리후리한 사모님은 성격이 서글서글하고 시원시원할 것 같은데, 아마도 효미는 제 아버지인 투 스타의 어릴 적 모습을 그대로 다운받았을 거라는 짐작과 더불어 투 스타가 고등학교 시절 어떻게 놀았을지 유추가 가능했다.

-수능이 얼마 남았지?

효미는 고개를 숙이고 한 달이라고 나직이 말했다.

-아직 많이 남았네! 그 동안 오빠랑 바짝 조여볼래?

내 제안에 효미는 고개를 숙인 채 말이 없다. 이건 성적에 문제가 있는 것이 아니라 성격에 문제가 있는 것이다. 일테면, 수능공포증이다. 저런 공포증을 극복하지 못할 경우, 심한 녀석은 수능 치는 날 아침에 수험표를 들고 가출하는 경우도 있다.

-한 달간 오빠랑 바짝 조여보자!

내가 좀 적극적으로 나섰지만 효미의 반응은 신통치 않았다. 은근히 걱정이 된다. 이런 아이는 감수성이 예민해서 적당한 거리를 두고 지도를 해야 한다. 내가 효미에게 이것저것 물어보는 동안 투 스타께서는 헛기침을 하고 서재로, 사모님은 조용히 안방으로 사라졌다.

-효미 방을 한 번 구경해 볼까?

은근히 띄워보니 슬그머니 일어서서 제 방의 문을 열었다. 책상 위의 흩어진 책을 보니 핵심과 예상문제를 풀고 있었던 모양이다.

-분위기 좋네! 오빠랑 핵심문제를 풀어가며 한 달간 최선을 다해보는 거야. 내신은 몇 등급 나오니?

-3등급으로 나와요.

어중간한 등급이다. 포기하기도 어중간하고 바짝 조여보기에도 늦은 시기다. 그러나 포인트 위주로 조여보면 그리 늦었다고 낙담만 할 시기도 아니다.

-어느 영역이 제일 어렵니?

-수리영역요.

-수학은 공식만 외우고 응용하면 보름정도면 어지간히 따라 잡을 수 있어. 수학이 어렵다고 생각하면 끝도 없이 어려워. 정복할 수 있다고 생각해. 나오는 문제를 보고 어느 공식을 대입시킬까, 그것만 파악되면 금세 따라 잡을 수 있어. 언어영역과 외국어영역은 어떠니?

-그런대로…….

-좋아! 수학을 중심으로 하면서 국어와 영어, 나머지 과목은 암기로 하자. 오빠가 연상으로 한번 훑으면 기억이 나는 연상 암기법을 나중에 가르쳐 줄게.

나는 책상 위의 수학 문제집을 훑어보며 한 문제를 집었다. 풀다만 문제였다.

-효미 이 문제 한번 풀어볼래?

아이는 좀 망설이더니 샤프를 쥐고 문제를 풀기 시작했다. 옆에 서서 지켜보고 있으니 사모님께서 서재에서 의자를 하나 들고 왔다. 그 의자에 앉아 문제를 풀고 있는 아이를 가만히 살펴보았다. 효미는 문과 머리다. 이과 체질이 아니다. 푸는 문제는 두 가지 공식을 응용하여 풀어야하는 문제다. 반쯤 푸는 걸보니 틀렸다.

-잠깐만! 여기까지는 이 공식을 대입시켰으니 맞고, 여기서부터는 이 탄젠트 공식을 응용해야 맞지? 여기서 엇길로 들어섰구나, 그치? 여기서부터 이 공식을 대입시켜 이렇게……. 여기서 이 공식대로 끝까지 풀어나가려 했기에 틀린 거야. 이것과 비슷한 문제를 하나 내볼게.

나는 위의 문제를 보고 금세 비슷한 문제를 연습장에 만들었다. 그리고 샤프를 효미에게 넘겨주고 풀어보라고 했다. 가만히 보니 제대로 풀어나가고 있다. 끝까지 지켜보니 맞는 답을 찾아냈다.

-그래 맞았구나. 같은 문제인데 쉽게 풀리지? 자 이젠 이 문제를 풀어보자.

문제집에 나온 좀 더 난해한 문제를 짚었다. 자신이 좀 붙었는지 아이는 망설이지 않고 문제를 풀어나가고 있었다. 그 문제 역시 중간에서 틀렸다.

-잠깐, 효미야! 여기서 이 숫자를 끌어다가 루트에 넣어야지. 역순으로 풀고 있구나.

아이가 잠깐 생각했다.

-그러네요.

-가급적이면 수학문제를 풀 때는 소리를 내면서 푸는 것이 좋다. 모든 과목이 다 그래. 수학은 집중이 아니다. 공식만 외우면, 머릿속으로 소리를 내며 풀면 쉽게 풀린다. 가령 입술을 달싹이며, 이것을 끌어다 이쪽으로 붙이면 이 삼은 육, 육에서 반으로 나누면 삼, 삼에서 괄호 닫고 위에 있는 삼십육 나누기 삼은 십이. 십이를 여기다 곱한다. 곱하기 여기 있는 사 얼마지? 여기서 나오는 답을 괄호 속에서 나오는 답과…….

몇 가지 유형의 문제를 그런 식으로 소리 내어 같이 풀었다.

-소리 내어서 풀어보면 수학이 재밌지?

-조금 그런데요. 오빠랑 푸니까 재미있고 잘 풀리네……. 근데 오빠! 머리 좀 자르면 안 돼?

-응? 꽁지머리 하려했는데, 그렇게 거슬리냐? 네가 싫다면 잘라야지.

효미는 수학 문제만 푼 것이 아니라 나에 대한 경계심도 허문 듯 했다. 나는 효미에게 오늘 풀어야 할 문제집을 어디까지 라고 숙제를 내어 주었다. 안 풀리는 문제는 같이 풀도록 체크해 두고, '꼭 중얼거리며 풀기' 를 숙제라고 내주었다.

-효미야! 수학은 공식만 제대로 외면 보름 안에 정복한다. 가급적이면 중얼거리며 소리를 내어서 풀어라. 문제풀이에도 운율이 있어. 리

듬으로 풀어야하는 거야. 그리고 수능을 겁낼 필요 없어. 공부 잘하던 아이가 수험장에 가서 망치는 경우가 허다하지. 수능이 있다는 걸 즐겨야 돼. 초조해 하면 안 돼. 오늘의 숙제. 제목은 수학과 담을 허물기! 그리고 너 전화번호 몇 번이니?

효미는 순순히 제 폰 번호를 불러주었다. 나는 불러주는 대로 내 폰에 입력시켰다. 내 폰 번호도 불러주었다. 녀석은 제 폰에다 입력시키고 내 이름을 '허리띠'라고 치고는 입력시켰다.

-야! 내가 왜 허리띠니?

-나를 바짝 졸라매니까요. 그리고 이름에 혁 자가 있어서 허리띠가 연상되네요.

-하하하. 너 머리 되게 이상하게 굴러간다. 그래 이 허리띠가 너를 한 달간 얼마나 졸라매는지 보자. 너 정규수업 끝나고 야자하지 말고 집으로 오면서 오빠에게 문자를 보내라. 학교에서 이십 분이면 여기까지 올 수 있으니까, 하루에 세 시간 씩만 허리띠에게 졸려봐라.

-허리 끊어지면 어떻게 해요?

-하하하. 그 정도는 조르지 않을게. 수능 잘 치면 오빠에게 뭘 선물할래?

망설일 줄 알았던 질문인데 금세 대답했다.

-허리띠요. 한 달간 조였다 풀었다 하면 나달나달해질 거니까요.

-하하하. 알았다.

미닫이문을 열고 나오며 웃었는데 웃음소리가 너무 컸던가? 서재와 안방에서 투 스타와 사모님이 동시에 문을 열고 나왔다.

-너희들 이야기가 잘 되었냐?

투 스타께서 물었다.

-학교에서 야간 자율학습 시간을 빼고 그 시간을 이용하기로 했습니다.

-그런데 너는 공부에 지장이 없겠냐?

-저녁 시간 세 시간 정도인데요. 괜찮습니다.

-내가 학교까지 태워주랴?

-아닙니다. 차 빼기도 곤란하실 텐데 그냥 걸어서 가겠습니다. 근데 연구실에 키보드를 두고 왔습니다.

-아, 참 그걸 준다고 했지?

투 스타께서는 바지주머니를 뒤지더니 차 열쇠와 함께 묶인 열쇠고리에서 열쇠를 하나 빼냈다. 그 열쇠를 나에게 주면서 말했다.

-너, 지금 가서 키보드 가져가고 내일 아침 아홉 시에 연구실 문을 열어라. 열쇠는 그거 하나뿐이다. 그리고 미용실에 가든지 이발소에 가든지 머리 좀 잘라라! 이발비 주랴?

-아닙니다. 있습니다.

열쇠를 주머니에 넣고 내가 신발을 신자 제 아버지 옆에 선 효미가 손을 살짝 흔들며 말했다.

-허리띠 오라버니! 씨 유 투마루!

-효미야! 아버님께 물어봐라. 허리띠를 경상도 사투리로 '허리빵'

119

이라고 그런다. 허리빵 오빠 간다. 밍티엔 자이찌엔(明天再見)!

효미 저 녀석, 고거 귀엽네! 제 엄마를 닮았나? 감이 잡히지 않네?

흐뭇하게 웃고 선 투 스타에게 인사를 꾸벅 하고는 사모님의 배웅을 받으며 대문을 나서며 손가락으로 머리를 쓸어 넘겼다. 머리를 자르다니, 어림없는 말씀, 좀 더 길러서 꽁지머리를 할 건데. 코끼리 자식도 툭하면 머리를 걸고넘어진다. 이발 요금을 줄 테니 이발소에 가라고 난리다. 아버지께서 가위를 들고 설칠까봐 집에도 가지 않는 비타민Q인데, 왜? 다들 머리를 가지고 난리인지 모르겠다.

북문으로 향하는 길에 골목을 좀 헤맸다. 투 스타의 집에서 수경선배의 원룸이 어느 길로 가면 제일 가까운지 길을 익히기 위해서였다. 아무리 살펴도 큰길을 따라 내려오다 24시 편의점 옆으로 올라가는 편이 찾기 제일 쉽다. 저녁마다 녀석의 과외를 마치고 내려오면서 수경선배의 둥지에 들러 미령과 수경이라는 두 마리의 작은 새를 한꺼번에 품는 카사노바가 되고 싶다.

-카사노바는 위대하다. 이탈리아의 모험가, 문학가, 엽색가인 카사노바는 정말이지 위대하고 훌륭한 인물이다. 나는 유명대학 카사노바다! 인간이라면 그렇게 어느 분야에든 탁월한 실력을 발휘하며 살아야 한다.

한산한 거리에서 그렇게 중얼거리며 카사노바의 반이라도 어떤 분야에서든 모험을 하고 싶다. 그러나 행동으로 옮겨 실천하지 못하고 이렇게 마음뿐인 비타민Q는 프로이드의 영향을 너무 많이 받았어. 프로이드는 모험심이 없고 이론가일 뿐이야. 프로이드 정신으로 카사노바의 행동, 모험을 즐겨야하는데……. 내가 왜 이러지? 중얼거리는데 픽! 인도를 점령한 가로등이 카사노바 아니, 위대한 카사노바를 닮아 위대해지려는 비타민Q의 마빡을 사정없이 때렸다.

　-아! 씨발, 멀건 대낮에 되게 세게 박았네! 정신이 얼얼하구만…….

Q, 19

조교가 아닌 투 스타 연구실에서, 안에서 문을 잠그고 편안히 앉아 담배를 피워가며 번역을 하고 싶었지만 쓰던 리포트와 노트북을 기숙사에 두고 왔다. 조용한 공간이 못내 아쉽지만 키보드를 들고 나올 수밖에 없었다.

아니다! 열쇠는 바로 내 손에 있다. 후딱 가서 챙겨오면서 점심 먹고 이 연구실로 와서 투 스타의 의자에 앉아 느긋하고 조용한 오후를 즐기면 그만이다. 숙사나 빈자리가 있을지 없을지 모르는 중앙도서관 열람실과는 비교할 수도 없는 안락한 공간이다. 입이 심심하면 투 스타께서 애지중지하는 원두를 내려먹고, 담배도 피워가며. 베리 굿!

숙사에 들어오니 코끼리 녀석은 또 팬티바람이다. 팬티바람으로 앉아 인터넷으로 영화를 보고 있다. 일요일 날씨도 좋은데 집에나 다녀올 일이지, 이젠 잔소리도 지겹다.

-야! 코끼리, 가로등을 말이야. 낮에는 땅 속으로 들어가게 하고 밤에는 스르르 올라오게 하는 토목기술은 없냐? 센서등처럼, 자동으로, 조도에 의해서 올라오고 내려가게…….

-갑자기 웬 가로등을 들먹이냐?

-내 마빡을 좀 봐라.

눈썹까지 덮은 앞머리를 헤치고 혹이 난 이마를 보여주었다.

-아이구! 발기한 비타민Q 대가리보다 크네. 춘천에 간다더니 지나가는 글래머 엉덩이 훔쳐보다 가로등에 박았냐? 가로등 안 넘어졌어? 고소하다. 이 자식아!

-너 그런 토목기술 개발 좀 해라. 멀건 대낮에 가로등이 서있는 게 도시미관상 좋지 않지? 저녁이 되면, 조도를 자동으로 감지하고 자동으로 뚜껑이 열리고 낚싯대처럼 삼단이나 사단으로 스르르 올라오는 가로등, 그런 거 만들어 특허를 내든가.

-아이디어는 좋다. 내가 개발하지. 그런데 치마 입은 처녀가 가로등이 올라올 자리에 서 있다가 갑자기 가로등이 치마 속으로 올라오면 어떻게 하냐?

-이런 대가리하고는, 대가리는 조물주 어른께서 몸의 균형 잡으라고 달아놓은 물건이 아니야. 굴리라고 달아놓으신 거지. 올라올 적에는 경고음이 울리게 하면 되잖아?

-베리 굿 아이디어! 우리 그거 특허내자.

-너 혼자 연구해서 특허 내 인마! 나는 약 발라야 되니까. 뭐 이런데 바르는 약 없냐?

-사감실로 가 봐. 아니면 마빡에 꿀밤 한 대 더 맞으면 쏙 들어갈지 모른다. 내가 한번 실험해 볼까?

녀석은 꿀밤을 먹일 태세로 중지를 말아 쥐고 이마에 갖다 대었다.

-됐고, 점심이나 먹으러 가자.

나는 리포트를 프린트 한 것과 노트북을 가방에 넣고 들고 온 자판에 먼지를 털고 자판에 닦을 거리를 찾다가 책가방 비밀주머니에 든 안경닦이를 떠올렸다. 그걸로 닦으면 딱인데, 그러나 코끼리 녀석 눈이 있어서 지금은 좀 곤란하다.

-너 중국어 자판 구하더니 중고를 샀냐?

-교수님께서 하나 주셨어.

-감이 잡힌다. 죽으라고 공부를 안 하니까. 교수님에게 꿀밤 맞고 하나 얻은 거로구나?

-너? 상상력이 그야말로 역동적이다. 빨랑 옷이나 입어. 이 자식아!

나는 책가방을 챙기고 녀석은 트레이닝복에 슬리퍼를 끌고 식당으로 향했다. 복도를 지나 계단을 내려서며 녀석이 물었다.

-어디 도서관에 갈 거냐?

-나? 연구실이 생겼다. 회전의자에 앉아 담배를 물고 앉아 정리를 할 거다.

식당은 썰렁했다. 벌써 아침을 굶은 학생들은 먹고 나갔을 시간이고 일요일이라 더욱 한산하다. 뷔페로 차려진 반찬을 보니 또 풀밭이다. 코끼리 녀석이 또 반찬투정을 하겠군! 그렇게 생각하는 찰나, 반찬집게를 들고 앞에 선 녀석이 중얼거렸다.

-또 뱀 나오겠군. 채소 값이 고기보다 더 비싸야 하는데, 그런 이상

적인 세상이 왜 안 올까?

-뱀이 갈치 먹는 걸 봤냐? 저쪽에 갈치구이 주잖아?

-오호라. 전사한 해군이라도 있었군. 밥을 더 퍼야 되겠다.

반찬투정은 심하지만 녀석은 먹성이 좋은 편이다. 식탁에 마주앉아서 보니 식판에 밥이 불룩하게 담겨있었고 갈치가 두 토막이다. 배식하는 아주머니에게 투정을 부린 모양이다. 갈치구이에 식탐을 느끼는 녀석에게 내 식판에 있는 갈치구이를 젓가락으로 집어 녀석의 식판에 얹어주었다. 세 토막이면 실컷 처먹겠지. 헌데 녀석은 그 갈치토막을 젓가락으로 집어 내 식판에 다시 얹어 놓으면서 중얼거렸다.

-반찬투정을 해야지 밥이 더 맛있는 법이야.

-참, 희한한 짐승이네.

-야! 비타민Q. 너 아까 얘기한 거 진짜 괜찮은 발상이다?

-뭐 말이야?

-가로등! 생각해보니 괜찮은 아이디어인데? 한 번 더 받혀보면 더 좋은 발상이 나올지도 모르니까, 한 번 더 받쳐봐.

-밥풀 다 튀겠다. 밥이나 처먹고 들어가서 네가 연구해. 가로등에 받혀보든가.

-주임교수께 살짝 얘기해서 진짜로 개발해봐야겠다. 농담 아니고.

-너? 돈 좀 만지면 설마, 나를 모른 척 하지는 않겠지?

-그러엄~ 아이디어를 주었는데. 그러니 오후에 마빡을 가로등에 힘껏 한 번 더 받혀보라구.

-알았다. 대가리 뇌수가 터지도록 박을 테니까, 밥이나 쳐먹어!

퉁을 먹고 수저를 들다가 준호선배와 눈이 딱 마주쳤다. 선배는 식판을 들고 이것저것 골라가며 반찬을 담고 있던 참이었다. 준호선배가 이 숙사 식당에 웬일이지? 바로 숟가락을 쥔 채 일어서서 준호선배를 향해 거수경례를 붙였다. 성불!

씹고 있던 음식물의 파편이 코끼리의 얼굴에 튀도록 큰소리로 예를 표했다. 한산하지만 주위에서 밥을 먹던 몇이 그 소리에 놀라 나를 돌아보았다.

-아따 징한 거. 앉아부러. 알았응게 맛있게 먹어부랑게.

준호선배는 기분이 괜찮은 걸 그렇게 사투리로 표시했다. 나는 비어있는 옆자리를 두 손으로 가리키며 이쪽에 앉으라는 표시를 했다. 준호선배는 알았다는 듯이 윙크를 날렸다. 코끼리 녀석은 느닷없이 얼굴로 날아온 파편을 닦느라 정신이 없다. 파편은 얼굴뿐이 아니라 머리까지 날아가 붙어있었다. 내가 식탁 저쪽에 놓인 휴지통에서 휴지를 좀 빼어다 주었다. 녀석은 얼굴을 닦으며 누구냐고 나직이 물었다.

-응? 동아리선배인데 예비 판검사야.

-그러냐? 사법연수원 성적이 잘 나와야지, 판검사가 되지 아니면 고참 변호사의……

녀석은 거기까지 지껄이다 입을 닫았다. 식판을 든 준호선배가 바로 녀석의 앞으로 다가왔기 때문이다. 나는 선배가 앉기 좋게 의자를 빼주었다.

-선배님, 어쩐 일로 숙사 식당으로 오셨어요?

-아따! 엊저녁에 한잔 되게 빨아부렀지. 엄청 취해부러 고등학교 후배가 자는 기숙사에 기어들어가설랑 쩽겨 잤다는 거 아니당가. 아따 징한 넘들 술을 이길 수가 없드랑게.

-아하, 그랬군요. 맛있게 많이 드세요. 속풀이 국물을 더 갖다 드릴까요?

-아니랑게. 되어부렀어! 친군가벼?

-아, 예. 룸메이트입니다.

그제야 코끼리 녀석이 준호선배께 꾸벅 인사를 했다. 선배는 어느 과에 다니느냐고 건성으로 물어보고는 많이 먹으라고 했다. 코끼리 녀석에게는 전라도 사투리를 쓰지 않았다. 식판을 깨끗이 비운 코끼리 녀석이 먼저 일어서서 고개를 꾸벅하고는 식당을 나갔다. 비타민Q는 밥을 다 먹었지만 준호선배가 밥을 다 먹도록 기다렸다. 선배의 식판까지 세척기에 집어넣고 가는 게 후배의 도리다. 선배가 숟가락을 놓자 나는 잽싸게 선배의 식판까지 챙겨 세척기에 집어넣고 와서 가방을 들었다.

-공일날 집에 가지 않아불고 공부하는 겨? 도서관에 가부릴랑가?

-예, 선배님처럼 훌륭한 사람이 되려면 그래야죠. 근데 사법연수원에 언제 들어가세요?

-법무부에서 불러야 들어가부지라! 그 새 허벌라게 빨아 부러야지

쓸 거 아니당가?

현관으로 나와 자판기에서 커피를 두 잔 뽑았다. 준호선배에게 한 잔 내밀고 나도 한 잔 마시는데 선배가 또 머리를 걸고넘어진다.

-긍게, 너 시방 머리 좀 잘라야 쓰겠다?

-선배님! 형법이나 민법, 아니면 교육법에 대학생이 머리를 어디까지 길러야한다는 법조항이 있습꽈?

-비타민Q, 아따 징한 넘! 개성시댄께로 니 맘대로 해부랑게.

예비 판검사도 말문이 막히자 내 머리를 한 번 쓰다듬었다. 입대할 때까지 길러 꽁지머리로 묶어 볼 예정이다. 커피를 마시고 준호선배는 좀 더 자야 쓰겠다는 진한 전라도 사투리를 뱉어놓고 숙사로 올라갔다.

머리 때문에 시비가 너무 많이 걸리는데 이걸 정말 좀 자를까? 그럼 집에도 마음 놓고 갈 수가 있는데. 하지만 여태 눈치 보며 기른 게 아깝다. 이대로 집에 갔다가는 아버지께서 가위를 들고 달려들 게 뻔하다. 아버지가 보시기 전에 엄마 손에 끌려 미용실을 갈 수도 있다. 지금은 선배들 눈치를 보지만 복학하고 사 학년이 되면 머리뿐만 아니라 수염까지 길러볼 작정이다.

Q、20

투 스타의 의자는 안락하다.

노트북을 켜고 앉으니 주임교수가 된 기분이다. 일단, 담배부터 한 대 물고.

노트북에 자판을 연결하고 보니 대충 먼지는 털었지만 자판이 엉망이다. 책가방의 비밀주머니에서 안경닦이를 꺼냈다. 그 요술헝겊으로 안경부터 먼저 닦아서 끼고 자판을 훔쳤다. 촉감 A+! 정말 잘 닦인다. 리포트 용지를 꺼내 중국어로 번역하기 시작했다. 자판을 외지 못하는 까닭으로 독수리 타법으로 모니터와 키보드를 번갈아 보며 타이핑을 하는데 자꾸만 머리카락이 흘러내려 안경을 가리곤 했다. 이백과 두보의 공통점 보다는 안경을 가리는 앞머리에 더 신경이 쓰인다.

투 스타의 모자라도 있으면 좋겠는데, 앉은 채로 사방을 둘러보았지만 연구실 안에 모자는 보이지 않았다. 아하! 이거. 무릎을 치고 안경닦이를 들고 펼쳐보았다. 미령누나의 팬티인지 수경선배의 속옷인지 모르지만 밴드가 달려 탄력을 유지하고 있다. 딱이다. 앞머리를 뒤로 쓸어 넘기고 팬티를 뒤집어쓰니 딱 맞는 삼각모자다. 기가 막힌 발상,

면으로 된 보드라운 삼각모자, 아니 위관! 쓰고 보니 기분이 묘하다.

안경닦이의 용도는 다양하다는 걸 통감하며 리포트를 훑었지만 이백과 두보는 이런 기분을 묘사하지 못했다. 어느 시를 훑어도 마찬가지다. 술을 가지고 노래만 했지 팬티를 가지고 지은 시는 어디에도 없다. 그렇다. 이백과 두보의 시절에는 이렇게 감촉이 좋고 탄력을 지닌 물건이 개발되지 않은 시절이다. 이런 다용도로 쓸 수 있는 물건이 있었다면 그 시인들은 이 기분을 붓끝으로 노래하지 않을 수가 없었을 게다.

번역이 난해한 문장은 투 스타의 사전을 찾아가며 독수리 타법으로 키보드를 두드렸다. 번역은 생각보다 시간이 많이 걸린다. 사전을 뒤적이는 횟수가 점점 잦아진다. 내게 있는 한중사전, 투 스타의 중한사전을 비교해보니 중한사전도 한 권 사야겠다. 투 스타의 중한사전이 없었다면 어림도 없겠다. 번역해가며 문장을 다시 고치고 또 사전을 뒤적이다 보니 더 좋은 문장과 연구해야 할 구절이 떠오른다. 이 희한한 위관을 쓰고 하니 집중이 잘 되어서 그런가?

팬티를 머리띠 삼아 뒤집어쓰고 하니 번역이 얼마나 재미있고 집중이 잘 되는지 두 시간이 넘도록 담배 한 대 피지 않고 투 스타의 원두도 내려먹지 않았다. 키보드도 어느 정도 감이 잡힌다. 독수리 타법이긴 하지만 속도가 좀 빨라졌다. 집중해서 거의 한 시간을 더 찾아가며 키보드를 두드렸다.

이제 거의 반을 했겠군! 얼마나 남았나. 리포트를 뒤지다가 갑자기

한 가지 의문이 일었다. 아버지께서 어째서 투 스타에 대한 말씀을 한 마디도 하지 않으셨지? 무슨 의도일까? 투 스타께는 내 얘기를 했다고 하셨는데, 어째서 나에게는 한 마디도 언급을 않으셨을까? 뭔가 이상했다. 당연히 찾아가서 인사를 올리라고 하여야 마땅하지 않은가? 석연찮은 뭔가가 있는데…….

앉은 그 자리에서 바로 아버지께 전화를 때렸다. 벨이 두 번 울리자 전화를 받은 아버지의 탁한 목소리다.

-열공! 아버지께서 총애하는 차남 준혁! 열공하고 있음돠!

-그래? 진짜 열공하고 있는 게 맞냐?

-지금 주임교수 연구실임돠! 근데 아부지! 뭐 한가지 물어볼라꼬요.

아부지는 내가 이렇게 경상도 사투리로 나가면 쓰잘데기 없는 소릴 할 거라 짐작하시고 사투리로 대답하신다.

-물어볼끼 뭐고? 너는 이빨이 날카롭운데 살살 물어래이.

-구영이라면 경상도 말로 뭘 말하는 거지요?

-구영이나 구녕이라카면 표준말로 구멍이지. 뭐 딴 말이 있겠노?

-맞죠? 근데 십팔구영은 뭘 말하는교?

-이 자석이 무신 소릴할라꼬 이 지랄이고? 뭐 점심을 잘못 처먹었나?

-에이 참, 아부지 욕이 아니고 십팔구영이라는 다이나스티를 타고 다니는 투 스타를 아시는교?

-이 자식아 발음을 똑 바로 해라. 우째 욕같이 들린다? 다이나스티?

모르겠는데? 어느 사단에 근무한다 카드노?

  -아! 참, 아부지도 눈치없기는……. 군인이 아니라카이. 참, 십팔구영 아라비아 숫자로 18, 9, 0, 이고 계급이 투 스타가 아니고 주임교수인데 이름이 이장성이라는 말이라카이.

  -아하! 장성이 말이구나. 너희 학교 교수지? 아부지 고등학교 동창이다. 근데 그 친구 차 남바 쥑인다. 너 엄마가 없으니 하는 말인데 은밀히 해석하면 '쎕구녕' 이네. 맞지? 그런데 그런 말을 아무데서나 쓰지 마라! 싸대기 맞는다.

  -아부지, 앞에 번호는 더 웃겨요.

  -앞에 남바가 우째 되는데?

  -28 너! 쥑이죠?

  -뭐리카노? 푸하하하.

  -아부지 웃을끼 아입니다. 잘못 발음하면 욕이라카이.

  -근데 장성이를 우째 알았노? 장성이가 니한테 뭐라 카더나?

  이쯤에서 사투리는 끝내야 한다. 더 나가다가는 다음에 한 대 얻어터진다. 아부지라고 사투리로 부르면 수평관계를 유지하고 아버지라고 부르면 부자간의 수직관계로 정립되는 기가 막힌 표현방법이다. 그건 우리 부자간의 묵계다. 아부지라고 부르던 호칭을 아버지로 바꾸었다. 목소리도 바꾸고. 눈치가 빠른 아버지께선 금세 알아차리신다.

  -아버지 제가 지금 그 교수님의 연구실에서 혼자 공부하고 있습니

다. 왜 아버지께서 저에게 이장성 주임교수님과의 관계를 말씀하지 않으셨는지 궁금해서 전화를 드렸음돠.

-네가 이 교수 연구실에 앉아 있다니 이상하구나. 이 교수가 너를 부르더냐?

-예.

-그 친구가 무슨 일로 불렀지?

-둘째라고, 따님이 있는데 올해 고 삼, 수능이 며칠 남지 않아 특별 개인지도를 부탁하셨습니다.

-그래서 하기로 했니?

-제가 교수님 댁으로 가서 하루 세 시간씩 하기로 했습니다.

-알겠다. 그런데 그 집에 가면 너무 유쾌하게 떠들지 말고 조신하게 행동해라. 그리고 너 제발 대가리 좀 깎아라. 내가 직접 가위 들고 올라간다?

-어떻게 아셨어요? 제가 집에 가지 않은 지 넉 달이 넘었는데?

나는 버릇처럼 머리를 쓰다듬어보았다. 헐! 이게 뭐야? 삼각팬티가 그때까지 위관으로 얹혀있었다. 번역에 집중하느라 다용도로 쓰이는 팬티를 미처 생각하지 못했다. 아버지께서 이 꼴을 보시면 나는 당장 상주가 되어 팬티 대신에 삼베로 된 두건을 써야 할지도 모를 일이다.

-동영상으로 봤잖아? 이 자식아. 당장 깎아! 너? 이 자식, 대가리 쥐어뜯길까봐 집에 안 오는 거지? 그리 알고, 끊는다.

-아니, 아니, 아버지! 제가 여쭙고 싶은 게 있어요. 대답을 않으셨잖

아요.

　-궁금한 게 뭐냐?

　-아버지께서 왜? 이장성교수를 찾아 인사드리라고 하지 않으셨어
요?

　-네가 이 교수를 만나서 서로가 좋을 게 없어. 그리 알고.

　전화가 끊어졌나? 아버지라고 불러도 대답이 없고 아부지라고 불러
도 반응이 없다.

Q,21

아버지께서 그렇게 전화를 끊어버리다니 석연찮은 무엇이 있음이 분명하다. 그게 뭘까? 그걸 풀지 않고는 아무 짓거리도 할 수가 없을 것 같다. 확실히 알아야 직성이 풀리는 당신 아들의 성격을 아버지께선 모르실 리가 없는데 이렇게 끊어버리시다니 더 궁금해 미칠 지경이다. 지금 전화를 때리면 받으시지 않을 수가 있다. 그러나 전화나 때려보자. 통화를 하던 번호의 발신 버튼을 눌렀다. 벨이 두 번 울리자 아버지께서 잽싸게 받으셨다.

-혁아! 이 자식이, 너도 궁금한 게 있으면 못 견디지?

-그런 것도 아버질 닮았죠.

-이 교수, 이야기를 하니 갑자기 말문이 막혀서 끊었다. 끊고 생각하니 너도 알고 처신하는 게 나을 것 같기도 하고.

아마도 아버지는 통화 중에 담뱃불을 붙이시는 모양이다. 잠시 뜸을 들이다가 아버지께선 담배연기와 함께 한숨을 뱉듯 한마디 하셨다. 어찌 들으면 결연함이 배어 있는 목소리였다.

-이 교수에게 외아들 하나가 있었지. 너희 학교에 우수한 성적으로

들어간 총명한 아이였지.

투 스타, 아니, 주임교수님에게 외아들이 하나 있었다? 있었다는 아버지의 말을 듣고 낌새가 좀 이상했다. '있다' 라는 현재형이 아닌, '있었다' 라는 과거형을 듣고 나는 엄숙하고 진지하지 않을 수가 없었다. 나는 그저, '예! 그랬군요.' 라는 대답으로 일관해야 한다는 걸 알고 있다. 대충 감이 잡히지만 상세히 알고 싶어 듣고만 있었다. 아버지의 탁한 목소리는 진지하고 차분했다.

-공교롭게도 그 아이가 우리 사단으로 왔더구나. 우리 사단으로 오고 나서 이 교수에게 전화가 왔더라. 그 아이가 그리로 갔으니 한 번 찾아보고 좀 챙겨주라고. 이름이 이용환이었어. 찾아보니 제 엄마를 닮았는지 키도 크고 잘 생겼더라. 내가 몇 가지 좀 챙겨주고 그 아이 중대장에게 부탁을 했지. 알아주는 대학의 총명한 인재니까 이등병을 달고 있었지만 중대 행정병으로 옮겨주는 건 쉬웠어. 행정병이면 일단 다른 사병들보다 덜 뛰어도 되고, 점호나 보초근무도 없고 제 공부할 시간이 많잖아?

-그렇죠. 잘은 몰라도 좋은 보직이죠.

-후방 예비 사단의 행정병에게 그런 사고가 날줄 몰랐지. 그러니까, 첫 휴가도 나가기 전이야. 제 부모들이 면회를 와서 중대장에게 얘기해서 하룻밤 외박을 보내주고 그 다음날 용환이를 데리고 나가서 나랑 술을 마시고 이 교수가 올라갔지. 그리고 사흘 뒤에 사고가 난 거야. 그러니까 걔가 입대한 지 석 달도 채 되지 않았지…….

아버지의 말씀을 들으며 나는 사고사라는 걸 직감했다. 아버지께서는 아주 옛날 일을 회고하듯이 천천히 말을 이어갔다.

-어떻게 사고가 났는데요?

-교통사고야. 사단에 보급품을 수령해서 오다 사고가 났어.

-그 형이 직접 운전을 했나요?

-아니야. 운전병이 따로 있지. 용환이는 행정병으로 보급품의 종류와 물량을 파악하기 위해 탑승한 거지. 보급품을 수령해서 중대로 돌아오는 길에 고갯마루에서 내려오는 관광버스와 정면충돌을 한 거야. 브레이크가 터진 관광버스였어. 그때 그 사고가 신문에 크게 보도될 정도였어. 사고현장을 보니 충분히 피할 수가 있었는데 운전병인 병장이, 용환이가 보급품을 수령할 동안, PX에 가서 술을 좀 처먹은 모양이야. 일차로 우리 군용트럭과 정면충돌하고 이차로 가드레일을 넘어서 낭떠러지에 네 바퀴 굴러서 버스 기사를 포함해서 이십사 명이 죽은, 아무튼 교통사고로는 엄청 큰 사고지. 운전병은 병장이었고 탑승한 행정병이 용환이었어. 둘 다 그 자리에서 즉사했다. 생각하기도 싫다. 소식을 듣고 장성이가 제 마누라하고 내려왔는데 참말로 환장하겠더라.

-아버지 입장이 곤란하셨겠네요?

-입장도 입장이지만 용환이가 외아들 아니니? 국립 현충원으로 안치했는데 내 업무와는 전혀 무관한 그 장례를 내가 다 치르고 연대장 전용 지프와 사단 장교수송버스로 이 교수와 가족들을 서울까지 데려

다 주었다. 그리고 작전차량의 전사로 상신을 올려서 이 교수 앞으로 매달 연금이 얼마 정도 나오도록 만들어주었지. 운전병 병장의 음주운전이기 때문에 전사처리가 곤란한데 사단 헌병대와 보안대에 손을 써서 내가 억지로 만들었다. 연금이 나오면 뭣하냐? 외아들을 잃은 이 교수만 불쌍하지. 그 일 치르고 근 한 달 동안 맘이 짠해서 잠도 못자고 술만 마셨다는 거 아니냐?

-아버진 자꾸 외아들이라 하시는데 동생이 있잖아요?

-그 동생이라는 애가 이름이 뭐냐?

-효미라고 하던데요.

-이 교수가 낳은 딸이 아니야. 데려온 아이야. 용환이가 죽고 이 교수가 안절부절 마음을 잡지 못하고 용환이 엄마가 우울증에 걸리고, 집안 꼴이 말이 아니었지. 궁리 끝에 보육시설에서 중학교에 다니는 여학생을 입양했다는 소릴 들었다.

-그래서 그렇구나. 어쩐지…….

-이 교수가 너를 보면 용환이가 생각날 거 같아서, 장성이의 아픈 곳을 건드리지 않으려고 말을 하지 않은 거야. 봄에 동창회에서 네 안부를 묻기에 이름과 학과를 가르쳐 주었다. 너? 인마! 괜한 소리해서 또 마음이 심란하다. 아무래도 나가서 술 한 잔 해야지 되겠다. 너, 그 집에 가서 눈치껏 처신해라. 이 교수도 외동인데 대가 끊겼으니. 원, 참.

-알겠습니다. 열공! 근데 엄마는 어디 가셨어요?

-남의 마누라를 네가 왜 찾고 난리냐? 네가 하도 대가리를 안 깎으

니까 열 받았는지 머리 파마한다며 나갔다. 제발 대가리 좀 깎아라.

　-알았어요. 중대가리로 홀랑 밀어버릴게요.

　-그래 맘 잘 처먹었다. 홀랑 밀고 폰으로 찍어서 동영상으로 직접 보고해라. 알았나? 이 자식아!

　-아부지! 저는 대가리가 두 개걸랑요. 어느 대가리부터 밀어버릴까요? 잘못 밀어버리면 아부지 손자를 못 보는 수가 있음돠.

Q.22

투 스타께서 그런 아픔을 지니셨구나!

세월이 흘러 그 상처가 아물었다지만 가슴 속에 흉터가 옹이로 박혀 있을 거라는 아버지의 말씀은 지당하다. 그래서 투 스타의 얼굴이 그렇게 어두운가? 남의 일이지만 심란해졌다. 앞으로 효미를 지도하려면 교수님 댁에서 행동에 심리적으로 제한을 받을 것 같다. 아버지와 통화를 하고 나니, 자판이 눈에 들어오질 않는다. 알 건 알아서 잘 된 일이지만 마음을 다독이고 상처를 건드리지 않도록 처신해야할 것이다.

작성하던 문서를 저장하고 노트북과 키보드를 챙겨 가방에 넣었다. 결코 잊어서는 안 되는, 위관 겸 안경닦이를 잘 접어서 비밀주머니에 넣고 내가 어지럽힌 투 스타의 사전과 책들을 제자리에 정돈했다.

연구실 문을 잠그고 열쇠를 챙겨 주머니에 넣으며 생각했다. 아무래도 꽁지머리는 포기해야할 것 같다. 지금은 때가 아니다. 북문으로 나가면 이발소가 있으려나? 북문을 향해 걸었다. 캠퍼스의 가을이 깊어지고 있다.

설레는 마음으로 투 스타의 연구실에 들어갈 때 비하면 감정의 조도가 현저히 떨어졌다. 차라리 모르는 게 약이 아니었을까? 아는 척 할 수도 없는 일이고……. 어떻게 처신해야할지 행동에 많은 제한을 받을 것 같다. 심란하다.

북문 앞 상가로 들어섰지만 이발소는 보이지 않고 미용실이 먼저 눈에 띄었다. 미용실은 작고 허름한 상가건물의 이 층에 있었다. 그러고 보니 내가 입학하고 여태 머리를 깎아본 일이 없다. 막상 자르자니 이 눈치 저 눈치 보며 기른 세월이 아깝다. 매일 샴푸를 하고 빗질로 정성을 다했는데, 상가 앞에서 좀 서성거리다 입술을 깨물고 이 층으로 올라갔다. '남성 커트 전문' 미용실 유리에 그렇게 씌어져 있다. 안을 들여다보니 삼십대로 보이는 아주머니 혼자 미용의자에 앉아 잡지를 뒤적이고 있다. 문 앞에 잠시 망설이다 유리문을 노크했다.

잡지를 뒤적이던 아주머니 아니, 미용사가 의자에서 일어나더니 다가와 문을 조금 열고 머리통만 내밀고 물었다. 얼핏 보아도 섹시하다. 카사노바의 기질이 다분한 비타민Q는 한눈에 몸매와 얼굴을 읽고 성격까지 파악되었다.

-무슨 일이죠?

-저어……. 머리를 좀 자르고 싶은데?

말이 떨어지기 무섭게 아주머니가 문을 활짝 열었다. 그럼 그렇지 정승보다 위대한 카사노바가 어떻게 제 손으로 문을 열고 들어가겠는가.

-그럼 들어오세요.

성큼 미용실 안으로 들어섰다. 미용실 안에는 손님이 아무도 없다. 속으로 쾌재를 불렀다. 곱상하고 괜찮은 몸매를 가진 삼십대를 독차지하고 놀겠군.

-학생 차암, 이상하다. 머리 자르러 들어오는 사람이 노크를 하고 들어오는 사람은 학생이 처음이네요.

-독서에 방해가 되면 다음에 오려고, 그리고 미용실은 처음이라서…….

-호호호. 학생, 여기 유명대학 다녀요?

-예. 중어중문학과 일 학년입니다.

-공부도 잘하고, 학생 너무 순진하다. 이리 앉아요.

매일 거울만 들여다보고 다듬는 게 직업인지라 머리와 얼굴 몸매 관리가 잘 된 미용사가 의자를 수건으로 털며 앉으라고 했다. 걸치고 있던 재킷을 벗어들고 두리번거리자 미용사가 잽싸게 받아서 옷걸이에 걸었다. 나는 일단 미용실 의자에 앉았다. 아직도 머리를 잘라야 한다는 심리적으로 확고한 결정을 내리지 못한 상태다.

목에 수건을 감고 나일론을 소재로 한 보자기를 목에 걸며 아주머니가 물었다.

-학생, 어떻게 잘라드릴까?

일단 앉으니 '요' 자가 빠졌다. 잡은 고기를 들여다보지 않는다는 낚시꾼의 심리와 장사꾼의 심리는 동일하다. 그렇다고 주목받지 않을 비타민Q가 아니지. 그럼, 당연하지.

-가위로 잘라주세요. 유리에 '남성 커트 전문' 이라고 씌어있는데 어디를 자른다는 말이죠? 저는 정말 남성을 자르는 줄 알고 놀랐어요.

-호호호. 학생 농담 잘하네. 그게 아니라 얼마만큼 자를까? 묻는 거지.

-중대가리로 왕창 밀어주세요. 저희 아버지가 성질이 아니라 썽질나서 그렇게 밀어버리라고 캤거든요.

-정말 그렇게 밀어줘? 입대할 건가?

-그럼 육군 대위 머리로 잘라주세요. 육군 대위로 바로 입대할거니까요.

-그렇게 입대하는 루트가 있남?

-혹시 머리통을 자르는 건 아니죠. 머리카락만 자르세요. 육군 대위 스타일로. 혹시 서비스로 커트 전문이라는 남성을 자르는 건 아니죠?

-호호호. 학생 고향이 경상도지?

그럼, 그렇지. 이젠 말을 아주 까는군. 내 작전에 말려들어간다.

-경상도라는 걸 어떻게 아셨어요?

-말투를 보면 알지. 경상도 어딘데?

-대굽니다. 그런데 저 유리에 붙은 남성커트전문이라는 글을 남성미용전문이라고 고치면 안 되나요. 저는 이걸 자르는 줄 알고 무서웠어요.

그렇게 능청을 떨며 손으로 내 아랫도리를 가리켰다. 미용사는 머리 자르는 게 뒷전이다.

-호호호. 거길 왜 잘라?

-저렇게 써 놓으니까, 미용실에 왔다 가면 여자가 되는 줄 알았거든요.

-호호호. 학생, 걱정 마. 거긴 절대로 안자를 테니까. 집이 대구 어디지? 우리 집이 칠성동인데, 같은 고향이네?

-그래요? 칠성시장에 돼지국밥 먹으로 자주 갔었어요. 그럼 아주머니라고 부를게 아니라 누님이라고 불러야겠네요. 고향 누님!

-그렇게 부르면 좋지. 앞머리를 좀 길게 남기고 뒷머리는 깔끔하게 쳐올려야 대위 머리가 되는 거지.

-예, 누님! 그렇게 해주세요. 근데 누님, 너무 곱다. 정말 우아해요. 처녀 때는 여럿 죽였겠는데, 몸매도 그만이고. 밀크 박스도 크고 탄력이 있어 보여요. 앞치마만 벗으면 죽이겠다. 총각들 많이 울렸죠?

-정말? 그래 보여?

여자란 물건은 하여튼 못 말린다. 슬쩍 띄워 놓으면 저렇게 감당이 안 된다. 누님도 별수 없이 한 손에는 가위, 한 손에는 빗을 들고 머리를 자르는 직무에 충실하다 말고 요염한 자태로 몸매를 한 바퀴 돌리며 벽에 붙은 전신거울에 자신의 몸매를 비춰보았다.

-누님 짱이에요.

엄지손가락을 세워보였다.

-아이구, 우리 동생! 이마에 멍이 잔뜩 들었네. 많이 아팠겠다. 내가 호 해줄까?

이때다! 비타민Q는 눈을 살며시 감고 이마를 쳐들었다. 예쁜 누님이 호 하기 좋은 자세를 취했다. 호오~ 뜨겁고 향기로운 입김이 마빡에 와 닿았다. 나쁜 기분은 아니었다.

-동생 어쩌다 이렇게 됐어? 많이 아팠겠다. 멍이 아주 단단히 들었어?

-공부 안한다고 교수님이 꿀밤을 때려서 그래요.

-설마?

-그럼, 에……. 가로등이 때렸어요.

-술 먹고 가로등에 부딪혔어?

-아니요, 지나가는 여학생이 하도 예뻐서, 글래머한 밀크 박스와 엉덩이 훔쳐보며 걷다가 가로등에 받혔어요. 그 여학생이 딱 누님만큼 예뻤거든요.

-그랬구나.

누님은, 앞머리를 좀 더 자를까, 이 정도면 딱 좋은데, 혼잣말로 앞머리를 손가락 사이에 넣어 재어보고 만지며 밀크 박스를 내 어깨에 슬쩍슬쩍 부딪혔다. 어깨와 등에 와 닿는 밀크 박스의 감촉이 그만이다. 그 촉감을 전신으로 음미하며 살며시 눈을 감았다. 동생 정말 잘생겼다. 역시 혼잣소리로 중얼거리며 몇 번이고 머리를 만지며 밀크 박스를 부딪쳤다. 밀크 박스의 촉감, 그리고 누님의 따스하고 향기로운 입김이 귓전에 와 닿았다. 목덜미에 면도를 할 동안 그대로 눈을 감고 있었다. 정밀진단을 하니 누님의 숨결이 좀 거칠어졌다. 카사노바의 직감으로는 욕정이 조금 가미된 숨결이다. 가까스로 면도를 마치고 목에 수건을 떼어내고 수건으로 어깨를 털어주며 누님이 말했다. 목소리가 조금 요염해졌다.

-이뿐 동생! 머리 감자.

-누님! 나……. 지금 일어설 수가 없어요. 이거. 누님이 너무 예뻐서 이게 이렇게 되었잖아요.

잔뜩 부풀어 오른 바지 앞섶을 손가락으로 가리켰다. 그 뜻을 얼른 눈치채지 못한 누님이 고개를 빼고 내 앞섶을 보고는 감을 잡았는지 호호호. 소리 내어 웃으며 내 어깨를 툭 쳤다.

-누님! 잠깐만요. 이거? 애국가 한번만 들으면 이게 죽거든요. 바쁘면 누님께서 애국가를 부르시든가, 조금 기다리시든가, 맘대로 하세요.

-호호호. 너 되게 웃긴다. 재미있고, 귀엽다.

일이 이쯤 되면, 이렇게 작고 고적한 미용실은 안에서 문이 잠기고 커튼이 처지는 법이다. 비타민Q가 원치 않지만 그렇게 되는 것이라고 상상했다. 그러나 안에서 문이 잠기는 불상사는 일어나지 않았다. 그동안 누님은 머리 감을 곳에 물을 받았다. 틀렸구나! 속으로 중얼거리고 눈을 떴다.

일어서서 머리를 감는 곳으로 갔다. 이게 뭐야? 대가리를 숙이고 머리를 감는 이발소와는 달리 미용실에서는 뒤로 발랑 누워 머리를 감게 되어 있는 시스템이었다. 누님이 시키는 대로 반쯤 누워 고개를 뒤로 꺾었다.

-누님! 미용실에는 이상한 체위로 머리를 감네요?

-정말 미용실 처음인 모양이네. 누님이라고 부르지 말고 그냥 누나라고 불러라.

-그래요. 누나!

-호호호. 기분 짱이다. 이쁜 동생이 생겨서.

-나도 기분이 짱이에요. 예쁜 누나가 생겨서.

누나는 내 머리를 오래도록 감기며 허벅지로 비타민Q 분출구 부위를 슬쩍슬쩍 건드렸다. 그럼 그렇지. 이렇게 눕혀놓고 차라리 아랫도리에 올라앉아 머리를 감기시지. 머리를 다 감기고 수건으로 머리를 닦아주며 또 그곳을 건드렸다. 눈은 감고 있지만 누나는 내 그곳을 힐끔거릴 게 분명하다.

-누나 손길이 되게 부드러워요. 나, 누나 미용실 단골이 될 거 같아요.

-단골? 얘! 내가 제일 좋아하는 말이다. 나 그런 말에는 홀딱 반한다. 자아, 다 됐다.

수건으로 머리를 감싸묶고 나를 일으키며 한손은 어깨, 다른 손은 비타민Q 분출구에서 최대한 가까운 허벅지를 누르고 일으켜 세워주었다. 머리에 묶인 수건으로 머리를 더 닦고 거울 앞에 서서 이리저리 내 모습을 훑어보았다. 깔끔하긴 한데 결국 꽁지머리를 만들어보지 못한 것이다.

-꽁지머리 만들고 싶었는데 시원섭섭하네요.

-머릴 깎으니까, 너 훨씬 핸섬하다. 피부도 뽀얀 게 윤이 나고, 진작
깎지?

-그 보다 누나가 예뻐서 일주일에 한 번씩 머리 자르러 와야 되겠어
요. 그래도 괜찮죠?

-그러엄~

Q. 23

머리를 털고 빗질을 하는 동안 미용실 누나는 내 재킷을 들고 뒤에서 내 머리를 보고 있었다.

-이 정도면 대위 머리죠?

-아주 근사해! 영락없는 육군 대위 머리. 너 정말 잘 생겼다.

주머니를 뒤져 휴대폰을 꺼내, 누나 앞으로 내밀었다. 누나는 무슨 뜻인지 몰라 우물쭈물했다.

-빨리 나를 좀 찍어요. 아버지 가위들고 올라오시기 전에 머리 깎은 내 사진 동영상으로 보내야 해요.

-너? 정말 아버지 성화에 못 이겨 머리 깎은 거니?

-당근이죠. 지금 심정 얼마나 섭섭한 줄 아세요? 눈물이 다 나오려고 하네.

호호호. 웃으며 누나는 폰으로 몇 컷의 사진을 찍었다.

-잘 나왔나 봐라.

-잘 안 나와도 상관없어요. 머리를 잘랐다는 사실만 증명할 수 있으면 돼요.

몇 컷을 찍고 카메라, 아니, 폰을 내밀었다. 나는 말은 않고 고개를 절레절레 흔들었다.

-누나 폰 번호까지 찍어 넣어줘야죠. 그래야 다음에 전화해보고 한가할 때 머리 자르러 오죠? 단골이 따로 있나요.

누나는 잽싸게 자기 전화번호를 누르고 통화버튼을 눌렀다. 일초, 이초, 삼초 뒤에 거울 앞에 붙은 좁은 테이블에 놓인 누나의 폰에서 멜로디가 울렸다.

-커피 한 잔할래? 이뿐 동생!

-좋죠. 커피보다 섭섭주를 한 잔 해야 되는데…….

의자에 앉으며 그렇게 한마디 던져놓고 폰에 든 사진을 아버지 폰으로 전송했다. 전송하며 문자도 날렸다.

∧∧*열공! 대가리 깎았심더! 아부지 닮아서 잘 생겼심더! 열공! ∧∧*

-누나! 커트비가 얼마예요?

-응? 만 이천 원!

-카드 안 되죠? 만원밖에 없네. 현금을 좀 찾아 올 걸 그랬나?

-카드도 되지만 이뿐 동생은 만 원만 내도 상관없다.

-누나! 고마워서 또 눈물이 날려고 그러네요. 이천 원은 외상이에요. 단골이 되면 외상도 되죠?

미래지향적인 언어를 지껄여야 한다. 물론 주머니에 현금이 없는 것은 아니다. 괜히 떠보는 소리다. 지갑에서 만 원 권 지폐 한 장을 빼내 누나의 폰 위에 얹어 놓았다. 종이컵 커피를 두 잔 타서 누나가 돌아섰다. 미용의자에 앉아서 커피를 홀짝이다 내가 걱정스런 투로 한마디 했다.

-누나! 이렇게 손님이 없어서 어떻게 해요. 현상유지가 되려나?

-일요일 오후는 원래 그래. 요즘 결혼시즌이잖니? 오전에 바빠 죽는 줄 알았다. 점심 먹을 시간도 없었어. 이 시간이 되면 손님 없어. 막 문을 닫으려던 참인데 네가 와서 즐거웠다.

-그래요? 이거 섭섭주를 한 잔 해야 하는데 누구하고 하남?

-그렇게 섭섭하냐? 머리 자른 게?

-그럼요. 아버지께서 가위 들고 설칠까봐 넉 달 간 집에도 안가고 도서관에 처박혀 있었어요. 추석날도 공부해야한다고 핑계를 대고 집에 안 갔어요. 꽁지머리를 하고 싶었는데, 군에 가기 전까지 길러보고 싶었어요. 멋있잖아요? 개성시대에 자기 주관이 뚜렷하고, 득도의 경지를 넘어서 독특한 고집을 지닌 유발거사처럼. 코끼리 녀석이 보면 지붕 개량했다고 뒤집어질 거예요. 과 동기들도 마찬가지구요. 제가 선언을 했거든요. 기필코 꽁지머릴 만든다고, 각서까지 썼는데……. 문앞에서도 엄청 망설였어요. 그런데 누나의 미모에 눈이 뒤집어졌지요. 다시 붙일 순 없나요?

-호호호. 길러보면 엄청 성가시다. 근데, 너 이름이 뭐니?

-준혁이요. 김준혁!

-준혁아! 그렇게 섭섭하면 이 누나가 섭섭주 한잔 사줄까?

얼씨구! 계획대로 끌려온다. 이제야 제 궤도를 찾았구먼. 부처님의 가피에 힘입어 오늘 또 약국에 돼지 홍분제 찾으러 다니는 성性스러운 불상사가 생기는 거 아닌지 모르겠다.

-누나가 시간이 되겠어요. 집에서 기다리는 아이들 밥 챙겨줘야죠. 저녁 먹을 시간이 다 되어 가는데?

전혀 마음에도 없는 말을 은근히 날려보았다. 끌리는 말이 아니라 '꼴리는' 언어를 지껄여야 한다. 그래야 후환이 없이 끌려오는 법이다.

-괜찮아. 우리 길 건너 생맥주집에 가서 섭섭주로 500cc짜리 한 잔씩만 하자.

-정말? 그럴 시간 있어요? 사긴 제가 사죠. 커트비도 외상했는데.

역시 뒤집어보면 마음에 없는 소리다. 이천 원을 외상으로 달아놓은 놈이 뭘 사겠다는 말인가?

-잠깐만!

누나가 테이블 위에 있는 폰을 집어 들며 폰 위에 얹힌 만 원을 보고 씩 웃었다. 그리고는 어디론가 전화를 했다. 통화 내용을 들어보니 엄청 가기 싫은 자리에 선약이 되어 있는 모양이다. '갑자기 고향에서 귀한 손님이 오셨어. 미안하다. 얘! 응……. 그래, 그건 다음에 해도 되잖어?' 그런 내용의 통화를 한참 하고 전화를 끊었다.

-누나! 선약이 있으신 모양인데 괜찮겠어요?

-상관없걸랑, 나가자.

장난기 어린 목소리로 그렇게 재롱을 떤, 누나가 앞치마를 벗어 미용의자에 걸었다. 그리고 폰과 핸드백 챙기고 재킷을 걸치는 걸 보고 문을 여는데, 얼씨구! 누나가 소곤거리듯이 은밀히 말했다.

또 '잠깐만!' 이다.

젠장, 무슨 일인가 싶어 돌아섰다. 헉? 이게 뭐야? 백을 어깨에 멘 누나가 섬섬옥수 두 손으로 내 볼을 천천히 감싸더니 비타민Q의 마빡, 붉다 못해 푸르죽죽하게 멍이 든 곳에 호~ 입김을 불어넣었다. 그리고 귓불에 대고 속삭였다.

-이게 제일 명약이야. 다시 한 번, 호오~

아~ 이 환장하도록 아름다운 짜릿함!

그 향기로운 입김을 맡는 순간, 비타민Q는 두 팔을 벌려 누나의 어깨를 살짝 안아주었다. 탄력을 지닌 풍만한 밀크 박스가 내 가슴에 그대로 밀착되었다. 그러고 보니 벽이 허물어졌다. 그 때까지 보이지 않게 존재하던 소비자와 생산자의 벽이 허물어졌다. 아니, 공급자와 수요자라고 하는 게 더 적절할 성 싶다. 아무튼 그 벽은 봄날 눈 녹듯이 흐늘흐늘 허물어졌다.

아! 이 탄력과 부드러움을 겸비한 조물주의 정교한 창조물.

나이를 떠나 귀엽다. 너무 귀엽다. 그냥 꼭 깨물어주고 싶은 이 심정 누가 헤아리랴. 이백? 두보? 까불지 마라. 그대들이 묘사하기에는 턱도 없다. 이 쌈빡한 기분을.

Q₋24

미용실 문을 잠그고 일 층으로 내려오니 벌써 도로에는 가로등이 켜져 있었다. 메밀꽃을 보러간 수경선배가 왔는지 어쨌는지 전화가 없다. 어차피 꿩 대신 닭, 이 밀크 박스가 튼실한 미용실 누나가 있지 않은가?

횡단보도를 건너 킬링필드가 있는 건물을 지나고, 누나가 안내하는 골목 안으로 한참 들어가니 조그만 구이집이 나왔다. 나무로 된 문을 밀고 들어서니 칸막이 구조로 된 집이다. 구석자리를 잡고 앉아 피처 하나와 꼬치구이를 시켰다.

주문한 술과 안주가 나오자 누나는 내 잔을 먼저 채워주었다. 예절이 칼날인 김 씨 집안의 후손, 비타민Q가 재빠르게 누나의 잔을 채워주고 잔을 부딪치며 한마디 했다. '가버린 사랑과의 성대한 결별을 위하여~.' 원 샷으로 마시고 잔을 놓으니 누나가 물었다.

-가버린 사랑이라니? 누군데?

-오늘 보내버렸잖아요. 내 꽁지머리.

-아항, 이게 섭섭주였지? 그게 그렇게 서운하니? 난 내 얘기하는 줄

알았다.

-내 얘기라니? 누나에게 가버린 사랑이 있었어요? 성대하게 결별을 했나요? 내 꽁지머리만큼 진한 사랑을 했나요?

내 질문에 쓴 웃음을 짓고는 말없이 내 잔과 누나의 잔에 자작으로 맥주를 따르고 내 얼굴을 빤히 보면서 한마디 했다.

-안주보다 준혁이 입술이 더 달콤할 것 같다?

엇 뜨거라. 올 것이 왔다. 물속에 들어있지만 손맛으로도 월척이다. 입질도 없이 덜컥 물어버린 월척! 뜰채를 들고 낚싯줄을 당기는 일만 남았다. 그러나 성급하면 낚싯줄이 끊어지는 불상사가 생긴다. 순진한 척 해야 한다는 걸 카사노바 아니, 비타민Q는 숙지하고 있다.

-누나! 나 부끄럼이 많아요. 그런 말 들으면 술 못 마셔요. 나에게 가버린 사랑은 꽁지머리고, 누나에게 가버린 사랑에 대해서 얘기 좀 해주세요.

일이 재미있게 진행되고 있는 걸! 뭔가 아픔을 지닌 누나다. 그건 예감으로 때려잡을 수가 있다. 누나에겐 측은하지만 나에겐 흥미로운 무엇이 분명 있다. 이럴 땐 술을 더 먹여야한다. 그러면 묻지 않아도 얘기가 술술 나오는 법이다.

-누나! 내가 누나 이름을 모른다? 어떻게 생각해요?

-나? 현정이야. 김현정. 촌스럽지?

-현명하고 정숙한데 뭐가 촌스러워요? 이름 좋은데.

휴대폰을 꺼내 미용실에서 저장한 번호에 이름을 현정누나, 라고 고쳤다. 칸막이 안 천장에 달린 등이 조도가 낮은 탓으로, 조명에 바짝 대고 보라는 듯이 고쳤다. 이런 건 전략상 본인이 보는 데서 하는 게 좋다.

-그냥 누나라고 부르니까 이상하고 현정누나라고 부를게요. 현정누나! 아픈 과거를 들추지 말고 술이나 마셔요.

잔을 비우고 현정누나는 탁자 위에 팔로 턱을 괴고 나를 바라보았다. 그윽한 눈길을 의식하며 또 맥주를 부어 마셨다. 꼬치구이는 손도 대지 않고 서비스로 나오는 강냉이 튀긴 것을 안주로 했다. 나를 그렇게 보다가 현정누나도 잔을 비웠다. 아마 제 시간에 아이들 밥을 주러 들어가기는 힘들 것 같다. 분위기가 어째 서먹하다. 섭섭주라 그런가? 아니다. 서로가 할 말이 없어서 그런 것이다. 어느새 3000cc 피처가 동이 났다. 물어보지도 않고 피처를 하나 더 시켰다. 현정누나의 빈 잔을 채워주며 내가 먼저 말을 걸었다.

-현정누나! 올해 얼마에요?

-나이? 서른다섯.

-아기가 아직 어리겠네?

-준혁아! 너 혹시 낙엽 따라 가버린 사랑이라는 노래를 아니?

-글쎄, 처음 듣는 노래인데요.

-내가 한번 불러줄게. 찬~바람이 싸늘하게~ 얼굴을 스치면~

현정누나가 나직하게 부르는 노래를 어디에서 들어본 것 같기도 하다. 그런데, 얼레? 이게 뭔 일이야? 노래를 부르는 현정누나의 볼에서 눈물이 흘러내리고 있었다. 난처한데 어찌할 바를 모르겠다. 이럴 땐 어찌해야 하는지 카사노바에게 물어보면 좋으련만 애석하게도 카사노바는 이 세상에 없다. 어쩌지? 손수건을 내밀까? 손수건은 없다. 가방 속에 든 안경닦이가 생각났지만 차마 그걸 내밀 수는 없고 카운터로 나가 티슈통을 들고 들어와 티슈를 뽑아 내밀었다. 현정누나는 눈물을 흘리면서도 노래를 멈추지 않고 있다. 나는 티슈 몇 조각을 뽑아 누나의 볼에 흐르는 눈물을 직접 닦아주었다.

~아아아~ 그리워라

누나는 노래를 거기에서 멈추고 맥주를 벌컥벌컥 들이켰다. 잔이 비자 다시 맥주를 자작했다. 말릴 틈도 없거니와 말려서는 안 된다는 생각이 들었다.

피처를 깨끗이 비운 누나는 조금 휘청거리며 일어섰다. 나도 따라 일어섰다. 카운터 앞에 가서 누나가 백에서 지갑을 꺼내고 카드를 뽑아 계산을 했다. 계산을 하면서 한 번 휘청했다. 술이 약한 모양이다.

-누나! 내가 아픈 곳을 건드렸나 봐요. 죄송해요.

-아냐! 내가 감정 조율을 잘 못해서 그렇지. 감정 관리를 방만하게 하면 안 되는데…….

누나의 걸음이 잠시 휘청했다. 재빠르게 부축하며 물었다.

-택시 잡아드릴까요? 집이 어디에요?

-아냐! 집이 바로 조오기야. 나 좀 데려다 줄래?

현정누나의 백을 내가 메고 누나의 팔짱을 휘청거리지 못하게 단단히 내 팔짱에다 결속했다. 그리고 누나가 가리키는 대로 골목길을 따라 한참 올라갔다. 그걸 마시고 이렇게 취하다니, 어이가 없다. 맑은 정신이 있는지 그 와중에도 누나는 '나는 가을이 싫어. 정말 싫어!' 그 소리를 두 번이나 했다. 밑도 끝도 없는 말이었다. 아마도 가을이라는 계절에 야무지게 진한 상처를 받은 모양이다. '다 왔다. 여기야' 누나가 가리킨 곳은 '골든빌'이라고 적힌 원룸이었다.

'골든빌'이라는 건물명을 보자 고등학교 이 학년 때 '골든벨'이라는 텔레비전 프로그램에서, 47번 문제에서 아깝게 탈락한 아픔이 가슴 저릿하게 눌러왔다. 그 문제만 맞추었으면 어마어마한 장학금과 해외어학연수비가 고스란히 굳어지는 프로였는데 정말이지 아깝다. 그 틀린 47번 문제는 평생 기억에 남을 정도로 내 머리에 각인되어 있다.

골든빌 현관으로 들어서자 누나는 디지털 열쇠 번호를 불러주었다. 4702, 공교롭게도 그 번호가 내 아픈 곳을 찔렀다. 골든벨에서 틀린 문제는 47번이고 정답은 그냥 아라비아 숫자로 2였었다. 젠장, 그 번호를 누르고 자동문이 열리자 누나가 또 한 번 휘청했다. 팔짱을 더 단단히 끼었다. 삼 층까지 계단으로 올라가자 301호의 비밀번호를 가르쳐 주었다.

-내 생일번호야 1018. 시월 십팔일!

누나와 팔짱을 단단히 끼고 또 비밀번호를 눌렀다. 문을 열고 누나의 방에 들어서니 이게 원룸인지 아니면 '통룸'이라고 해야 할지 모르겠다. 작은 주방이 딸린 거실이 바로 방이다. 수경선배의 원룸과는 비교가 되지 않을 정도로 작은 공간이다. 아이들이 기다리고 있을 아파트나 빌라일 거라는 짐작은 보기 좋게 빗나갔다. 누나는 거실에 들어서자 바로 내 목덜미에 매달렸다. 헉! 누나 왜이래요? 중얼거리고 싶었지만 늦었다. 누나의 타액에 젖은 혀가 내 입 속 깊숙이 들어와 있다. 너무 갑작스런 일이라 카사노바도 당황하지 않을 수 없었다. 목덜미를 감싸고 당기는 바람에 쓰러지니, 벽에 부딪히는 뇌진탕이 아니라 바로 쿠션이 좋은 침대다. 탄력을 지닌 누나의 몸 위에 온전한 체위로 엎어지며 비타민Q는 속으로 중얼거렸다.

　-아~ 아부지, 대가리를 일주일마다 깎겠음돠! 아니, 사흘마다 밀겠음…….

Q, 25

북문으로 들어와 공대 앞을 지나오며 달을 보았다.

달을 보는 순간 내 귀에는 하모니카 소리가 일었다. 보름달이다. 서울에서 달을 본다는 건 기적에 가까운 일이지만 달은 공대 건물 오 층 위에 온전히 걸려있다. 벌써 추석이 지난 지 한 달이 되는 모양이다.

달을 보고 있으면 어디선가 하모니카 소리가 들린다. 어릴 적 할아버지께서 달이 밝은 둑에 앉아 불어주시던 하모니카 소리가 아직도 귀에 생생히 살아있다. 그 하모니카 소리가 달을 보면 어김없이 들린다. 할아버지 주머니에는 언제나 야마하 일제 하모니카가 꽂혀있었다. 할아버지 방에는 하모니카가 열 개도 넘게 있었다.

방학이나 추석날 할아버지 댁에 가면 할아버지는 내 손을 이끌고 달이 훤한 들길을 걸어 낙동강의 둑으로 산보를 하셨다. 억새가 일렁이는 강둑에 앉아 하모니카 소리를 들려주셨다. 억새는 하모니카 리듬을 타고 춤을 추었다. 지금 생각하니 아리랑이나 한오백년, 같은 서정이 짙은 곡이었다. 할아버지 가신 지 십 년이 넘었지만 그 하모니카 소리는 캠퍼스까지 따라왔다.

할아버지뿐이 아니라 아버지도 하모니카에 일가견이 있다. 아버지의 하모니카도 열 개가 넘는다. 아버지는 가끔 내게 전화를 걸어놓고 아무 말씀도 없이 내 폰에다 하모니카 음률을 불어넣었다. 나는 전화를 끊지 않고 그 하모니카 선율에 따라 고개를 주억이며 장단을 맞춘다. 하모니카 소리를 다 들려주신 아버지는 한마디도 하지 않고 전화를 끊어버린다. 그런 날이면 감수성이 풍부한 아버지께서 약주를 한잔 하신 날이다. 그럴 때면 비타민Q는 진지하게 폰에서 울리는 하모니카 소리를 들으며, 할아버지와 아버지! 두 부자를 그리워한다. 아버지께서 즐겨 들려주시는 곡은 '늙은 군인의 노래' 다.

나~ 태어나 이~ 강산에~ 군인이 되~어 꽃피고 눈~

공대 앞에서 달을 보고 서서 그 노래를 살며시 소리 내어 부르며 내 귀에 울리는 하모니카 소리를 한참 듣다가 숙사 쪽으로 발길을 돌렸다.

숙사에 돌아오니 코끼리 녀석은 사라지고 빈방이다.

늘 앉아서 인터넷으로 영화만 보던 녀석이 어디 갔을까?

시계를 보았다. 얼래? 깊은 밤중인줄 알았는데 시간을 보니 아직 아홉 시가 되지 않았다.

현정누나를 만난 시간이 워낙 이른 저녁이라 이 시간 밖에 되지 않은 모양이다. 누나와 술을 마시고 누나의 방에서 한바탕 성性스러운 제를 엄숙하고 경건하게 올리고 들어왔지만 겨우 아홉 시다. 현정누나를 만난 것은 불과 네 시간 전이다. 네 시간 만에 가슴 속에 이렇게 무거운 존재의 조물주의 창조물로 남을 수 있다니, 현정누나는 실로 대단한 인물이다. 아니, 카사노바가 대단한 건지도 모르겠다. 누나의 몸은 뜨거웠다. 아직도 몸에 누나의 뜨거운 열기가 남은 듯 화끈거린다. 나쁜 기분은 아니다. 무슨 가슴 아린 사연이 있는지 모르지만 애처로웠다. 차츰 알게 되겠지. 이젠 누나를 기억에서 잠시 덮어 두자. 누나의 몸으로부터 받은 열기도 식혀야 한다. 그러나 열기가 쉬 사라지지 않는다. 숙사 창을 열었다.

달은 거기까지 따라와 있었다. 달을 보니 문득 떠오르는 생각이 있다. 카사노바의 기질을 지닌 비타민Q는 누나의 아궁이에 불을 질렀다. 그 불은 보름날 마른 볏짚에 지른 달집태우기처럼 활활 타올랐다. 현정누나는 오늘 밤 일로 인하여 자궁에 초승달을 잉태했을지도 모르겠다. 달을 잉태한 현정누나의 자궁! 배가 불러오면 참 예쁘겠다. 열달 후에는 그 둥근 보름달이 하모니카를 물고 자궁 밖으로 나올지도 모르겠다.

아무튼, 접어두자. 보름달이 하모니카를 물고 현정누나의 자궁 밖으로 나올 때까지.

책가방에서 노트북을 꺼내고 자판을 연결했다. 그리고 투 스타 연구실에서 번역하던 리포트 용지를 꺼내 책상 위에 펼쳤지만 눈에 들어오질 않고 술기운에 불러준 누나의 골든빌 현관 자물쇠 번호와 누나의 방인 301호의 번호가 기억에 그대로 살아난다.

눈물을 흘리며 노래를 부르던 누나의 따스하던 두 손의 온기가 얼굴에 고스란히 살아난다. 무슨 애틋한 사연인지 모르지만 나도 가슴이 저릿하다. 그만! 이젠 덮어두자. 그렇게 맘을 도사리는데 폰으로 메시지가 들어왔다. 느긋하게 듣던 노래를 끄고 문자를 확인했다. 이 시간이면, 수경선배가 보낸 줄 알았는데 의외로 아버지 번호다.

-어라? 아버지께서 보내신 문자네? 뭐지?

∧∧*윗대가리 검사완료. 통과! 아랫대가리 노터치!∧∧*

푸하하하. 아버진 공일날 어디 나가셨다가 이제 들어오신 모양이다. 아니면 이제야 내가 보낸 사진을 확인하셨든가. 아버지 말마따나 윗대가리를 손으로 쓸어보았다. 깔끔하긴 한데 어딘가 모르게 섭섭하다. 그래도 현정누나의 작품이다. 그 섬섬옥수로 직접 다듬은 작품이니 섭섭하게 생각하지 말자. 꽁지머리와 현정누나를 맞바꾼 것이다.

-어? 이 자식! 지붕 개량했네. 딴 놈이 들어와 있는 줄 알았다.

-바람난 수캐처럼 어딜 그리 싸돌아다니냐? 지금 막 새끼코끼리 바비큐 하려던 참이다.

녀석은 내 손에 쥐어진 새끼코끼리를 보고는 기함을 했다. 녀석은 내가 만지던 코끼리를 두 손으로 모셔다 제 자리에 놓고 또 지랄이다.

-어이구 내 새끼, 겁먹었어?

-참 지랄도 참하게 해요! 어디 갔다 왔냐니까?

-수육 먹으러.

녀석은 돌아보지도 않고 코끼리를 닦으며 대답했다.

수육? 녀석의 복장을 보니 뭔가 수상했다.

-너? 어느 식당에 갔는데?

-하늘 소풍에 다녀왔습니다.

태연하게 말하며 코끼리를 닦는 녀석의 엉덩이를 냅다 걷어찼다. 그제야 돌아본다.

-왜에? 내가 뭐 잘못했냐? 고인의 명복을 빌어주고 왔는데?

-혼자 갔냐?

-우리 과 동기랑 둘이서 문상했습니다. 지랄 말고 이거나 처잡수세요.

녀석은 검은 비닐봉지를 내밀었다. 물으나 마나 지난 번 내 수법을 그대로 답습했음이 분명하다. 봉지를 풀어보니 떡이고 이번엔 사이다가 아니라 콜라다.

손가락으로 떡을 집으며 생각하니 오후에 먹은 게 없다. 현정누나랑 만나서 맥주에 강냉이 뻥튀기를 먹은 게 전부다. 오줌 두 번 누면 배가 푹 꺼지는 음식이다. 까딱했다간 저녁을 굶을 뻔 했다. 초저녁에 외로운 싱글, 현정누나에게 육보시를 빙자해서 에너지를 탕진했는데.

-너? 이 자식아. 왜 갑자기 지붕개량을 했냐? 유발거사가 되겠다고 그 지랄을 부리더니?

-마이 파아더께서 가위를 들고 쳐들어 오신댄다. 코끼리가 동영상을 잘못 찍어서…….

-그게 왜? 내 탓이야?

-동영상을 찍을 적에, 얼굴이 안 나오게 찍었어야죠. 얼굴은 나오더라도 대가리는 안 나오게…….

-진즉에 이야기를 하지 인마! 그랬으면 앵글 각도를 잘 맞추든가 아니면 편집이라도 해서 보냈을 거 아니야. 내가 생각해도 꽁지머리에 지극정성을 다했는데, 추석에 집구석에도 못가고 기숙사에 처박혀 라면만 처먹고 죽친 세월이 아깝잖아?

-이미 낙엽 따라 가버린 사랑입니다. 송아지 물 건너갔구요. 남의 아픈 상처 건드리지 말고 주둥이 닫으세요.

-저녁도 못 처먹은 모양이네? 떡은 맛있냐?

-고인의 명복은 잘 빌어주었습니까? 그런데 가면 정중하고 엄숙해야 합니다. 실수하면 바로 냉동실로 들어가는 수가 있습니다. 조심하세요. 꼬리가 길면 밟힙니다.

-저녁은 처먹었냐니까?

-꽁지머리가 아까워서 섭섭주 한 잔 간단히 했습니다.

-섭섭주같은 소리 하고 자빠졌네. 대가리 깎으니 한결 낫네. 유어 파아더, 파이팅!

Q₂26

두보와 이백은 동시대를 살다 갔다.

벌써 천이백오십 년 전에 죽어, 유골마저도 진토가 되는 시기를 넘어 화석으로 퇴적변화하고 있겠지만 그들이 남긴 시는 아직까지 살아 있다. 이백이 두보보다 열한 살이 많다. 그들의 시는 당대에 쌍벽을 이루었고 두보의 대표작 절구絶句!

그러니까 오언절구五言絶句는 기승전결起承轉結의 창시로서…….

-이러고 있을 때가 아니다.

투 스타께서 아홉 시까지 연구실 문을 열라고 했다.

일찌감치 아침을 먹고 서둘러야 한다. 코끼리 녀석은 아직까지 침대 속에 뒹굴고 있다. 이 자식의 비타민Q 분출구가, 아니 정정하자. 분출대가 또 부활을 했는지 안녕을 여쭈어야 할 시간이다. 슬쩍 이불을 들추어 보았다. 그러면 그렇지, 팬티가 잔뜩 부풀어 있다.

뒤집어 자는 녀석을 두고 가방을 챙겨 메고 식당으로 내려갔다. 시계를 보니 여덟시 이십 분. 빨리 먹고 가면 투 스타께서 도착하기 전에 연구실 문을 열 수가 있겠다.

식당으로 내려가 식판을 들고 청바지 주머니에 넣어둔 열쇠를 확인했다. 없다. 이 주머니 저 주머니 다 뒤져도 열쇠가 없다. 가방을 뒤져도 마찬가지다.

-어? 이게 어디 갔지? 조졌네!

숙사 방에서 흘렸나? 밥을 먹을 시간이 없다. 들고 있던 식판을 놓을 수밖에 없다.

-어이구, 아까워라. 오랜만에 쇠고기국밥인데.

식당을 박차고 나오다가 다시 들어가서 이천 원짜리 식권을 회수하고 이 층으로 튀어 올라갔다. 책상 위에도, 방바닥에도, 열쇠라는 물건은 없다. 이게 어디 갔을까?

곰곰이 되짚어보니 지난밤, 현정누나의 방에서 급하게 청바지를 벗다가 흘린 모양이다. 현정누나의 방에서 나올 적에 급하게 벗어던져 까뒤집어진 청바지를 툴툴 털어서 입고 왔으니 그곳이 가장 유력하다. 어쩌지? 아홉 시까지 열지 못하면 투 스타는 국가공무원으로 직무유기가 된다. 조졌다.

숙사의 방을 뒤지다 가방을 메고 북문으로 내달았다. 헐떡거리며 골목을 뛰어 올라가 골든벨, 아니, 골든빌 앞에 섰다.

-현관문 번호가 뭐더라? 그렇지. 4702!

번호를 누르자 현관문이 자동으로 열렸다. 삼 층으로 튀어 올라갔다. 현정누나의 방 문고리를 비틀어 보았다. 어제 저녁에 나올 적에 그냥 닫아두고 나왔는데 안에서 잠겨있다. 아마 자동으로 잠기는 문인 모양이다. 현정누나는 쉬는 날이라 아직 자고 있을 텐데 번거롭게 해서 미안하지만 할 수 없다. 1018 현정누나의 생일이라는 비밀번호를 누르다 생각하니 누나의 생일이 겨우 사흘 정도밖에 남지 않았다. 현관문을 열고 들어서니, 어라? 자고 있을 줄 알았던 누나는 설거지를 하고 있었다.

　-열쇠 찾으러 올 줄 알았다.

　현관을 들어서자 누나의 목소리가 먼저 날아왔다. 누나는 핫팬츠에 브래지어 끈이 다 보이는 티셔츠를 입고 있었다. 저런 티셔츠를 뭐라고 하는지 모르겠다. 나시? 이건 일본 말인가? 그렇다. 민소매라고 부르는 티셔츠다. 아우! 저 탄력 있고 풍만한 밀크 박스. 또 만지고 싶다.

　-휴, 다행이다. 열쇠가 여기 있었구나. 누나가 자는 줄 알고 도둑고양이처럼 들어왔어요.

　-괜찮아. 내 집처럼 들락거려라. 피곤하면 내가 없더라도 와서 한 숨 자고 가도 돼.

　침대머리에 붙은 화장대에서 현정누나가 열쇠를 집어 내밀며 대수롭잖게 대답했다. 어제는 열쇠고리가 없는 맨 열쇠였는데 어느 틈에 누나가 빨강색 하트 모양의 플라스틱으로 된 앙증맞은 고리까지 달아두었다.

　-여기 오니 열쇠도 호강을 하네요.

　-아침은 먹었냐?

　-그럴 짬도 없었어요. 열쇠 찾느라고.

-라면이라도 하나 끓어줄까?

-아니, 바빠요.

-아무리 바빠도 먹고 가!

팔뚝을 잡는 현정누나는 명령조다. 시계를 보았다. 여덟시 사십 분이다. 겨우 이십 분 남았다. 빠듯하다. 어쩌지? 누나는 벌써 가스레인지에 양은 냄비를 올리고 있는데, 할 수 없다. 가방을 벗어 놓고 침대에 걸터앉았다. 가스레인지 불을 켜고 누나도 내 옆으로 와서 걸터앉았다. 그리고는 한쪽 팔을 내 어깨에 올려 어깨동무를 하며 내 귀에 대고 속삭였다.

-너 되게 맛있더라. 어제까지 숫총각이었지?

요염한 한마디에 얼굴이 갑자기 화끈거렸다.

-애, 얼굴 붉어지는 거봐라. 이 누나가 네 동정을 훔쳐갔구나. 고맙다. 아이구, 귀여운 거!

누나는 두 손으로 내 볼을 감싸더니 바로 키스를 했다. 방어할 틈이 없었다. 모닝키스로는 진하다. 누나의 혀는 싱싱한 붕어가 되어 내 입 속을 유영하고 다녔다. 붕어는 입안 구석구석 훑고 다녔다. 싱싱한 꼬리를 흔들며, 양은냄비의 물이 끓어 넘칠 때까지.

누나가 가스레인지 불을 낮추고 옆에 뜯어놓은 라면을 얼른 넣고 와서 또 물고기를 내 입 속으로 넣었다. 생각해보니 라면보다는 훨씬 달고 짜릿한 맛을 지닌 물고기다. 내 손은 누나의 민소매 티셔츠 안으로 들어가 또 브래지어라는 보드라운 담을 넘어서 밀크 박스를 더듬고 있었지만 의식하지 못했다. 눕힐까? 망설이는 순간 라면이 끓어 넘치고 있었다.

-젠장, 라면이란 한 삼십 분 정도 기다려야 익으면 좋을 텐데.

성질이 급한 민족은 라면이라는 물건을 너무 빨리 끓는 시스템으로 개발했다. 라면은 싱크대 앞에 서서 먹었다. 앉을 짬도 없거니와 비타민Q의 분출구가 발기인대회에 참석 중인 관계로 앉을 수가 없었다. 냄비 뚜껑을 접시 삼아 후룩후룩 먹어치웠다. 내가 라면을 먹는 모습을 누나는 팔짱을 끼고 서서 그윽한 눈길로 오래도록 보고 서 있었다. 후다닥, 라면 냄비를 비우고 가방을 메고 나서니 누나가 현관에서 또 '이뿐 동생' 하며 이마에 뽀뽀를 해주었다. 그 사이 밀크 박스를 한 번 더 더듬어 주었다.

-자주 와라. 내 집처럼.

바쁘다. 헐레벌떡 북문을 들어서는데 투 스타께서 손수 전화를 때리셨다. 전화번호만 보고 거친 숨을 몰아쉬며 내질렀다.

-교수님! 열쇠를 숙사에 두고 와서, 다시 갔다가 오는 길입니다. 금세 도착합니다. 조금만 기다려 주세요.

시계를 보니 아홉 시 십 분이었다.

Q,27

∧ ∧*허리빵 오라버니! 학교에서 출발∧ ∧*

효미가 날린 문자를 보고 펼쳐놓은 노트북과 사전을 챙겼다. 그때까지 나는 빈 강의실을 찾아다니며 중어 자판을 두드리고 있었다. 자판이 이제 손에 좀 익는다. 리포트도 리포트지만 자판을 손에 익히는 게 우선이다. 그래야만 선배들처럼 베이징의 여학생과 밀어를 주고받는 채팅을 할 수 있다. 그 정도는 되어야 한다. 가방을 챙겨서 메고 북문을 나오니 효미가 기다리는 투 스타의 집보다 현정누나의 집으로 가고 싶었다. 그러나 인간은 자신의 욕망을 컨트롤할 수 있어야 한다. 비타민Q는 횡단보도를 건너며 쾌락의 컨트롤과 자기 검열에 대해서 잠시 짚어보았다. 울고 싶을 때 울어버리고 웃고 싶을 때 다 웃어버리면 세상에는 되는 일이 없다. 스스로를 통제할 수 있는 힘을 길러야한다. 그렇고 말고, 그게 인간이지⋯⋯. 인내력을 스스로 테스트하는 셈치고 보름 정도는 현정누나에게 전화를 하지 않을 생각이다. 비타민Q 분출구는 매일 새벽 발기인대회에 참석하는데, 보름이라면 긴 세월이다. 그러자면 살인적인 인내력이 필요하겠지.

효미가 벌써 와서 기다릴지 모른다. 걸음을 재촉했다.

투 스타의 집에 도착하니 대문이 열려있다. 비타민Q가 올 것을 알고 대문을 열어놓은 모양이다. 현관 앞에 서서 헛기침을 두 번 하니 효미와 사모님이 동시에 거실로 나왔다. 사모님께 고개만 꾸벅하고 바로 효미 방으로 들어갔다.

-허리빵 오빠, 머리 자르니 더 핸섬하다.

-그러니? 어제 숙제는 다했냐?

-오빠! 그거 되게 이상한데? 수학문제를 소리 내어 푸니까 이상하게 잘 풀려요. 학교에서 중얼거리니까 옆에 계집애들이 시끄럽다고 눈을 흘겨서 그렇지 문제는 잘 풀리데요.

-계속 중얼거리며 풀어. 걔들이 다 네 적들이다.

효미와 수학 문제풀이를 하면서도 자꾸만 안방의 사모님 눈치가 보인다. 비운을 맞은 투 스타 집안의 내력을 듣기 전에는 느끼지 못했는데 알고 나니 화장실 가기도 그렇고 모든 행동이 부자연스럽다. 장소이동? 어디가 좋을까 궁리하다가 효미를 꼬셔야 한다는 생각을 하고는 유도성이 짙은 질문을 했다.

-효미야! 학교에서 투 스타. 아니, 아빠의 연구실이 가깝니? 집이 가깝니?

-당연히 아빠 연구실이 가깝지. 북문으로 들어가면 바로 앞에 있는 건물이잖아요?

-그럼, 아빠한테 얘기해서 아빠 연구실에서 공부하자. 엄마가 있으

니 문제를 틀리게 풀어도 너를 쥐어박을 수도 없고.

내가 손바닥을 쳐들자 효미가 냉큼 알고 하이파이브를 했다.

때를 맞추어 투 스타께서 퇴근을 하시고 거실로 올라오셨다. 효미가 쪼르르 달려 나가 인사를 하고 연구실로 자리를 옮기겠다고 했다. 효미는 애교스럽게 말을 한다고 아양을 떨지만 어딘가 모르게 어색한 분위기가 묻어있다. 내가 잘못 본 것인지도 모른다. 하지만 그런 뉘앙스가 어딘가 모르게 풍긴다.

-서로가 편하다면 내일부터 그렇게 하렴.

의외로 허락이 쉽게 떨어졌다. 사모님이 투 스타의 명령으로 열쇠 두 개를 더 복사해 오셨다. 내일부턴 나에게도 연구실이 생긴다. 토요일이나 일요일, 투 스타가 학교에 나오지 않는 날이면 연구실은 내 몫으로 굳어지고 투 스타께서 퇴근하시면 야간에도 사용이 가능하다. 이젠 중앙도서관에 자리를 잡으려고 발버둥칠 필요도, 이유도 소멸되었다.

효미 수업을 끝내고 수학과 과학을 중심으로 포인트를 찍어 숙제를 잔뜩 내어주었다. 내어준 숙제를 마치려면 아마 자정은 넘어야 할 게다. 그리고 거실로 나오니 투 스타께서는 아침에 반납한, 현정누나가 고리를 달아놓은, 그 열쇠를 나에게 내밀었다. 효미와는 내일부터 투 스타의 연구실로 오면서 문자를 보내기로 약속이 되어 있다. 열쇠를 챙기고 사모님의 배웅을 받으며 골목길을 유유히 빠져나왔다.

-수경선배에게 가볼까? 원룸에 있을까? 오늘 또 눈치가 빨라지는 약을 자주 먹는 약국의 약사를 만나는 일이 생기는 거 아닌가? 일단은

전화를 해보고.

주머니를 뒤지니 어라? 폰이 없다. 효미와 수학 문제를 풀며 스팸문자를 확인하다가 문제집 밑에 두고 온 것이다. 효미에게 좀 가지고 오라고 할까? 아, 참 그것도 폰이 있어야 가지고 나오라고 하지? 휴대폰이 일반적인 통신수단으로 보급되고 나서 나쁜 게 있다면 그건 공중전화가 줄었다는 점이다. 공중전화를 찾는 일이 쉬운 일이 아니다. 어쩔 수 없이 폰을 찾으러 투 스타의 집으로 다시 가야한다. 통신수단에 대해 투덜거리며 골목을 다시 더듬어 올라가 대문 앞의 벨을 누르니 누구냐고 묻지도 않고 효미가 내 휴대폰을 들고 마당을 가로질러 대문으로 쪼르르 나왔다. 휴대폰을 들고 돌아섰다.

돌아서서 골목을 돌아나오는데 효미가 한마디 툭, 던졌다.

-어디서 전화가 왔는데 안 받았어요. 오빠 애인일까 싶어서.

폰을 보니 부재중 전화가 들어와 있었다. 아버지의 전화번호였다. 스마트폰을 장만하시고 문자만 날리시던 아버지가 웬일일까? 통화버튼을 길게 눌렀다.

-응. 그래 나다. 너! 지금 서울역으로 좀 나오느라.

거역할 수 없는 무엇이 배인 아버지의 목소리는 의외로 차분했다.

-예? 아버지 어디신데요.

-나? KTX타고 천안역을 막 지났다.

-서울엔 어쩐 일로 오세요?

-만나서 얘기하자. 서울역으로 좀 나와!

Q.28

　서울역은 퇴근시간대가 넘었는데 엄청 복잡하다. 도착한 승객이 나오는 출구 앞에 가방을 메고 서서 아버지가 나오시길 기다리며 안을 기웃거렸다. 헌데, 아버지는 등 뒤에서 내 어깨를 툭 쳤다. 아버지는 군복이 아니라 노타이에 흰 와이셔츠를 차려입은 말쑥한 양복차림으로 손가방을 들고 계셨다.

　-KTX 엄청 빠르네. 근데 어쩐 일이세요?

　-네 외할머니가 돌아가셨어. H대학병원 장례식장으로 가자.

　-외할머니 부산에 계시잖아요? 사흘 전에 저랑 통화를 했는데요?

　-그 외할머니 말고 큰 외할머니!

　-큰외할머니라구요?

　-암튼 가면서 얘기하자. H대학병원으로 가려면 몇 호선을 타야하냐?

　내 손을 잡아끄는 아버지가 어딘지 모르게 허둥대고 있었다. 손을 슬며시 빼고 속으로 짚어보았다. 큰외할머니라니? 들은 바가 없다. 외할머니의 언니 말씀인가? 의아해하며 나는 촌놈답게 또 가방에 든 다

이어리에서 지하철 노선도를 찾아보았다. 일 호선을 타고 시청에서 오 호선으로 환승하면 되겠다.

-아버지 혹시 서울에서 되는 교통카드 있어요?

지하철역으로 내려가 교통카드 자판기에서 일회용 카드를 뽑았다. 그리고 일 호선을 탔다. 지하철은 어지간히 복잡했다. 아버지는 거기가 거기 같다며 '서울사람들 우째 사노?' 를 연발하셨다. 시청역에서 오 호선으로 갈아타니 전동차가 좀 한산했다. 아버지께서 자리에 앉자 옆자리에 앉으며 내가 다시 물었다.

-큰외할머니라니? 누굴 말씀하시는 거예요?

-네 외할머니가 아니라 준규 외할머니란 말이다.

준규라면 중대장. 아니, 형을 말씀하시는 거다. 형과 내가 어떻게 외할머니가 다를 수가 있단 말인가? 이거 나에게 무슨 출생의 비밀이 있다. 외할머니라면 당연히 와야 할 엄마가 오지 않은 것이다. 혹시 먼저 병원에 가셨는지 모른다. 생각하니 그것도 아니다. 서울에 먼저 오셨으면 나에게 전화를 했을 것이다. 이걸 어떻게 풀어야 하나? 아버지는 의자에 몸을 묻고 눈을 감고 계신다. 몸이 달고 애가 탄다.

-너 준규랑 몇 살이나 차이가 나니?

아버진 역시 눈을 감은 채 옆자리에 앉은 나에게 나직한 목소리로 물었다.

-일곱 살 차이죠.

-좀 이상하다고 생각하지 않았냐?

-뭐가요?

-형제간에 나이 차이가…… . 네 큰엄마는 준규가 두 살 때 교통사고로 죽었어. 그리고 너희 엄마가 들어와서 너를 낳은 거지…… . 나는 네가 알고 있는 줄로 짐작을 했다.

귀를 의심했다. 절대 농담이 아니다. 아무리 장난기가 심한 아부지라도 가리는 농담이 있다. 농담이 아니다. 나에게. 아니, 아버지께 그런 일이 있었다니, 이쯤에서 끝날 이야기가 아니다. 아버지께서 무슨 뒷말을 하실 것이다. 내가 먼저 입을 열어 아버지의 말꼬리를 잘라선 안 된다. 나는 조급한 마음을 누르고 묵묵히 기다렸다. 아버지가 옆자리에 앉아계심에도 불구하고 나는 아버지가 부재중이라는 기분을 떨칠 수가 없었다.

아버지는 옹골찬 한숨을 한 번 몰아쉬고 눈을 감은 채 뒷말을 이었다.

-중사 시절이었다. 네 큰엄마가 죽고, 준규를 이 년간 오늘 돌아가신 네 큰할머니께 맡기고 관사에서 혼자 살았다. 엄청 외롭고 힘들었지. 아이를 하나 가진 홀아비 중사에게 시집 올 처녀가 없더라. 그러다가 중대 인사계의 소개로 네 엄마를 만났다. 네 엄마는 그 때 군속으로 연대본부에서 경리로 근무했었지. 부산에 계시는 너희 외할머니 반대가 보통 아니었다. 반대가 얼마나 심했는지 네 엄마가 너를 임신하고 식을 올리고 너를 낳았지. 너를 낳고 일 년쯤 있다가 준규를 데려왔어. 준규는 다 알고 있어. 제 이모들과 가끔 연락을 하는 모양이더라. 나는

잊고 살았는데, 준규가…….

아버지께선 거기서 말꼬리를 사리고 헛기침을 몇 번 하고는 다시 말을 이었다.

-점심 먹고 있는데 준규가 느닷없이 전화를 해서 외할머니 돌아가셨다고 해서 알았다.

이거 참 재미있네? 이게 남의 얘기가 아니라 바로 내 얘기란 말씀이지? 그런 기가 막힌 사연을 여태 모르고 있었다니, 어이가 없다. 엄마는 팔자에도 없고 족보에도 없는 딸이니 오지 않아도 된다지만, 형은 아버지를 모시고 와야 되는 일이 아닌가?

-근데 형은 왜 안 왔어요? 먼저 갔나요?

-아니, 준규는 오늘 오전에 회사원들을 인솔하여 중국에 갔어. 인천 공항에서 탑승수속을 마치고 면세점에 들렀다가 비행기를 타기 직전에 제 이모한테 연락을 받았다며 전화가 왔더라. 조금만 늦었으면 소식도 못 들을 뻔했다. 중국에 갔다 오면 제 외할머니 산소를 찾아보고 제 외삼촌들을 찾아보겠지. 이제 철이 들었으니 제 처신은 제가 알아서 하겠지.

-아버지. 다음 역에서 내려야 해요.

그제서야 아버지는 눈을 뜨고 무릎에 놓인 손가방을 들고 일어섰다. 어디 저승에라도 다녀온 사람처럼 아버지는 컴컴한 전동차 밖을 두리번거렸다. 아버지도 많이 늙으셨구나. 갑자기 아버지가 측은해보였다.

그래서 그랬구나. 뭔가 집히는 게 있다.

초등학교나 중학교에 다닐 때 부산에 있는 외가에 갈 적마다 한 번도 형과 같이 간 기억이 없다. '엄마 형은 왜 같이 안 가?' 내가 물으면 엄마의 대답은 한결같았다. '형은 집에서 공부해야지?' 할아버지 댁에는 같이 다녔어도 외가에는 형과 간 기억이 없다. 어떻게 그걸 미처 눈치채지 못했을까? 눈치가 재빠르다는 소릴 듣는 나도 어지간히 멍청한 놈이다.

다음 역에서 내려 출구 안내판을 보며 밖으로 나와 언덕을 조금 올라가니 H대학병원 건물이 보인다. 아버지는 내 뒤를 따라 천천히 걸어 올라오셨다. 아버지와 보폭을 맞추며 물었다.

-아버지! 오늘 내려가서야 하나요?

-글쎄다? 분위기를 봐 가면서…….

영안실은 병원 뒤편에 있었다. 영안실 입구, 화단 옆에서 아버지는 들고 온 손가방에서 검정색 넥타이를 꺼내 와이셔츠 깃을 올리고 매었다. 그 동안 나는 아버지의 검정색 윗도리를 들고 서 있었다. 넥타이를 매고 복장을 정제한 아버지는 헛기침을 몇 번 하시고 영안실 현관으로 들어섰다. 전광판을 훑어보던 아버지는 이 층이네, 짤막하게 한숨처럼 뱉고는 이 층 계단을 올랐다.

-아이구! 김서방 오시네.

육십 대로 보이는, 검은 상복은 입고 미리에 삼베리본을 꽂은 아줌마가 아버지를 반겼다. 큰이모인 모양이다. 아니, 형의 큰이모인 모양이다. 우리가 들어서는 걸 본 또 다른 오십 대 아주머니도 쪼르르 다가와 인사를 했다.

  -처제도 고생이 많았지.

  아버지는 빈소로 들어섰다. 그 누구도 나는 보이지 않는 투명인간인가보다. 나를 맞이하는 사람은 아무도 없었다. 나는 내 존재를 확인이라도 하듯이 이모가 되시는 두 분께 목례를 하고 메고 있던 가방을 벗어놓고 빈소로 따라 들어섰다. 나의 이모가 아닌 형의 이모들! 뭐라고 불러야 하지? 뭔가 어색하고 기분이 묘했다.

  아버지께서 향을 올리는 동안 나는 뒤에 서서 영정사진을 보았다. 부산 외할머니 보다는 연세가 더 들어보였다. 향을 올린 아버지께서 한발 뒤로 물러서서 절을 두 번 할 적에 나도 따라서 절을 올렸다. 절을 하는 동안 큰이모 되시는 분이 영정을 보며 소리내어 통곡을 했다.

  -엄마! 둘째사위 김 서방이 왔어. 엄마! 김 서방이 왔다니까.

  눈시울이 시큰해졌다. 아버지는 뒷주머니에서 손수건을 꺼내 눈가를 훔치고는 상주들과 맞절을 하셨다. 나도 한 발 뒤에서 따라했다. 외삼촌은 둘이다. 말투로 미루어 한 분은 1호 엄마 위고, 한 분은 1호 엄마 동생인모양이다. 아버지는 외삼촌들에게 운명시간과 장례절차를 물어보다가 빈소를 나왔다. 뒤에 문상객 둘이 서있었다.

  -형부! 이리로 앉으세요.

  작은이모 되시는 분이 아버지를 모셨다. 아버지가 앉자 큰이모도 아버지 옆에 앉아 아버지의 손을 잡았다. 분위기상 투명인간이 되어버린 나는 벗어둔 가방을 들고 와 아버지 옆에 앉았다.

　-김 서방 마음고생 많았지요? 쟤가 준규 동생 되는 아이지?

　-예, 제가 준혁입니다.

　드디어 내가 투명인간에서 벗어나는구나. 아버지 대신 내가 대답했다. 그 사이 도우미 아주머니들이 음식을 날라왔다.

　-그래 와줘서 고맙다. 준규한테 유명대학 장학생으로 들어갔다는 소리를 들었다. 얼굴도 잘 생겼고 공부도 잘하고, 참 고맙다. 많이 먹어라.

　서먹한 분위기가 될 걸로 지레 짐작했는데 그게 아니었다. 문상객이 상주들을 위로하는 게 도리인데 모두들 아버지를 위로하는 눈치다.

-준규는 외국에 나갔다는 소리는 들었고, 새 동생은 왜 안 왔어? 같이 오지?

큰외삼촌이 빈소에서 나와 아버지의 잔에 술을 따르며 물었다.

-예……. 그게, 그 뭐냐, 발목을 좀 다쳐서요. 발목 관절뼈가 부러져서 깁스를 하고 있어서 걸음 걷기가…….

아버지는 더듬거리며, 손수건으로 연신 이마를 훔치며 거짓말을 둘러대고 있다. 큰이모, 작은이모, 큰외삼촌, 큰이모부, 작은이모부, 형의 호칭으로 따지자면 그렇지만 모두들 아버지의 옆에 앉아 아버지를 위로하는 눈치다. 나는 어른들이 하는 말을 귀담아 들으며 국밥으로 저녁을 먹었다. 운명은 어젯밤 늦게 하신 모양이고 발인은 내일이다. 장지는 선산이 있는 용인이란다. 정말 현실감이 일지 않는 이상한 날이다. 나에게 그런 출생의 비밀이 있었다니 위로받을 사람은 상주들이 아니라 바로 나다. 그때 고인의 손녀쯤으로 보이는 여학생 하나가 내 앞에 와서 앉았다.

-준혁오빠 맞죠?

수저를 멈추고 넘겨다보았다. 예쁘지는 않지만 앳된 여학생이었다. 누군지 모르겠다. 당연히 알 턱도 없고, 오빠라곤 했지만 촌수도 어떻게 되는지 모른다. 나의 촌수가 아니라 형의 촌수로.

-저 예림이라고 해요. 조예림!

제 이름만 밝히고는 당돌하게도 손을 내밀어 악수를 청했다. 머리를 노랗게 물들였으니 고등학생은 아닌 것 같고 활달한 성격을 넘어서 좀 까진 여자아이다. 나를 보고 오빠라고 불렀으니 나보다 나이가 적은 게 분명하다. 얼굴이 똥똥한, 내 스타일은 아니지만 성격은 활달해 보였다. 나는 악수를 하며 그저, 아, 예…… 라고만 했다. 그것을 본 작은이모가 한마디 거들었다.

-그 못난이가 우리 막내딸이야.

-아, 예…….

오늘 저녁에 이 자리에 와서 내가 할 수 있는 말은 그저 아, 예…… 밖에 없는 듯했다.

-오빠! 말 까세요. 내가 동생이니까, 준규오빠에게 얘기 많이 들었어요. 유명대학 장학생으로 들어갔고 핸섬하다고. 준규오빠가 오빠 사진도 폰으로 날려주었어요.

내 사진까지 보내주었다고? 내가 모르는 복잡한 가계다. 얘를 두고 동생이라고 불러야 하나? 형은 자주 만나고 연락을 했다는 얘긴데 나만 바보가 된 기분, 뒤통수를 맞은 얼얼한 기분으로 뭐가 뭔지 온통 머리가 하얗다.

-오빠! 저는 K대 일학년이에요. 같은 일학년이지만 민증을 까면 오빠보다 한 살이 적어요. 족보를 잘 모르겠죠. 맨 위에 저 쪽에 앉은 뚱뚱이가 큰이모, 그 다음에 큰외삼촌, 그 다음이 돌아가신 작은이모, 그 다음이 예쁜 우리 엄마, 그 밑에 막내로 작은외삼촌. 이렇게 오남매예요. 오빠가 태어나기 전에 준규오빠를 우리 엄마가 업어서 키웠대요.

그랬구나. 아버지 살아오신 궤적이 대충 감이 잡힌다. 그렇게 가계의 복잡한 서열을 헤아리고 있을 때, 메시지가 들어왔다. 확인하니 코끼리 녀석이었다.

∧∧* 바람난 마누라. 어디냐∧∧*

나는 상다리 아래에 폰을 넣어 문자를 확인하고는 바로 문자를 날렸다

수육 먹으로 왔다.

-오빠! 저기 앉은 뚱뚱한 큰이모 딸…….

노랑머리 예림이가 거기까지 얘기했을 때 또 메시지가 들어왔다. 아무래도 메시지 신호음을 조용한 것으로 골라 바꾸어야겠다. 예림이에게 손을 잠깐 들어보였다. 또 코끼리 녀석이다. 아버지마저도 무안하신지 나를 힐끔 쳐다보셨다.

∧∧*하늘 소풍이냐? 누구랑 갔는데? 떡 잊지 말고!∧∧*

지랄하고 있네. 이 자식은 이런 엄숙한 자리에 왔는데 결정적인 순간에 지랄을 부려요. 그 사이 상조회사에서 나온 도우미 아주머니가 빈 접시와 국그릇을 거두어 갔다.

아버지랑 같이, H대학병원 영안실 외갓집 문상 중! 문자 엄금!

-오빠 연애하나 봐?

-아니, 마누라! 아니, 룸메이트. 이 자식은 잠시만 없으면 나를 찾아서 미치겠어.

-오빠 전화번호 나에게도 가르쳐줘요. 오빠네 학교에 내 친구들 많아요. 친구들 찾아가면 한 명 소개시켜 줄게요.

나는 순진하게도 내 폰 번호를 불러주었다. 알려주지 않을 구실을 찾기가 힘들어 할 수 없이 알려주었다. 예림이는 내가 불러주는 번호를 제 폰에다 저장시켰다.

-오빠! 아까 어디까지 이야기하다 말았죠? 아, 그렇지. 저기 앉은 큰이모 딸이 오빠네 학교 사 학년인데 이번에 외무고시 되었다? 혜정이라고 외무고시에 덜컥 붙었어요.

-혹시……. 외교통상학과의 최혜정이 아니야? 긴 생머리하고 다니는.

-오빠! 알아? 맞아. 최혜정. 오빠가 그 언니를 어떻게 알아?

-으응, 동아리 선배야.

예림이와 나는 어느 사이인지 모르게 서로 말을 까고 있었다. 나는 폰에 저장되어 있는 혜정선배의 번호를 찾았다. 그리고 예림이에게 넘겨주며 전화번호가 이 번호가 아니냐고 확인사살의 방아쇠를 당겼다. 폰을 받아든 예림이는 제 전화를 꺼내 번호를 확인하더니 '오 마이 갓!' 상큼하게 놀라며 내 폰으로 통화버튼을 눌렀다.

그 사이 아버지는 나랑 있기에 자리가 불편하신지 큰이모부가 계신 자리로 옮겨 가셨다.

통화버튼을 누르고 신호가 가는 동안 예림이는 폰을 탁자에 놓고 볼륨을 올렸다. 장난기가 묻은 행동으로 동네사람 다 들으라는 얘기다. 몇 번 신호가 가니 폰에서 혜정선배의 목소리가 흘러나왔다.

-어이, 비타민Q! 이 시간에 웬일이냐?

-비타민Q? 언니! 나 비타민Q 아니거든?

-이거 비타민Q 번혼데 누구시죠?

-호호호 언니! 나 예림이야. 언니 어디야?

-지금 외할머니 빈소로 가고 있다. 얘! 예림아. 네가 어떻게 이 전화로 전화를 했냐? 넌 지금 어디냐?

-호호호. 외할머니 빈소야. 오면 알려줄게 지금 어디쯤 오고 있어?

-조금만 기다려! H대 정문 앞이야.

예림이는 종료버튼을 눌렀다. 세상 정말 좁다. 그러면 예림이 아니, 혜정선배와 나와의 관계는 어떻게 되는 거야? 혜정선배는 강남에 빵빵한 탄약고를 둔 집의 무남독녀 외동딸이라고 했는데, 그렇다면 저 뚱뚱한 큰이모가 그렇게 부자란 말인가? 아버지께서 형님이라고 부르는 큰이모부를 찾아보았다. 아버지와 저쪽 구석자리에 앉아 계신다. 멀리서 보았지만 역시 어딘가 모르게 여유로운 부티가 흐른다.

-혜정선배, 강남에서 되게 부잣집 외동딸이라고 소문이 났던데?

-오빠! 무늬만 그렇지, 사실은 외동딸은 아니야. 오빠가…… 있어!

예림은 소곤거리듯이 말했다. 뭔가 낌새가 이상했다. 예림이는 속에 든 것을 넣어두지 못하는 성격인가 보다. 어른들의 눈치를 보더니 손나팔을 만들어 나에게 다시 소곤거렸다.

-그 오빠가 정신지체 장애아야. 일급! 지금 강원도 어디 시설에 수용되어 있어.

놀라며 고개를 주억였다. 오늘은 참 여러 번 놀라는 날이다. 큰이모부도 경제적으로야 넉넉하지만 그런 아픔을 지녔구나. 생각하니 나도 아픔을 지녔다. 형과 내가 배가 다른 형제라니? 실감이 나지 않는다. 아버지도 아픔을 지녔고…….

Q.30

벌써 탁자에는 빈 소주병이 두 개나 서 있었다. 종이컵이지만 소주 잔이 아닌 음료수컵에 콸콸 비운 소주를 들이키면 예림이가 잽싸게 잔을 채워주었고, 안주가 떨어지면 또 가서 수육과 된장, 마늘 등속을 가져다 날랐다. 예림이는 한 잔을 놓고 조금씩 홀짝거리고 있었다. 그 때 큰이모부와 얘기를 나누던 아버지와 눈이 마주쳤다. 아버지께서 눈짓으로 나를 불렀다. 빈소와 접견실에는 피크시간대인 모양이다. 특실이지만 앉을 자리가 없을 정도로 손님들이 우글거리고 있다. 예림은 내 옆에서 떨어질 줄을 모른다. 잠깐만! 손을 들어 보이고 아버지가 계신 쪽으로 갔다.

-너 지하철 끊어지기 전에 학교로 들어가는 게 낫지 않겠냐?

-아버진 어떻게 하시려고요?

-내일 발인보고 장지에 들렀다가 바로 내려가는 게 좋을 것 같은데……

-그러세요. 전 조금만 있다가 갈게요. 제 선배가 이리로 오기로 했거든요?

-네 선배가 왜? 밖에서 만나지.

-그 선배가 바로 여기 계시는 큰이모부님 따님이시거든요.

놀라며 고개를 처든 사람은 정작 아버지가 아니라 큰이모부였다. 정확하게 표현하면 내 형의 큰이모부다.

-네가 혜정이를 어떻게 아냐? 이종사촌인 줄을 알고 있었더냐?

-아닙니다. 오늘 여기 와서 우연히 예림이가 얘기해서 알았습니다.

-너는 일 학년이라며? 혜정인 졸업반인데 어떻게 알아?

-동아리 선뱁니다. 제가 혜정누나의 총애를 많이 받고 있지요.

호칭이 혜정선배에서 혜정누나로 바로 돌변했다. 나도 모르는 사이에 그렇게 되어버렸다.

-한 달에 한 번씩 절에 쏘다니는, 그 역마살 왕창 처발린 모임 말이냐?

-예, 맞습니다.

-이종사촌이라 그런 것도 닮는군.

이종사촌? 이종사촌이라는 촌수를 큰이모부께서 정립시켜주셨다.

나를 올려다보며 묻던 큰이모부는 이제 고개를 돌려 아버지를 보며 말씀하셨다.

-이거 봐! 김 서방, 세상 참 좁네. 인연은 묘하게 연결되어 있어. 그거 참.

-형님, 정말 그러네요. 근데 걔가 지금 온다는 거냐?

아버지께서 손목시계를 보며 물었다.

-예, 거의 다 왔을 걸요.

-네가 늦어서 어떻게 하냐? 기숙사 출입시간이 정해진 거 아니냐?

-에이 참, 아부지도. 대학생이 그런 게 어딨어요? 자율이죠. 말 그대로 자율!

-알았다. 네가 알아서 해라. 술 너무 마시지 말고.

그 때 어느 문상객 둘이 큰 이모부 앞으로 와서 회장님이라고 부르며 인사를 올렸다. 큰 이모부가 일어서서 그들과 악수를 나누는 걸 보며 다시 예림이가 기다리는 탁자로 갔다. 이종사촌이라 닮는다구? 어디로 맞추어도 피 한 방울 섞이지 않았는데……. 큰이모부님은 나를 형으로 착각하시는 건가?

-예림이 너도 무남독녀 외동딸이니?

-아니 오빠가 있어. 지금 군에 있는데 다음 달에 국방부로부터 반납받아. 어이구 그 골치덩이!

그 때 혜정선배 아니, 혜정누나가 빈소 입구로 들어섰다. 검은 바지에 검은 재킷을 걸치고 있었다. 예림이가 언니!라고 부르며 손을 들어 보였다. 혜정누나는 손을 살짝 들어보이고는 빈소로 들어갔다.

-오빠가 왜 골치덩어리야?

-잔소리를 작작해야지? 나만 보면 못 잡아먹어 난리야. 뭔 남자가 잔소리가 그리 심한지 모르겠어. 군대에서 잔소리 많다고 주는 얼차려는 없나?

-잔소리가 많다는 건 관심이 있다는 뜻이야. 동생이 아니면 왜 잔소

리를 하겠냐?

-그래도 지겨워.

문상을 마친 혜정누나가 우리 곁으로 다가왔다.

-야! 비타민Q, 네가 여기 웬일이냐? 그리고 지붕개량은 왜 했어? 유발거사가 되겠다고 그 난리를 치더니?

앉지도 않고 서서 물었다. 서 있는 혜정누나를 보면서 순간적으로 신은 참 불공평하다고 생각했다. 누나의 몸은 어느 조각가가 정교하게 조각한 듯이 군살 한 점 없는 몸매에 늘씬한 키, 그 몸매에 걸맞게 콧날이 오똑하고 갸름한 얼굴, 어디에도 외모에는 흠잡을 데가 없고 외무고시를 가뿐하게 패스하는 명석한 두뇌를 주셨다. 나는 신의 걸작을 올려다보며 되물었다.

-선배 아니 누나, 한 가지씩 물어야죠?

-언니! 이 거 일급비밀인데, 이 오빠가 바로……. 준규오빠 동생이야. 친동생!

예림이가 중간에 끼어 거들고 나섰다.

-뭐라고? 정말? 몰랐다. 정말 세상 좁네. 근데 비타민Q, 너는 어떻게 알고 왔어?

-아버지랑 같이 왔어요.

-큰이모부가 오셨니?

큰이모부라구? 나에게 큰이모부는 혜정누나 아버지시고 혜정누나가 호칭하는 큰이모부는 바로 나의 아버지다. 그럼 남이 아니네? 이게 촌수가 어떻게 되는 거야?

혜정선배는 선 채로 좌중을 둘러보더니 아버지와 큰이모부가 앉은 곳으로 갔다. 그리고는 아버지 앞에 가볍게 꿇어앉아 인사를 올리고 무슨 소리인가를 한참 들으며 몇 번이고 머리를 조아리곤 했다. 육군 원사 김종식 씨도 손 위의 동서인 큰이모부 앞에 앉으니 어딘가 모르게 왜소해 보이고 초라해보였다. 아마도 큰엄마가 죽고 혼자서 배가 다른 아들을 데리고 죽은 아내의 장모 장례식장에 나타난 홀아비의 측은함이 묻어 있는 탓일 거다. 한참 무슨 이야기를 주고받다가 목례를 올리고 혜정누나가 우리 좌석으로 왔다. 늦은 시간 탓인지 문상객들이 하나 둘 빠져 나가 빈자리가 좀 생겼다.

-얘, 비타민Q! 너는 내 동생이다. 이종사촌 동생.

-예, 따져보니 그렇게 되네요.

-근데, 준규오빠는 왜 안 왔어?

-중대장은 오늘 회사원들을 인솔하여 중국에 연수를 갔음돠.

-아항, 그랬구나? 근데 비타민Q, 아니 준혁아! 너는 확실히 내 이종사촌 동생이다. 알겠니? 근데 새 이모는 왜 안 오셨니?

새 이모라구? 엄마를 두고 여태 그렇게 불렀나? 기분이 묘하다. 그럼 나는 새 이모의 아들인가? 거리낌 없이 새 이모라고 부르는 것으로 미루어 엄마를 알고 있는 모양이다.

-누나! 우리 엄마를 본 적이 있어요?

-새 이모? 여러 번 뵈었지. 외갓집에 큰일이 있을 때마다 뵈었어. 근

수오빠 장가갈 때도 보았고, 외할머니 팔순 때도 보았고 여러 번 보았다.

근수오빠가 누군지 모르지만 엄마가 가끔 나타나는 것만은 자명해졌다. 근데 엄마가 오늘 왜 안 오셨을까? 정말 발목이 부러졌나?

-진위를 파악하지 못했지만 엄마 발목이 부러졌대요.

-그래? 어쩌다가?

-나도 모르겠어요. 알고 싶지도 않아요. 누나! 나 출생의 비밀을 오늘에서야 알았어요.

-뭐라구? 너 그게 무슨 소리냐?

-내가 준규형과 배가 다른 형제라는 거, 이곳에 큰외갓집이 있다는 거 오늘 처음 알았어요. 기분이 이상하고 좆나게 슬퍼요.

혜정선배. 아니, 누나가 내 등을 다독여주며 말했다

-정말 여태 몰랐어? 그래……. 기분이 이상하고 좆나게 슬프겠구나. 그래서 술을 이렇게 좆나게 많이 처먹었니?

옆에서 듣고 있던 예림이가 놀라는 눈치였다.

-오빠, 미안! 나는 오빠가 알고 있는 줄 알았어.

-나 그만 들어갈래요. 누나 보았으니까.

-그래라. 그게 좋겠다. 나는 여기서 밤새우고 내일 장례마치는 거 보고 연수원으로 들어간다. 모레 학교에 갈 거니까 그 때보자. 누나가 술 사줄게. 네 말마따나 좆나게 사줄게!

누나가 내 등을 다독여 주었고, 예림이가 손을 내밀어 악수를 하며 말했다.

-오빠, 내가 오빠네 학교로 가서 내 동기들 불러내서 소개해줄 테니까. 오빠 스타일로 골라. 알았지?

가방을 챙겨 들고 아버지와 큰이모부가 계신 곳으로 갔다. 아버지께 들어가겠다고 말씀드리고 큰이모부님께 서서 인사를 꾸벅하자 아버지의 힐책이 날아왔다.

-인사가 그게 뭐냐? 절을 올려야지.

그렇다. 왕손인 김 씨 가문의 예의를 지켜야 한다. 가방을 놓고 큰이모부님께 넙죽 큰 절을 올렸다.

-이걸로 택시를 타고 가거라. 전철이 끊어졌겠다.

큰이모부님은 지갑을 꺼내 오만 원 짜리 지폐 두 장을 내밀었다. 잠시 망설이는데 아버지께서 괜찮으니 받으라고 하셨다. 거역할 수가 없어 망설이다 두 손으로 받아서 주머니에 넣고 큰이모와 예림이 엄마인 작은이모께도 인사를 하고 빈소를 나오는데, 가만 보니 내가 특별히 귀하고, 큰 손님인양 모두들 일어섰다. 조심해서 들어가라고, 자주 만나자고, 공부 열심히 하라고, 시간 나면 집으로 들르라고. 모두들 한마디씩 했다.

신의 걸작인 혜정누나와, 신께서 오입하시느라 바빠서 외모에 정성을 덜 들인 예림이가 화환이 도열해서 선 복도를 따라 나오고 있었다. 내가 들어가라고 만류했지만 막무가내다.

-비타민Q! 아니, 준혁아! 너 머리를 왜 잘랐니? 꽁지머리 만든다고

그 난리를 부리더니?

　-아버지가 가위를 들고 올라오시겠다고 해서요.

　-이모부가? 호호호. 그 성질에 그럴만하지. 근데 머리 자르니 더 핸섬하다. 이젠 꽁지머리 고집하지 마라.

　누나가 내 머리를 한번 쓰다듬어 주었다.

　무늬만 이종사촌인 두 처녀는 일 층으로 내려오는 계단까지 따라와 배웅을 했다. 혜정누나와 악수를 하고 예림이와 악수를 하고 돌아섰다.

　-언니! 준혁 오빠가 왜 비타민Q야?

　예림이 목소리가 뒤에서 들렸다.

Q.31

예상대로 지하철은 끊어졌다.

택시를 타야한다. 그러나 택시를 탈 기분이 아니다. 바로 숙사로 들어가기에는 뭔가 허전하고 시들하다. 그냥 생각을 하며 걷고 싶었다. 소주를 혼자서 네 병이나 먹었으니 조금 취할 텐데 정신이 너무 말짱하다. 그러고 보니 예림이의 아버지인, 작은이모부께는 인사도 못 드리고 나왔다. 작은이모부는 구청의 무슨 국장이란다. 공무원 세계가 그렇듯이 조직을 거느린 작은이모부의 손님이 가장 많은 듯했다. 작은이모부는 자기에게 온 손님을 챙기느라 정신 없이 빈소와 접견실을 오갔다. 인사할 틈이 없었다.

-학교가 어느 방향이더라?

뿌연 빌딩 숲에서 방향을 파악하고 무작정 학교가 있는 쪽으로 걸었다.

보헤미안! 터덜터덜 걸으며 문득 떠올린 단어다. 집시! 오늘 저녁에는 보헤미안이 되어 방황하고 싶었다. 미치도록 쓸쓸하고 싶다. 횡단보도를 건너고, 지하도를 건너고, 학교 방향으로 걷고 또 걸었다. 머릿

속은 만감이 교차하며 쑥대밭처럼 완전히 엉망진창이다. 아무 생각도 하고 싶지 않다. 전철역 지하로 내려가 노숙자들 틈에 끼어 자고 싶은 마음이 굴뚝같았다.

아버지도 아버지지만 형이 갑자기 가련하다는 생각이 들었다. 형도 기억을 못하겠지만, 엄마 없는 외가에서 이모들 등에 업혀 자란 성장 과정도 순탄치 못했고 외할머니의 부음도 그렇게 공항에서 갑자기 받았으니 당황했을 게다. 가련한 우리 형! 지금도 마음이 편치 않을 것이다. 지금 중국 어느 호텔에서 인솔해간 중대원들과 술판을 벌이고 있거나 각자 찢어져서 값싼 중국 유흥업소의 아가씨들과 놀아나고 있는지 모르지만 마음만은 짠할 것이 분명하다. 생각해보니 형이 이모들이나 외삼촌을 만나러 가끔 서울에 왔다는 얘긴데 나에게는 한 번도 전화가 없었다. 그걸 생각하니 또 가련한 마음이 싹 가시고 야속해졌다.

아무래도 형과 짜고 엄마는 내 출생의 비밀을 숨기고 또 숨긴 게 분명하다. 일찍 알려주었더라도 내가 이 딴 일로 방황할 인간인가?

내 의지를 비롯해 엄마나 아버지의 의지와도 무관한 일인데…… 일찍 알려주었더라면 이렇게 당황하지 않고 더 차분하게 큰외가와 작은 외가를 들락거렸을 텐데, 엄마는 아직 내가 어리다고 생각하는 모양이다. 은근히 그 작당을 꾸민 모자에게 배신감이 느껴졌다.

그건 그렇고, 혜정누나가 새 이모라고 부르는 엄마가 왜 오지 않은 걸까? 정말 발목을 다친 건 아닌가? 진위가 궁금했다. 바로 엄마께 전화를 때렸다.

신호가 두 번 가자 엄마가 전화를 받았다.

-넌 어쩐 일로 오밤중에서 전화를 해서 남의 남편을 찾고 난리냐?

-그대의 남편은 저의 아버지란 말입니다.

-오, 그러냐? 아버지 비상 걸려서 부대 들어가셨다.

-어? 이상하다? 친구 만나 놀다가 버스타고 H대학 앞을 지나오는데 인도에 양복입고 걸어가는 사람이 아버지와 너무 닮았어. 그래서 아버지 폰으로 전화했더니 안 받더라구? 그렇게 닮은 사람도 있을 수가 있나? 희숙 씨, 확인해봐. 부대에 전화해서 비상인지 확인해보라구! 아무래도 아버지 비상 걸렸다 하고선 옛날 애인 만나러 서울에 오신 게 분명해. 분명히 아버지더라구?

엄마의 순발력을 테스트하듯이, 대답하기 곤란한 질문으로 희숙 씨를 수렁 속으로 슬쩍 밀어 넣었다.

-잘못 봤겠지?

-허? 내 눈은 못 속여. 옆에 예쁜 아줌마가 있더라구. 얼굴을 똑똑히 봤다니까. 희숙 씨도 참말로. 제 아버지를 몰라보는 놈이 세상에 어디 있어?

'위대한 어머니! 엿이나 먹으세요.' 골려주는 재미도 보통이 아니다. 엄마는 당장 말문이 막힐 것이다. 그러나 웬걸, 희숙 씨의 대답은 바로 낭창하게 날아왔다. 아주 대수롭잖게.

-그래? 부대에 전화해보고 전화해줄게.

철거덕, 전화를 끊어버렸다. 한판 업어치기를 당하여 모래판에 뒤집어진 기분이었다.

엄마의 입에서 출생비밀이 술술 나올 줄 알았는데 희숙 씨도 역시 보통이 아니다. 엄마에게 전화가 올 때까지 기다려야 한다. 무슨 그럴듯한 핑계를 만들어 전화하겠지. 핑계가 궁하면 전화를 하지 않을 수도 있다.

폰을 손에 들고 걸었다. 또 걸었다. 십 분이 지나고 삼십 분이 지나고 열두 시가 넘도록 엄마에게서 전화는 오지 않았다. 폰을 손에 쥐고 한강 다리를 건넜다. 이젠 괘씸한 기분까지 들었다. 전화를 해준다던 엄마는 완전히 나에게 엿을 먹이고 있다. 적당한 핑곗거리를 만들 시간은 벌써 넘었다. 서로 '엿 먹이기' 경쟁을 하는 꼴이 되어버렸다. 분명 엄마는 자고 있을 것이다. 나에게 '너도 엿 먹어라' 묵언의 한마디 던져놓고.

나는 엿이 아니라 약이 바짝 오른다. 쥐고 있던 폰으로 엄마 번호의 발신 버튼을 눌렀다. 신호가 가자 희숙 씨가 바로 받았다.

-희숙 씨! 부대에 확인해봤어?

-너희 아버지 서울 가서 옛날 애인 만나 호텔에서 발가벗고 질펀하게 회포를 풀고 있다더라. 이젠 됐냐?

부대가 아니라 아버지와 통화를 하시고 내가 왔다 갔다는 이야기를 다 들은 모양이다. 속속들이 알고 있었다.

-엄마! 왜 일찍 말 안했어? 나에게 좀 미안하지 않어?

-뭘?

-나에게 출생의 비밀이 있다는 거.

-그게 왜 미안하니? 너 안 낳고 네 형만 키우려다가 너 낳아서 길러 줬으니 네가 고맙다고 해야지. 내가 왜 미안해 하냐?

-그런가? 일이 그렇게 되나? 근데 희숙 씨는 왜 큰외할머니 장례식에 안 올라왔어?

-아버지가 얘기했다며?

-엄마! 정말 발목 부러진 거야? 정말 발목 부러졌어? 나는 희숙 씨가 나타나기 거북한 자리라서 적당한 핑계를 대는 줄 알았어. 많이 아퍼?

-그럼 뼈가 부러졌는데 안 아프겠니? 이 녀석아! 그리고 내가 왜 그 자리에 나타나기 거북하냐?

-친 엄마가 아니니까…….

-내가 뭐 너희 아버지 이혼시키고 들어온 여자니? 너 인식의 전환이 필요하다. 네 큰엄마 죽고 준규와 너희 아버지를 구제해준 여자가 바로 나야! 엄마는 네 큰외갓집에 자주 다녀. 엄마도 할머니 돌아가시니, 가슴이 저리고 마음이 아프다.

-어? 우리 아버지 마누라가, 진짜로 발목이 댕강 부러진 모양이네. 어쩌다가 그랬는데?

-새벽에 뒷산에 운동 갔다가, 근육질의 잘 생긴 남자 허벅지를 훔쳐보다 나무 계단에서 굴렀다. 네 바퀴.

-오우 그랬구나, 고소하다. 많이 아파?

-많이 아프지. 근데 너는 좋겠다? 갑자기 이모들과 외삼촌 외사촌, 이종사촌들이 왕창 생겼잖아? 하늘에서 복이 왕창 쏟아졌네? 복권에 당첨된 기분이 어떠냐?

어딘가 모르게 엄마의 유도 심문에 빨려 들어가고 있는 기분인데 빠져나올 길이 없다. 이거 묘하게 꼬인다.

-근데, 엄마! 기분이 개떡이다. 왜 그렇지?

-갑자기 알게 되었으니 그럴 거야. 현실로 받아들여라. 네가 어린애니?

-희숙 씨! 아니, 2호 엄마. 정말 많이 아파?

-뭐? 2호 엄마라구? 호호호. 너랑 통화하니까 좀 덜 아프다. 근데 지금 어디니?

-혼자 걷고 있어. 슬퍼서, 무작정 걷고 있어. 2호 엄마. 여기가 어디지? 여기가 어딘지 모르겠어. 아무래도 지하철역에서 노숙자들과 자야겠어.

-미친 자식! 술을 많이 처먹었다며? 어지간히도 슬퍼할 일이 없구나. 총알같이 택시타고 숙사로 들어가서 엄마에게 도착보고 해라. 헤매고 다니면 콱, 쥑인다.

-알겠사옵니다. 어마마마!

Q 32

택시는 숙사 앞마당까지 들어왔다. 얼마나 걸었는지 할증요금이 붙었지만 택시비가 겨우 사천 원 밖에 안 나왔다. 가만히 생각하니 엄마랑 신경전에서 백기를 든 건 나였다. 졌다! 현실로 받아들여야 할 일이다.

방으로 들어오니 코끼리 녀석은 예상대로 팬티바람으로 영화를 보다가 놀란다.

-너? 이 자식! 외할머니 돌아가셨다며 영안실에서 밤샘해야 하는 거 아니냐?

-아버지께서 들어가라고 하시더라.

엄마에게 문자를 날렸다.

∧∧*2호 엄마! 나 둥지 도착! 아프지 말기!∧∧*

희숙 씨는 내 보고를 기다리고 있었던지 금세 문자가 날아왔다.

∧∧*황소불알처럼 흔들리지 말고 마음 다잡기! 열공∧∧*

문자를 보고 웃었다. 엄마가 전전긍긍하던 한 가지 숙제를 푼 모양이다. 이제 희숙 씨는 내 눈을 피하지 않고 마음대로 행동하는 자유가 부여되어 홀가분함을 느끼시겠지. 아, 마음고생이 심했을 희숙 씨! 새이모! 새 언니라는 지극히 새롭고 어색한 호칭을 받으며 마음대로 1호 엄마의 친정에 들락거려. 이젠 내 눈치 보지 말고 다니라구! 속이 후련하도록 되뇌었다.

-야! 코끼리, 이거 따끈한 빅뉴스인데…….

코끼리가 보던 영화를 일시중지시키고 나를 바라보았다.

-무슨 빅뉴스?

-나…… 에라, 모르겠다. 탁 까놓고 애기하자. 내가 우리 엄마 아들이 아니다? 아버지가 밖에서 낳아온 아들이라네. 오늘 외할머니 빈소에 갔다가 우연히 출생비밀을 캐냈어.

-그래서 밤샘 안하고 들어온 거니?

-나 지금 슬프다. 기분도 고약하고.

-슬픈 게 아니라 재미있네. 너희 친 엄마는 술집 작부출신이야?

-정확히는 몰라. 그렇다면 내 기분이 어떻겠냐?

-정말? 어째 표정이 거짓말 같다. 꼭 내 사촌 여동생 애기를 어디서 듣고 그대로 하는 것 같다.

-네 사촌 여동생에게도 이런 일이 있냐?

-응. 사촌 여동생을 낳다가 큰 숙모가 돌아가시고. 아니, 낳다가 돌아가신 건 아니지만 돌이 되기 전에 돌아가시고 작은 숙모가 들어오셔서 낳은 사촌 남동생이 이제 초딩 일 학년이다. 사촌 여동생은 나랑 두 살 차이야. 워낙 어릴 적 일이라 나는 기억에도 없지만, 내 사촌 여

동생은 다 알고 아무 흔들림 없이 공부 잘하고 제 동생을 끔찍이 생각하며 챙긴다. 지금 고 이야.

-질곡 없는 삶이 없다고, 너희 집에도 그런 일이 있었구나. 이건 분명히 네 사촌들 얘기가 아니야. 돌아가신 제 엄마를 두고 제 입으로 이런 거짓말을 하는 미친놈이 있냐? 객관적으로 보면 재미있을지 모르지만 네가 만약 이런 일을 졸지에 알게 되면 기분이 어떻겠냐?

-현실은 현실이지 뭐. 기분이야, 좀 고약하겠지만······.

남의 일이라 정말 시들한 모양이다. 이런 녀석을 룸메이트로 만났으니 나도 어지간히 재수 옴 붙은 놈이다.

-이 자식아! 너는 우정도, 감수성도 없냐? 진지하게 얘기해서 분위기가 이렇게 착 가라앉으면 네가 잽싸게 나가서 술을 사와야 하는 거 아닌가?

-술 냄새가 많이 나는데? 야! 술로 해결될 일이 아니다. 좀 구체적으로 얘기해봐라. 나는 자꾸 거짓말처럼 들려. 홍미도 없고, 차라리 영화 보는 게 낫겠어. 너 심각한데 내가 영화를 보면 또 노트북을 부숴버린다고 지랄을 부리겠지?

-구체적으로 얘기할 것도 없어. 지금까지 한 얘기는, 내 얘기가 아니라 바로 우리 형 얘기야.

-형? 대한민국에서 나이가 가장 어리다는 예비군 중대장? 그럼 그렇지. 딸랑 형제뿐인데 나이 차이가 너무 많이 나서 이상하다고 생각했어. 그러니까 너? 비타민Q의 형님께서 아니, 그 1호 엄마께서 형을

낳다가 돌아가셨다는 말이지? 그리고 네 아버지께서 다시 2호 엄마와 결혼하셔서 너를 낳고, 맞지? 그래야 아귀가 맞고 설득력을 지니지. 진작 그렇게 말했어야지. 오늘 돌아가신 할머니가 1호 엄마의 외할머니냐, 아니면 2호 엄마의 외할머니냐?

-어느 외할머니인 거 같냐?

-일단, 네가 밤샘 안하고 기어들어온 거 보니까 1호 엄마 외할머니 같다. 맞지? 형과 나이 차이가 그렇게 나는데 한 번도 의심해본 적이 없어? 네 형과 많이 닮지도 않았고? 혹시 2호 엄마가 너를 편애했다거나?

-지랄하네. 우리 엄마는 그런 거 없었어. 나를 안 낳고 형만 키우려다가 나를 낳았댄다. 나보다 형을 더 챙긴다.

-너 요즘 고민이 없어서 돌아버릴 판인데, 느닷없이 그런 일을 알게 되니 한동안 심심치는 않겠구나. 마음 정리하고 적응하는데 시간이 좀 걸릴 거다. 그래도 웃고 현실로 받아들여라. 감성에 사로잡혀 갈등하지 말고. 냉철한 이성이 필요하다.

코끼리 녀석은 내 고달픈 갈등과 감정의 배심원이자 판사였다. 깔끔한 판결이다. 선택의 여지가 없다.

Q⟩33

'엄마' 라는 명사가 붙은 커다란 방이 있다. 그 공간에서 형은 1번 출구로 나왔고 나는 2번 출구로 나왔다. 밤새 뒤척이며 정리한 걸 한마디로 요약하면 그것이다. 아무 것도 달라진 것도 달라질 것도 없다.

형에게 국제전화가 걸려온 것은 내가 점심을 먹고 리포트를 제출하고 나오던 참이었다. 아마도 아버지나 엄마에게 전화를 했다가 내가 그 숨기던 비밀을 알게 되었다는 소릴 들은 모양이다.

-어라? 형이네. 목소리 오랜만에 듣는다.

-너, 기분이 좀 어떠냐?

-무슨 기분?

-어젯밤에 외할머니 문상갔었다며?

-그게 어때서?

-네 목소리 씩씩하네! 감수성 예민한데, 어린 마음에 충격 받았을까 봐 그러지.

-형도 참, 내가 뭐 어린애야? 형이나 마음 짠해하지 말고, 인솔해간 회사 직원 흘리지 말고 잘 챙겨서 와. 내 걱정은 말고. 우리의 의지와

는 상관없는 거야. 다른 것도 없고 달라질 것도 없어. 아, 참! 형? 이번에 외무고시 패스한 혜정누나 있지?

-네가 그 애를 어떻게 아냐?

-동아리 선밴데, 평소에 나를 엄청 챙겨 주었는데 어젯밤에 문상 가서 만났다. 세상 참 좁더라.

-그렇게 알고 있었던 사이였구나. 그래 씩씩하게 공부해라 풀 죽지 말고.

-알았어. 중대장님, 전화요금 많이 나오겠다. 충성!

형의 전화를 받으니 마음이 한결 가벼워졌다. 그것뿐만 아니라 며칠 골을 싸매고 정리한 리포트를 제출한 것도 한 몫을 했다. 오후 강의를 착실히 듣고 저녁이면 효미가 투 스타의 연구실로 오기로 했다. 오늘부터 연구실은 우리 몫이다. 아니, 나의 공간이 된다.

투 스타의 호출이 날아온 건 오후 강의가 끝나갈 무렵이었다. 강의실에서 수업을 듣다가 전화를 받았다.

-준혁이냐? 내 연구실로 좀 오너라.

-지금 수업이 끝나갑니다. 금세 가겠습니다.

옆에 앉은 놈들과 한참 열강 중인 강사가 듣지 않게 폰에다 대고 소곤거리는 투로 대답했다. 효미가 오려면 한참이나 남았는데 호출이라니, 이상하다.

오 층에서 듣던 수업을 끝내고 연구실이 있는 이 층으로 후다닥 내려갔다. 연구실 문을 노크하고 들어서니 아버지께서 투 스타와 앉아

계셨다. 순간적으로 놀랐다. 투 스타를 제치고 아버지께 거수경례를
붙였다.

-열공! 아버지. 용인에서 바로 내려가신다고 하셨잖아요.

-왜? 육군 원사가 유명대학 구경 오면 안 되는 법이라도 있냐? 거기
서 내려가는 차가 마땅찮아서 네 이모부 차를 타고 올라와 함께 사우
나 하고 내려가려다가 시간도 어중간하고 이 친구가 생각나서 잠시
들렀다.

아버지는 검정색 넥타이를 풀어서 가방에 넣었는지 말쑥한 노타이
차림이었다. 장모님 문상 다녀오는 길이 아니라 연구실에 앉아 있으
니 유명대학 학과장처럼 보였다.

-언제 내려가시게요?

-투 스타가 원 스타에게 술 사주는 거 봐가면서 밤차로 내려가든지,
내일 새벽차로 내려가든지.

투 스타가 한 마디 거들며 끼어들었다.

-부자상봉이 보기 좋네? 그만 나가지?

나는 자리에서 일어서는 투 스타를 걸고 넘어졌다.

-교수님 언제부터 투 스타이셨어요?

-왜? 고등학교 때부터 별을 두 개 달았다. 너도 한 잔하고 싶지? 데
리고 나가고 싶지만 너? 오늘부터 연구실에서 효미 만나기로 했지?

-예, 그럼요.

-연구실 지키다가 효미 오면 잘 가르치고 문 야물게 잠그고 들어가

거라.

-예, 그럼요.

-열쇠는 잘 챙기고 있지? 이거 네 연구실이다. 연구실에서 담배 좀 절제해라. 냄새가 잔뜩 배었어.

-예, 그럼요.

-저 자식은 제 할아버지를 닮았나? 지독한 골초, 고등학교 때부터 담배를 물고 살아요. 근데 담뱃값은 있냐?

-예, 그럼요.

-어이! 투 스타. 저 자식 담뱃값 떨어지면 자네가 지원사격 좀 하시게.

아버지의 그 농담에 투 스타가 대답했다. '예, 그럼요' 하고.

두 분이 복도로 사라지는 걸 보고 투 스타의 의자에 앉아 바로 담배를 빼어 물었다. 혼자 앉아 중국 근대문학사를 뒤적였다. 지겹지 않게 번역된 책이다. 시간이 얼마나 흘렀을까? 근대문학사에 푹 빠져 있을 때 노크를 하고 효미가 들어왔다.

-허리빵 오빠, 거기 앉아 있으니 주임교수 같네?

-뭐 나라고, 유명대학 주임교수 되지 말란 법이 있냐?

-그래 오빠! 열공해서 주임교수 되셔! 허리빵 교수?

-빨랑 책이나 펴라.

연구실의 상담용 테이블을 가리키며 말했다. 뜸들이는 시간이 현저히 줄어들었다. 공부와 수능에 대한 공포심이 줄었다. 어제 저녁에 내

준 숙제부터 검사했다. 내가 숙제검사를 할 동안 효미는 수학문제를 풀고 있었다. 문제를 풀어가는 모습을 보니 제대로 된 학습태도다. 혼자서 중얼거리며 쉽게 풀고 검산을 하고는 그 푼 문제에 대해 희열을 느끼는 듯했다. 수능이 얼마 남지 않아 예상문제 풀이로 방향을 돌렸는데 적중한 셈이다.

-효미야! 이젠 문제풀이가 재미있어졌지?

-재미? 재미는 못 느끼지만 문제를 보면 막막하지는 않은 것 같아.

-조금만 더하면 재미가 붙을 거야! 지겨우면 암기과목도 해라. 그것도 소리를 내며 리듬에 맞추어 외워라. 점점 가속도가 붙을 거야.

빌릴리! 빌릴리! 문자메시지가 들어왔다.

∧∧*비타민Q 어디?∧∧*

오랜만에 온 수경선배의 문자다. 바로 답을 날렸다.

∧∧*주임교수 연구실! 이따가 연락할게요.∧∧*

내가 문자를 주고 받았지만 효미는 관심이 없다. 그만큼 문제풀이에 집중을 하고 있다는 얘기다. 효미가 문제를 푸는 동안 나는 중국 근대문학사를 뒤적이며 시간을 보내면 된다. 점점 수월해지겠다. 제 아버지를 닮아서 집중을 잘하고 있다. 아차! 피가 섞이지 않은 아버지이지. 아무튼, 집중을 잘하고 있다. 수능이 끝나면 메이커에서 나온 '허리빵'이 하나 생길 것 같다.

-효미야! 많이 달라졌다.

내가 문제를 푸는 아이를 보며 말을 걸었다. 테스트의 한 방법이다.

얘가 고개를 들까? 아니면 문제를 풀며 대답을 할까? 내가 말을 걸었음에도 불구하고 문제집에서 눈을 떼지 않고 되물었다.

-뭐가?

-학습태도가.

-나도 그런 것 같아.

역시 문제집에서 눈을 떼지 않고 대답한다. 나는 속으로 적잖이 놀랐다. 며칠 사이에 이렇게 달라지다니,

-그래 바짝 조여라! 수능 끝나면 '허리뼈'은 내가 사줄게.

들었는지 못 들었는지 아이는 대답 없이 집중하여 중얼거리며 문제를 풀고 있다. 저렇게 집중하면 한 달 사이에 수능 점수를 40점 정도는 가뿐하게 끌어올릴 수 있겠다.

-오빠! 거, 담배 좀 그만 피울 수 없어?

-아! 미안.

나는 계속 줄담배를 피우고 있었다는 걸 깨달았다. 세 시간은 금세 지나갔다. 효미가 저녁에 해야 할 숙제를 왕창 내주었다. 어제의 곱절이다. 그러나 어제보다 일찍 잘 수 있을 것이다. 문제풀이 속도가 곱절로 빨라졌으니까.

효미를 북문 밖까지 바래다주었다. 북문까지 가는 동안 교복을 입은 효미는 내 팔짱을 끼고 따라왔다. 어둠 속에서 성장과정을 보냈지만 많이 밝아진 아이다. 타고난 천성은 쾌활한 성격인 모양이다. 횡단보도를 건너며 효미는 내게 손을 흔들며 소리쳤다.

-허리빵 오빠! 씨 유 어게인 투마루.

효미에게 손을 흔들어주고 수경선배에게 전화를 했다.

-선배 어디야?

-마이 룸.

-나 그쪽으로 갈 일이 있는데 잠시 들러도 돼?

-그래 와라. 오면서 소주 두어 병 사오면 좋고.

횡단보도 앞에 서서 책가방의 비밀주머니에서 안경닦이를 꺼내 안경을 닦았다. 세상이 성性스럽게 보이기 시작했다. 성性스러운 길을 더듬어 효미가 건너간 횡단보도를 건너며 기도를 했다.

석가모니시여~ 요술헝겊 분실 신고가 들어오지 않는 가피를 베풀어…….

Q,34

그린빌 현관에서 수경선배에게 다시 전화를 했다.

현관문 비밀번호를 모르기 때문이다. 내 손에는 24시 편의점에서 산 소주 세 병이 담긴 비닐봉지가 들려 있었다. 현관으로 내려와 문을 열어준 사람은 수경선배가 아니라 미령누나다.

-어? 동생, 머리 잘랐네. 몰라보게 핸섬해졌다.

계단을 올라가며 미령누나가 장난스럽게 내 머리를 슬쩍 쓰다듬어 보며 한마디 했다.

-머리 자르니 더 맛있게 생겼네.

방문으로 들어서자 수경선배가 또 머리 걸고 넘어졌다.

-야! 비타민Q! 유발거사가 행자로 변했네? 너 그렇게 고집부리던 꽁지머리는 어떻게 하고?

-선배, 내 사진을 보신 마이 파아더께서 가위를 들고 올라오셨답니다. 왕창 밀고 절로 가려다가 억지로 참았음돠.

-니네 아버지께서? 잘 잘랐네. 훨씬 핸섬한데?

-더 맛있게 보인다는 소리는 하지 않는군요. 허구한 날 만나면 맛있

다고 하더니, 오늘도 그러면 카악.

여기에서 대답이 잘못 나오면 내 폰에 저장된 알몸사진을 꺼내 보여 콧대를 팍 주저앉힐 참이다. 눈치를 금세 긁은 수경선배는 들고 있는 소주를 받으며 말했다.

-나, 너 먹어 본 적 없다? 맛이 있는지 없는지. 근데 너무 오랜만에 만났다. 그치?

속으로 피식 웃었다. 지난 번에 이 원룸에서 만난 건 우리들 기억에서 지워버린다고 했던 말이 생각난 모양이다. 이렇게 나가면 나도 참을 수밖에 없다. 팬티분실문제에 대해 물고 늘어지지는 않을 것이다. 내 유도에 슬슬 딸려오고 있었다.

-이렇게 세워둘 참이에요?

-야! 이리 와서 앉아. 소주를 세 병이나 샀네. 오늘 또 취하겠네.

일인용 소파를 가리키고 비닐봉지 속을 들여다보며 중얼거렸다.

-미령누나! 혹시 밥 남은 거 있어요? 나 점심도 못 먹었거든요.

홀쭉한 배를 쓸어내리며 물었다. 아무래도 밥부터 먹고 술을 먹는게 좋을 것 같다.

-식은 밥이야 있지만 반찬이 시원찮은데……. 라면 하나 끓여서 밥 말아 먹을래?

-베리 굿.

-굶고 다니지 마라. 비타민Q가 맥빠지고 시든다.

-아! 그렇지. 소중한 비타민Q!

그렇게 되받으며 수경선배가 보는 앞에서 사타구니를 슬쩍 쓸어 올렸다. 그날 밤 이 원룸에서 얼마나 질펀하게 놀았는지 확인하고 싶은 심리가 다분히 배어 있었다. 사실 점심은 먹었다. 그날 밤! 뭘 잘못했는지 미령누나와 수경선배는 충직한 내 시녀가 되어가고 있다. 그런 건 눈치로 알 수 있다. 이 원룸에서 내 입김이 작용을 한다. 컬컬한 수컷의 입김.

-야! 비타민Q, 리포트 작성은 끝났냐?

-오늘 제출했음돠. 근데 메밀꽃밭 기행은 재미있었나요?

-어리한 놈팽이들이 치근덕거려 완전히 조졌다.

-그렇게 싸돌아다니기엔 미모가 위험수위를 넘어 완전 폭발물이죠.

-네가 봐도 그렇지?

-그럼요. 난 선배와 미령누나만 보면 폭발할 것 같아.

-아우, 귀여운 것.

미령누나가 내 머리를 또 쓰다듬었다. 그 사이 라면 냄비가 끓어 넘치고 있었다. 수경선배가 가스레인지 불을 끄고 미령누나가 상을 차렸다. 냄비라면에 공깃밥 하나, 김치가 전부였다.

-아사구제 감사드립니다. 공덕이 내리시겠지오?

후룩후룩 라면을 먹는데, 라면을 먹던 앉은뱅이 상이 술상으로 변했다. 미령누나가 피대기와 고추장을 가져오고 수경선배가 소주병을 따고 종이컵을 엎어 놓았다.

-반주로 한잔 해라.

-반주? 좋죠. 이렇게 마시다 지난 번처럼 여기가 사우나인 줄 알고 발가벗는 거 아닌가 모르겠네.

-지난 번에 사우나인 줄 알고 발가벗었어?

-누나? 사우나 아니면 발가벗을 일이 뭐 있어? 술 취한 틈에 누가 벗겼으면 몰라도.

-여기 누가 너를 발가벗길 사람이 있겠냐?

선배와 누나가 서로 얼굴을 마주보며 키득거리고 있다. 그러거나 말거나 소주를 한잔 마시고 후룩후룩 라면을 먹다가 라면 국물이 안경알에 튀었다. 슬며시 내 가방을 당겨 비밀주머니에 든 안경닦이를 꺼냈다. 안경닦이를 꺼내고 안경을 벗어 안경알을 닦았다.

안경을 다 닦아 다시 끼고 라면 국물을 먹는데 수경선배가 옆에 놓인 내 안경닦이를 펼쳐들고 자세히 보고 있었다. 그러거나 말거나 능청스레 라면 국물에 만 밥을 묵묵히 퍼먹었다.

-푸하하하.

수경선배의 입안에 든 피대기의 사체조각, 그 파편이 내 얼굴로 날아왔다. 수경선배가 들고 있는 요술헝겊을 낚아채서 얼굴을 훔치고 안경을 다시 닦았다.

-너 손수건 멋진 거 갖고 다니는구나.

-이거 손수건 아니에요. 다용도로 쓰는 안경닦이라구요. 안경도 닦고, 머리가 길 적에는 흘러내리는 머리를 이렇게 묶고.

능글능글하게 말을 굴리면서 안경닦이를 뒤집어 머리에 써 보였다.

두 여자가 뒤집어졌다. 뒤집어졌다가 일어난 수경선배가 한 손으로 배를 잡고 한 손으로 내 등짝을 찰싹 때렸다.

-가장 유력한 용의자로 너를 지목했어.

-저 이거 어디서 났는지 몰라요. 써보니 엄청 좋은데. 조선에 하나밖에 없는 나만의 안경닦이!

머리에서 벗어 코에 대고 냄새를 맡아보는 척하며 과장을 부리고 오롯이 새알처럼 품었다.

-변태! 그렇게 좋으니? 선물이다. 너 가져라.

-변태라도 땡큐!

이제 누가 쓰던 물건인지 알만하다. 합법적으로 내 물건으로 굳어지는 순간이다. 요술헝겊을 잘 접어서 책가방 비밀주머니에 넣었다. 그 모습을 보는 수경선배의 얼굴에 웃음꽃이 환하게 피었다.

-아? 혜정선배 있지?

궁금증을 유발시켜놓고 내가 좀 뜸을 들였다.

-뭔데?

-아냐. 우리 저번처럼 야동 보며 술 마시자고 하려고 했는데, 아니야. 됐어.

-너 얼굴 보니까 그게 아닌데. 무슨 얘기를 하려고 하는 거야?

수경선배도 눈치가 삼 단이다. 미령누나는 잠자코 내 뒷말을 기다리고 있었다.

-선배! 혜정선배 있지?

Q, 35

-혜정언니가 왜? 무슨 일이 있어?

-그 혜정선배가……. 선배가 아니라 내 누나예요. 어떻게 생각해요?

-밑도 끝도 없이 그게 무슨 말이냐?

-야, 이게 술이 안 들어가니까, 얘기가 안 나오네. 내 출생의 비밀에 대해서.

궁금증을 한 단계 더 업그레이드 시켜놓고 내가 자작으로 소주를 종이컵에 콸콸 비워 마시자 옆에 앉은 미령누나가 수경선배에게 혜정이가 누구냐고 물었다. 수경선배는 동아리 언니인데 이번에 외무고시에 합격했다고 대충 일러주었다. 내가 술잔을 내려놓자 수경선배가 몸이 달았다.

-야아. 비타민Q! 말 좀 해봐. 혜정언니와 어떻게 되는 사이라고?

-그게 말입니돠, 내 이종사촌 누나인데…….

호기심을 잔뜩 부풀리며, 어제 일어났던 일을 구체적으로 미주알고주알 들려주었다. 아버지께서 오신 이야기부터 전철을 타고 간 이야기, 영안실 분위기, 혜정누나를 만난 이야기, 그리고 보헤미안이 되어

도심을 누빈 이야기까지 낱낱이 들려주었다. 그 말을 하는 나조차도 남의 일처럼 실감이 나지 않고 꿈만 같았다. 내 말이 한 단락 끝날 때마다 미령누나와 수경선배는 귀를 쫑긋 세우고 '그랬구나? 그래서?' 라는 말로 추임새를 넣었다.

-누나! 그리고 선배! 나 기분이 개떡 같겠죠?

-그래. 기분이 개떡 같겠구나.

수경선배가 내 등을 서너 번 토닥이다가 쓸어주었다. 나는 자작으로 종이컵에 술을 부어 마셨다.

-그래도 현실은 현실로 받아들이고 마음을 다독여야지.

미령누나가 현실을 직시하라는 말로 한 마디 거들었다.

-어떻게 하면 우리 비타민Q의 마음을 풀어줄 수 있을까?

-마음 풀어주는 거? 미령누나 밀크 박스를 한 번 만져보면 마음이 풀리겠는데요.

말이 끝나기가 무섭게, 등을 쓰다듬던 수경선배의 손바닥이 또 철썩 내 등짝을 후려쳤다.

-우리 노래방 가자. 노래방 가서 노래부르며 얘 마음을 좀 달래주자. 내일부터 시험이지만, 우리 동생 마음을 달래주기 위해 시간을 적선하는 거다.

미령누나가 제안하고 나섰다. 그럴까? 하면서 수경선배는 나를 바라보며 의사를 물었다.

-그래요. 들어가도 책이 눈에 들어올 거 같지 않아요. 노래방? 누나!

나 수능 끝나는 날, 친구들과 같이 가보고 노래방은 처음이다. 이거,
마저 마시고 가요.

-아니야. 싸들고 가서 노래방에서 마시면 돼. 거기서 술 시켜 먹으면
너무 비싸. 안에서 문을 걸어 잠그고 먹다가 빈병을 들고 나오면 감쪽
같지.

돈 없이 두 나라로 어학연수를 다녀온 미령누나는 어디가 달라도 달
랐다. 합의가 된 것으로 간주한 미령누나가 냉장고에서 피대기를 더
꺼내고 종이컵과 고추장을 더 챙겨, 메고 다니는 큰 가방에 넣으며 말
했다.

-가면서 마트에 들러 소주는 두 병만 더 사자. 이거, 내일 시험 조졌다.

-평소 실력대로 쳐! 이 계집애야. 그러니까 평소에 열심히 하지.

밖에 나오니 가을비가 추적추적 내리고 있었다. 참 처량한 가을비
다.

-우산을 챙겨올까?

-이 정도야, 딱 걷기 좋은 데 뭐. 괜찮아. 걸어가도 돼.

수경선배가 앞장섰다. 가랑비를 맞으며 마트에 들러 소주를 네 병이
나 더 사서 넣고 조금 내려가니 당구장 삼 층에 노래방 간판이 보였다.
우리는 약속이나 한 듯이 그곳으로 들어섰다. 미령누나가 카운터를
지키는 알바생에게 제일 구석방을 달라고 하고선 미로를 따라 안내했
다.

작고 아담한 방이었다. 조명도 딱이다. 우리가 들어서자 모니터에는

'선곡하세요'라는 글귀가 떠 있었다. 미령누나가 리모컨을 쥐고 바로 번호를 눌렀다. 미령누나의 십팔번인 모양이다. 노래가 나오자 수경선배가 안에서 문을 잠그고 잽싸게 가방에 든 소주와 안주, 종이컵을 꺼냈다. 그리고는 출입문을 힐끔 보더니 밖에서 안으로 보도록 된 출입구의 유리창 앞에 구석에 서있는 스탠드 옷걸이를 끌어다 놓고 윗도리를 벗어 옷걸이에 걸어 우리 셋만의 공간을 만들었다.

미령누나가 노래를 부르는 동안 소주를 한 컵 가득 부어 마신 수경선배가 노래 제목과 번호가 적힌 책을 뒤집어 메들리를 여러 곡 예약했다. 나는 가만히 앉아 소주를 홀짝이며 노래가 나오는 걸 보니 올드팝 메들리고 트로트 메들리였다. 예약한 노래 모두가 노래를 부르지 않아도 춤을 출 수 있는 노래들이다. 노래가 나오자 마이크를 쥔 미령누나가 나를 일으켜 당겼다. 노래를 부르며 춤을 추고, 소주를 콸콸 부어 마시며 노래를 불렀다. 미령누나도 술을 거부하지 않았다. 소주 두 병은 금세 동이 났다. 수경선배가 빈병을 가방에 넣고 가방에 든 소주를 탁자에 올려놓았다.

디스코 메들리와 트로트 메들리가 나오자 셋은 어깨동무를 하고 흔들었다. 후덥지근한 열기가 작은 방에 금세 퍼졌다. 한참 춤을 추던 수경선배가 느닷없이 티셔츠를 벗어 옷걸이에 걸었다. 브래지어 차림이다. 그러나 미령누나나 나는 제어하지 않았다. 광란의 방이고 쾌락의 도가니다. 미령누나가 마이크를 수경선배에게 넘기고 미령누나도 윗도리를 벗어 옷걸이에 걸었다. 역시 검정색 브래지어다. 춤을 추면서 슬쩍 수경선배의 밀크 박스를 더듬었다. 수경선배는 아무 저항도 하지 않고 오히려 가슴을 앞으로 내밀었다. 미령누나의 밀크 박스도 마찬가지다. 그렇게 주무르며 춤을 추니 어김없이 내 비타민Q의 분출구가 발기인대회에 참석 중이다.

모니터에는 수십 곡이 예약되어 있었다. 수경선배가 다시 소주를 마시고 한 잔을 부어 나에게 내밀었다. 내가 소주를 마시는 동안 수경선배의 손이 내 비타민Q 분출구를 어루만졌다. 상관하지 않았다. 아니, 오히려 기다렸다는 말이 맞겠다. 셋은 다시 몸을 흔들었다. 이번에는 미령누나가 소주를 잔뜩 부어 마시고 나에게 한잔 내밀었다. 나는 거부하지 않고 원 샷으로 주욱 들이켰다. 가져 온 피대기는 탁자 위에 고스란히 얹혀 있었다. 음악소리에 작은 노래방이 폭발할 것 같다. 수경선배가 손나팔을 만들어 내 귀에 대고 고함을 쳤다.

-백팔번뇌를 벗어던지라구~

나는 고개를 주억이고 몸을 흔들었다. 서울이라는 곳에 이런 공간이 있다니 적잖이 놀랍다. 될대로 되라. 내가 할 수 있는 말은 그것뿐이다. 나는 수경선배의 등에 붙은 브래지어 훅을 터치했다. 순식간에 브래지어가 수경선배의 가슴에서 떨어져 나왔다.

-그래. 나중에 후회할 일은 저지를 적에 짜릿하고 달콤하다고 했다. 될대로 되라.

참으로 달콤한 광란의 밤이다. 내 손은 수경선배의 밀크 박스를 더듬고 있었다.

두 시간은 금세 흘러갔다.

정신을 차리고 보니 스피커가 조용히 멎어 정적을 감싸고 있다. 탁자 위의 소주병과 안주는 말끔하게 치워져 미령누나의 가방 속으로 들어가 있고 우리는 아주 단정한 옷차림을 하고 있다. 홍콩에서 드디어 이승으로 돌아온 것이다.

-잠깐만! 내가 서비스로 오 분 더 달라고 할게.

미령누나가 그렇게 한마디 던져놓고 카운터로 달려갔다. 다시 모니터에 '선곡하세요'라는 글귀가 떴다. 수경선배가 리모컨으로 번호를 눌렀다. 백팔번뇌다. 그 사이에 돌아온 미령누나와 셋이서 어깨동무를 하고 합창을 했다. 내가 중간에 서서 미령누나와 수경선배라는 인격체를 날개로 달았다. 날아가는 기분이다.

~염~주 한 알 생의 번~뇌, 염주 두 알 사~의 번뇌~

합창이 끝나고 어깨동무로 결속한 팔을 풀며 내가 마이크에 대고 말했다.

-우리는 유명대학 엘리트들이다. 노래방에서도 건전하게 놀아야 한다.

미령누나와 수경선배가 엄지손가락을 세워 내 앞으로 내밀며 소리쳤다.

-비타민Q! 멋진 놈! 짱이다.

Q. 36

형에게 전화가 왔다.

-어? 중대장! 어디야? 중국에서 언제 왔어?

-어젯밤에 도착했다. 너? 오후에 시간이 어떠니?

-오후에? 별일 없는데 왜?

-엄마 모시고 서울 올라가려고. 외갓집과 이모님들 댁을 인사차 한 바퀴 순례하려고 하는데 네가 같이 가면 폼이 나지 않겠냐?

-그래? 2호 엄마가 걸을 수 있어?

-어제 퇴원했는데, 한쪽 목발을 짚으면 된다. 내 차로 모시고 가려고……

-좋아 같이 가.

-지금. 아니, 엄마가 화장 끝나는대로 출발해서 너희 학교로 갈게.

형은 대구에 있는 집인 모양이다. 엄마가 그날 못 오신 이유가 발목 부상이 확실하다. 나 모르게 형과 큰 외가에 들락거렸음이 분명하다. 대구에서 여기까지 오려면 세 시간이 좀 넘게 걸리겠지. 그 동안 나는 현대문학개론 한 과목만 듣고 준비하면 시간이 얼추 맞겠다. 인문대학 삼 층 강의실에서 현대문학개론을 듣고 나오니 미령누나로부터 문자가 날아왔다.

ㅠㅠ시험 조졌돠. 비타민Q! ()부탁.()∧∧*

푸하하하. 누구 때문에 시험을 망쳤는지 나도 모르겠다. 어젯밤 그렇게 마시고 난리를 부렸으니 신이 용서를 하겠는가? 망치는 게 당연하지.

∧∧*아는 문제만 나오게 하소서 ()∧∧*

오후에는 들으나 마나한 강의다. 책읽기로 때워도 무관한 과목이다. 일찌감치 숙사로 들어가 옷을 갈아입었다. 청바지 대신에 정장에 티셔츠를 받쳐 입었다. 어디쯤 오고 있는지 형에게 전화를 때렸다.

-지금 너희 학교부근이다. 어디로 갈까?

-형! 남문으로 들어오면 바로 숙사야. 내가 내려가서 기다릴게.

명륜관을 빠져나와 잔디밭가에서 담배를 한 대 피우고 있으니 형의 하얀 아반떼가 남문으로 들어오는 게 보였다. 나는 후딱 담배를 끄고 손을 들어보였다. 엄마는 정말 오랜만에 본다. 여름방학 초입에 보았으니 거의 넉 달 만이다.

형의 차가 숙사 앞마당을 돌아 내 앞에 멈춰 섰다. 엄마는 뒷자리에 타고 있었다. 나는 조수석에 타고 뒤를 돌아보았다. 희숙 씨의 한쪽 발은 깁스가 그대로였다.

-희숙 씨! 신발이 한 짝 뿐이네. 신발값은 아끼겠당. 근데 발가락까지 부었나?

내가 뒤를 돌아 엄마의 발가락을 살짝 눌러보았다. 아직 많이 부어 있다. 그 사이 엄마의 손은 가만히 있지 않고 내 마빡을 정조준, 꿀밤이 되어 날아왔다.

-너? 이 녀석! 고소하다며?

-그럼 고소하지. 발모가지가 댕강 부러져서 못 싸돌아다니니까.

-너 좀 수척해진 거 같다. 밥은 제대로 챙겨먹냐?

-응. 숙사 식당에 매일 고기만 나와. 밥은 잔뜩 먹는데 공부를 너무 열심히 해서 그래.

-제 주둥이로 열심히 한다는 놈치고 열심히 하는 놈 하나도 못 봤다.

엄마는 한 마디도 지지 않는다. 운전대를 잡은 형은 묵묵히 말이 없다. 차는 숙사를 빠져나와 내리막길을 내려서고 있었다. 사거리에서 신호대기를 하면서 형이 한마디 했다.

-어머니! 큰외삼촌 댁부터 가야죠?

형이 뒤도 돌아보지 않고 동선에 대해 상의 투로 물었다.

-그 쪽으로 가면 서울 시내를 왔다가 갔다가 해야 하지 않겠냐? 큰이모부 댁에 들르고 나오면서 외가에 들렀다가 작은이모 집으로 가는 게 쉽지 않겠니? 네가 운전하기 힘들겠다.

-엄마 서울 자주 다니나봐? 어떻게 서울지리를 그렇게 잘 알아?

내가 끼어들었다.

-너만 없으면 서울 매일 오겠다.

-내가 왜?

-엄마만 보면 손을 벌리니까 네가 무서워 서울 못 온다.

-희숙 씨! 나 야간에 알바 뛸까? 술집에 서빙하는 걸로.

-됐네! 뜨신 밥 처먹고 쉬어터진 소리 그만 해. 너 목발로 주둥이를 맞아본 적 있냐?

엄마는 뒷좌석에 있는 목발을 들었다가 놓았다. 잘못 놀리면 목발 맛을 보겠다. 그 동안 형은 어디론가 전화를 했다. '예! 이십분 후에 도착합니다.' 그게 통화내용의 전부다. 시간이 시간인 만큼 시내에는 차가 막히지 않았다. 강변북로를 타고 달리니 금세 청담동이다. 형이 운전하는 차가 어느 골목길을 들어서서 으리으리한 저택들이 즐비했다. 이런 동네에 형의 아반떼가 들어오니 차가 좀 초라해 보이고 어울리지 않는 것 같다.

옆을 보니 으리으리한 저택의 대문이었다. 파킹을 한 형이 먼저 내려 대문 앞의 벨을 누르고 뒷좌석의 엄마를 부축했다. 엄마는 한쪽에 목발을 짚고 형의 부축을 받아 대문 앞 자연석으로 정교하게 다듬어진 계단을 절뚝거리며 올라섰다. 우리가 올라서자 저절로 쩌억~ 소리를 내며 대문이 좌우로 갈라졌다. 작은 문으로 손님을 맞는다는 그런 시스템이 아니라 활짝 열어 환영한다는 식의 자동시스템이 장치된 대문이다. 물론 안에서 조종을 하겠지만.

-그 씨발, 희한한 대문이네!

열리는 대문을 보고 한마디 하는데 엄마가 한쪽 손으로 내 뒤통수를 철썩 갈겼다.

-아이구! 동생 오시는가? 많이 다쳤네.

영안실에서 보았던 뚱뚱한 큰이모가 슬리퍼를 끌고 대문 앞으로 나왔다.

-언니.

어라? 이게 무슨 풍경이야? 엄마는 큰 이모라는 여자의 가슴에 안겨 한참을 울었다. 남북 이산가족 상봉장면이다. 이윽고 포옹이 끝나고 큰이모가 나에게도 한 마디 하셨다.

-그래. 준혁이도 왔구나? 잘 왔다.

형을 대신하여 큰이모가 엄마를 부축하여 안으로 들어섰다. 잘 다듬어진 정원이 어리어리했다. 현관으로 들어서니, 거실에서 큰이모부가 중후한 소파에 앉아 있다가 일어서며 정중한 태도로 2호 엄마를 맞았다.

-아! 처제, 환영해요. 많이 다친 모양이네?

엄마에게 인사가 끝나자 형과 나도 큰이모부께 인사를 올렸다.

-그래! 보기 좋은 형제들이다. 그림 같구먼. 훤칠해서 좋아. 아주 좋아. 준규는 중국에 볼일은 잘 보고 왔냐?

-네, 이모부님.

형이 머리를 조아리며 깍듯한 예를 표했다. 꽤나 고풍스러워 비싸게 보이는 소파에 앉기는 했지만 별로 할 말이 없었다. 괜히 따라왔나? 짚어 보는데 엄마가 어색한 분위기를 깨며 이모부에게 말을 걸었다.

-형부는 점점 더 젊어지는 거 같아요?

-허허허, 하는 일이 없어서 그렇지. 요즘은 공 치러도 안 가. 젊은 애들 따라다니기가 민망해서. 시간 때우기가 곤혹스러울 정도로 빈둥거

리니, 원 참! 갈 데가 없어. 처제도 더 곱게 늙네?

-형부! 저는 화장발이에요. 몸매관리가 안 되서 산에 좀 다니려 했더니 이 모양이 되었어요. 사업은 잘 되세요?

-벌여놓은 거 뭐, 신경 쓰기 싫어서 빈둥거리니 잘 되는지 어쩐지 나도 모르겠어. 애들 몇 붙여놓았으니 알아서 하겠지.

그 때 큰이모님께서 주방에서 나오며 점심이 다되었다고 했다.

이번에는 이모부께서 직접 엄마의 팔짱을 끼고 부축해서 주방으로 들어갔다. 주방에는 일하는 아주머니가 따로 있었다. 점심을 먹으며 엄마는 연신 맛있다고 주방 아주머니를 칭찬했지만 나는 맛도 모르겠다. 엄마가 온 목적은 외할머니 장례식에 못 오셨으니 인사차 왔지만 정작 인사는 주방 아주머니에게 하고 있었다. 밥을 먹으며 생각에 잠겼다.

미령누나가 시험을 잘 쳐야할 텐데……. 아무리 생각해도 어젯밤, 영양가를 듬뿍 지닌 비타민Q는 미령누나의 목구멍 깊숙이 발사된 것 같다. 너무 깊숙해서, 미령누나가 비타민Q가 지닌 포도당의 맛을 느꼈을까? 모르겠다.

-넌 밥 먹다가 뭘 그렇게 생각하냐?

엄마가 옆구리를 꾹 찔렀다. 내가 숟가락을 쥔 채 식탁에 턱을 괴고 있었던 모양이다.

-아, 엄마! 그게 그, 별 거 아니야. 중국 근대문학, 리포트가 생각나는 구절이 있어서……. 밥 먹자!

-허허허, 수재들은 어디가 달라도 달라!

큰이모부는 나를 수재라고 칭찬했다. 형은 이미 국방부 방식대로 밥을 다 먹고 주방을 나가버린 상태였다. 나는 허겁지겁 밥을 목구멍으로 쑤셔 넣었다. 밥상을 물리고 후식으로 과일과 차를 마시며 어른들이 얘기를 나누는 걸 보고 주방을 빠져나왔다.

형은 정원으로 나가서 담배를 피우고 있었고 나는 주방 아주머니께 혜정누나의 방이 어디냐고 물어보고 거실에 있는 실내계단으로 올라가서 혜정누나의 방을 구경했다. 드레스 룸과 화장실이 딸린 이 층 방은 아늑한 기운이 돌았고 서재는 방 옆에 따로 붙어 있었다. 누나의 서재에 있는 책들을 구경하며 시간을 보냈다.

-준혁아! 가자.

엄마가 일 층에서 소리쳤다. 나는 읽고 있던 아사다 지로의 소설을 책꽂이에 꽂아두고 계단을 내려왔다.

-준혁이라고 했지? 이모부 집에 처음 왔는데 빈손으로 가서 쓰겠냐? 이거 받아 가거라. 그리고 서울에 있으니 자주 오너라.

이모부께서 미리 준비하신 듯 조끼 주머니에서 두툼한 봉투를 하나 내밀었다. 그것을 본 엄마가 '형부 그러지 마시라' 고 만류했다.

-처제! 얘는 준규하고는 또 달라요. 준혁아. 받거라.

역시 근엄하게 말씀하시며 봉투를 내밀었다. 거역할 수가 없는 무언가가 묻은 목소리다.

-예, 잘 쓰겠습니다.

다른 말이 생각나지 않는다. 그런 상투적인 말을 하며 봉투를 받을 수밖에 없었다. 형과 나란히 이모부님께 인사를 드리고 정원을 지나 대문으로 나오니 차가 두 대나 준비되어 있었다. 하나는 형의 아반떼고 하나는 이모부님의 고급 외제승용차가 대기하고 있었다. 이모의 부축을 받으며 엄마가 나오자 기사가 외제차 뒷문을 열어주었다. 엄마는 형과 이모의 부축을 받으며 외제차 뒷좌석에 목발과 동승하고 큰이모께서는 조수석에 탔다. 그걸 보고 형은 아반떼 운전석에 타고 나는 형의 옆자리에 올랐다. 앞차가 출발하자 형은 바짝 따라 붙었다.

-형! 2호 엄마가 뜨니 차가 두 대씩이나 움직이네? 그런데 저런 집은 얼마나 할까?

-글쎄다. 돈 천만 원정도 주고 나머지는 왕창 담보대출 받으면 되겠지?

-어라? 형도 농담할 줄 아네?

-이 자식아! 나는 사람 아니냐?

-그 나이에 애인도 없으면서 무슨 사람이야? 몸매가 주욱 빠지고 시동생을 되게 사랑할 줄 아는 애인, 그런 S라인을 하나 구해.

-그게 그리 급하냐?

-조카를 한 열 명 정도 낳을 수 있는 그런 여자를 구해. 내가 놀면서 조카들 개인지도만 해도 먹고 살도록.

운전하는 형이 놀고 있는 오른쪽 손으로 내 목덜미를 때렸다.

-중국이나 대만의 택시처럼 운전석과 조수석에 칸막이가 설치된 차량은 생산을 왜 안하나 몰라. 이렇게 손버릇이 고약한 사람들을 생각해서.

핸들을 잡은 형의 놀고 있는 오른손이 또 올라왔다.

Q 37

두 대의 차가 어느 아파트 단지로 들어섰다. 의전용 차량의 보디가 드가 탄 차량처럼 형의 아반떼는 이모부의 외제차에 바짝 붙어 외삼촌이 사는 아파트단지로 들어섰다.

큰외삼촌댁은 22층이다.

베란다에서 내려다보니 한강이 보이는 조망이 좋은 집이다. 모르긴 해도 서울에서 한강이 보인다는 이유 하나만으로 집값이 기천만원 뛴단다. 백 프로 믿을 수야 없지만.

이모님 댁에서 점심을 먹었다니 꺼내놓는 게 과일이다. 형은 과일을 먹으며 큰외삼촌과 외할머니에 대해서 이야기를 나누었다. 어른들이 이야기를 할 동안 끼일 자리가 없는 나는 주인이 누군지 모르는 방으로 들어갔다. 아마도 외사촌 형의 방인 모양이다. 재떨이가 놓인 책상에 앉아 창을 조금 열어놓고 담배를 피우며 책장을 살펴보니 아마도 사학을 전공한 형인 모양이다.

사학에 관련된 책을 보다가 안주머니에 들어있는 큰이모부께서 주신 봉투를 열어보았다. 헉? 만 원권이 아니라 오만 원짜리 지폐다. 봉투에 든 돈을 꺼내 헤어보았다. 떨리는 손으로 헤어보니 사십 장이다. 오만 원짜리 사십 장이면 이백만 원! 액수를 확인하고 놀랐다. 이 정도의 액수라면 엄마께 말하고 맡기는 게 마땅하다. 이걸 몽땅 빼앗겨야 하나? 중국어 자판으로 된 노트북 하나를 사서 때깔나게 들고 다니고 싶은데……. 일단은 2호 엄마에게 주고 중국어 자판으로 된 노트북을 사달라고 하는 게 맞겠다.

밖으로 나오니 그곳에도 돈 얘기다. 엄마는 받으려하지 않고 큰외삼촌은 형제가 적당히 나누어야 할 돈이라며 막무가내로 엄마에게 안기는 돈이다. 큰이모도, 큰외숙모도 받아야 한다고 엄마를 종용하고 있었다.

-오라버니! 민망해서 못 받겠어요. 우리 앞으로 들어온 부조가 있어야지요?

-기껏해야 천만 원이다. 조 서방에게는 이천만 원 정도 줄 생각이야. 조 서방 앞으로 들어온 부조가 엄청 나. 조 서방이 인사할 곳도 있을 것이고, 동생이 그 정도는 받아도 돼! 이 돈은 준규 장가보낼 때 보태 쓰는 게 도리야. 외조모가 주는 돈이라고 생각해야지.

엄마는 마지 못해 얄팍한 봉투를 받아 형에게 내밀었다. 형도 거절하지 못하고 받아서 안주머니에 넣었다. 아마도 수표인 모양이다. 엄마는 한참을 더 이야기했다. 오늘은 자신이 없고 다음에 발목이 나으면 날을 잡아서 외조모의 산소를 둘러보겠다는 요지의 말을 오래도록 했다. 다음에 가야할 곳은 작은이모부 댁이다. 큰이모께서 오늘 내려가려면 시간이 늦겠다며 일어서자고 했다. 큰외삼촌이 엄마를 부축하여 아파트 주차장까지 내려왔다.

인사를 하고 차에 오르자 큰외삼촌은 내가 탄 조수석으로 돌아와서 차창을 두드렸다. 무슨 일인가? 형이 조수석 차창을 내렸다.

—준혁이는 외가에 처음 왔지? 이제 집을 알았으니 자주 오너라. 그리고 이거 학용품 사 써라.

나에게 봉투를 하나 내밀었다. 오늘이 수금하러 다니는 날인가? 받지 않겠다고 손을 저었다. 그럼 못 쓴다. 꾸짖는 투로 내 무릎에 봉투를 올려놓고 빨리 따라 가라고 손짓을 했다. 나는 목례를 했다. 형도 '갑니다' 한마디만 차창 밖으로 던져놓고 차를 출발시켰다. 엄마가 탄 차는 벌써 아파트 정문을 빠져 나가고 있었다.

시계를 보니 네 시를 넘어서고 있었다. 효미가 걱정이다. 여섯 시면 투 스타 연구실에 도착할 텐데……. 수업 중인 효미에게 전화하기는 그렇고 문자를 날렸다.

∧∧* 허리빵 오빠! 오늘 볼일로 시내 순례 중. 숙제! 어제 풀던 수학 문제 열다섯 쪽 풀기!∧∧*

문자에 대한 답은 금세 날아왔다.

∧∧*데이트 중이야? 문제집 세 쪽 밖에 안 남았거든. 그것만 풀고 잘까?ㅋㅋㅋ∧∧*

이런! 헛다리를 짚었다. '이 기집애가' 나도 한마디 흘려놓고 나는 다시 효미에게 문자를 날렸다.

∧∧* 너? 죽었다. 그것 풀고. 과학 문제집 스무 장 풀기 ㅎㅎㅎ ∧∧*

숙제를 왕창 내어 주었다. 문자에 대한 답은 금세 날아왔다.

∧∧*알았어. 허리빵 오빠! 데이트 잘하고 와!∧∧*

문자를 보고 키득거리며 다시 문자를 날리고 나니 운전대를 잡은 형이 앞을 보고 한마디 했다.

-너? 연애하냐?

-어? 응. 투 스타 딸인데 아주 섹시한 고 삼이야!

-뭐? 투 스타? 글구, 고 삼이라구?

-형? 투 스타 딸인 고 삼하고 연애하면 안 되남?

-안 되긴……. 니 꼴리는 대로 하세요.

-형! 그게 아니라 내가 고 삼짜리 하나를 가르치고 있어.

-알바하냐? 개인과외?

-그게 아니라…….

운전대를 잡은 형에게 모든 사실을 있는 그대로 다 말해주었다. 투 스타의 별명 이야기부터 아버지 얘기까지, 그리고 효미가 그 집에 들어온 얘기며 그 집안 분위기와 연구실이 생긴 것까지 다 말해주고 오늘은 같이 지도를 못하니까 문자로 숙제를 날려주었다고 했다.

-나도 그 죽은 용환이를 알지.

-형이 그 죽은, 투 스타의 아들을 안다고? 세상 정말 좁네! 아참, 형이 아버지하고 같은 사단에 근무했지.

-그 아이, 사 중대에 근무했어. 내가 대위 달고 이 중대 중대장으로

있을 때 사고가 났어. 내 중대로 빼오려고 눈독을 들이던 아이였어. 안 빼오길 잘 했지. 아니, 내 중대로 빼왔으면 사고가 안 났을지도 모르지. 영리한 아이인데……

형도 안타까운지 말꼬리를 사렸다.

형은 다시 끼어든 차를 추월해서 엄마와 큰이모가 탄 차를 바짝 따라 붙어 얼마 가지 않으니 작은이모님 댁이다. 단독주택이다. 투 스타의 집과 비슷한데 정원이 있고 다만 평수가 좀 커서 넓어보였다. 큰이모가 전화를 했는지 예림이 엄마인 작은이모가 대문 앞에 나와 있었다.

-새언니!

-그래. 고생이 많았지?

작은이모가 엄마를 껴안았다. 또 남북 이산가족 상봉인가? 우려했지만 포옹 한번으로 끝나고 안으로 들어갔다. 이번엔 작은이모가 엄마의 한 쪽 다리가 되었다. 구청의 국장 정도면 집이 으리으리할 줄 알았는데 그런 건 아니었다. 작은이모는 형을 제쳐두고 나에게 더 많은 관심을 보였다.

-예림이가 준혁이 잘 생겼다고 입에 침이 안 마른다. 준규가 그렇게 자랑을 했다며?

작은이모는 말하는 게 시원시원했다. '어디~ 보자' 하며 작은이모를 제쳐두고 큰이모가 주방으로 들어갔다. 작은이모는 엄마와 부지런히 입을 놀리기에 바빴다. 그러다가 작은이모부에게 전화를 걸어 엄마를 바꿔주었다. 엄마는 작은이모부와 한참 통화를 했다.

-조 서방은. 아니, 네 이모부는 저녁에 구청장 모시고 무슨 행사가 있다더라. 저녁 빨리 먹고 내려가자.

엄마가 지루해하는 형을 보고 말했다.

저녁이 준비되는 동안 나는 문이 열려있는 예림이 방으로 들어갔다. 예림이 책상에 앉아 예림이 책을 좀 읽었다. 손에 잡은 책은 중국영화사. 번역이 쉽게 되어 술술 잘 읽힌다. 이런 책을 다시 중국어로 번역하라면 원문과 또 같은 문장이 나올까? 아직은 자신이 없다. 심심할 적에는 그런 작업도 해봐야한다. 미닫이문이라 밖에서 하는 얘기가 다 들리고 문을 열어두었으니 책을 읽고 있는 내 모습도 밖에서 다 보인다.

-쟤는 책만 보면 환장을 하네.

큰이모가 칭찬으로 들리는 한 마디를 했다. 희숙 씨가 나를 보고 흐뭇한 미소를 짓겠지! 돌아보지 않았지만 뻔하다.

고등어조림이 주 반찬인 저녁상을 물리고 엄마는 돌아갈 채비를 했다. 큰이모도 서둘렀다.

이제 엄마는 형의 아반떼 뒷좌석에 타고 나는 조수석에 탔다. 큰이모와 작은이모, 기사 아저씨의 배웅을 받으며 우리가 탄 아반떼가 먼저 출발했다.

-준규야! 혁이를 학교까지 태워주고 갈까?

그 대답을 내가 나꿔챘다.

-형 아니야. 나는 전철타고 가면 돼. 용산 전자상가에 들렀다 갈려구? 아참, 엄마 큰이모부께서 주신 돈이, 아까 헤아려 보니 이백만 원이더라. 깜짝 놀랐어.

-놀라긴 뭘 놀라냐? 강남 갑부가 봉투에 준비했으니 그 정도는 되겠지! 엄만 봉투에 넣어 줄 적에 감 잡았다.

-근데 이 돈을 어떡하지? 희숙 씨한테 맡길까?

-아냐. 네 통장에 넣어놓고 아껴 써.

-엄마, 나 중국어 자판으로 된 노트북이 있으면 좋겠는데 이 돈으로 그거 하나 살까?

-넌 이 자식아! 중어중문학을 전공한다는 녀석이 여태 중문 노트북도 없었냐?

엄마 대답보다 먼저 형의 타박이 날아왔다.

-형! 투 스타에게 얻은 키보드를 연결해서 쓰고 있는데 가지고 다니기가 불편해서……. 또 몇 달만 개기면 군에 갈 건데, 이거 갈등생기네.

-인마! 형에게 일찍 연락하지? 내가 하나 사 줄 텐데. 그거 한 오륙십 만원이면 산다. 국산보다 훨씬 싸! 당장 사라. 군에서도 보직 잘 받으면 필요할지 몰라.

-형! 가는 길에 아무데나 지하철 타기 좋은 곳에 내려줘. 말난 김에 용산으로 가서 하나 사서 들어가려고.

-알았다. 좋은 걸로 사라. 중국제도 메이커가 있다. 돈 아낀다고 조

립으로 된 거 사지 말고.

조금 가다가 4호선 전철역에서 내가 내렸다.

-형! 조심해서 가. 글구 다음에는 희숙 씨처럼 못생긴 여자 데려오지 말고 쌈빡한 형수감을 싣고 와. 희숙 씨 너무 못 생겼잖아? 데리고 다니기 쪽 팔리잖아?

뒷문 차창이 열리며 엄마가 목발 끝으로 내 뒤통수를 콱, 쑤셨다.

Q.38

 용산 전자상가, 골목을 왔다 갔다 하며 여러 곳을 뒤져 품질과 가격을 비교했다. 열 개쯤 비교하며 노트북을 골랐다. 중국에서 여러 가지 모델이 들어와 있었다. 가격은 비슷한데 성능은 천차만별이다. 내가 고른 것은 무게가 가볍고 성능이 좋은, 굳이 비유하자면 수경선배나 미령누나 같은 제품이다. 카사노바 방식의 비교다. 딱 마음에 든다. 가격은 국산 넷북 정도다.

 노트북을 결정하고 카드가 아닌 현금 지불조건으로 조금 디스카운트를 하고, 한글을 비롯한 몇 가지 보조 프로그램을 깔 동안 나는 큰 외삼촌이 주신 봉투를 꺼내 금액을 확인했다. 주머니에는 거액이 들어있다. 주변에 은행이 있냐고 점원에게 물었다. 점원이 가르쳐준 은행은 골목 끝에 있었다. 그곳으로 가서 조금 남기고 내 계좌로 인출기를 통해 입금시켰다. 입금시키고 나오다 길 건너 서점이 보여 무작정 횡단보도를 건넜다.

 작은 서점이었다. 효미 수학 문제집을 둘러보고 지금까지 푼 것보다 좀 난이도가 높은 것으로 한권 고르고, 과학 핵심문제집을 훑어보니 효미 실력에 딱 맞을 만해서 두 권을 샀다. 은행과 서점에 들렀다가 오니 컴퓨터 가게 기사가 내 노트북에 한글과 기본 프로그램을 다 깔아 놓았다.

디자인이 마음에 드는 노트북 가방에 문제집을 챙겨 넣는데 점원인지 기사인지 이십대 후반의 형님뻘 되는 사람이 한마디 던졌다.

-학생! 서비스로 USB 하나 줄까? 쥑이는 야동이 담긴 건데…….

-어느 나라 건데요?

-프랑스인가, 영국제인데. 애니멀! 죽여주는 거야.

카사노바의 기질이 다분한 비타민Q가 마다할 리가 없다. 받아들고 보니 오래 되어서 껍질이 반들반들 윤이 나도록 닳은 1기가짜리 USB다. 바지 주머니에 넣고 고맙다고 인사를 하고 지하철역을 향했다. 기분이 유쾌하고 상쾌한 하루였다.

숙사에 들어오니 역시나, 예상대로다. 코끼리 녀석은 팬티바람으로 인터넷 영화를 보고 있었다. 분명 애로물일 게다.

-너 영화평론가 될 일 있냐? 노가다과에서 영화평론가가 나오는 건 대단한 건데, 그렇게 영화가 좋으면 J대학 영상미디어학과를 갔어야죠.

-거기는 학비가 비싸요. 기숙사 비워두고 어딜 싸돌아다니다 오시나요? 저녁은 처먹었나요?

-너? 기숙사라고 하지 말랬지? 우리가 '기숙' 하냐? '기식' 하냐? 합법적으로 국가에 돈 내고 밥 먹고, 돈 내고 자는데 왜 기숙사냐? 우

리가 기생충이냐?

-아, 알았어요. 그만하세요. 숙사를 비워두고 어딜 다녀오시냐니까요?

-형과 2호 엄마가 오셔서 1호 외갓집과 이모님들 댁을 순례하고 장학금을 왕창 받아서 노트북 사오는 길이다.

모니터에 눈길을 박고 있던 녀석은 그제야 돌아본다.

-무슨 노트북?

-중문 자판으로 된 노트북이다. 짠!

-이거 중국제냐? 얼마줬는데?

-네 노트북 두 대 값은 주었지요. 참, 이거 보고 평론 좀 해라. 쥐이는 야동이랜다.

주머니에 든 USB를 코끼리 녀석에게 던져주었다. 코끼리 녀석은 영화를 정지시키고 USB를 꽂고 재생 버튼을 클릭했다.

옷을 갈아입으며 슬쩍 보니 노랑머리의 발가벗은 서양인 글래머가 수캐의 발기한 거시기를 거칠게, 미친 듯이 빨고 있는 장면이다. 다음 장면은 안보아도 뻔하다.

-이거 어디서 났냐?

-노트북 사니 잘 생긴 점원 형이 서비스로 주더라.

-이거 나한테 선물해라.

-뭣에 쓰려고?

-당진에 홀로 계신 할아버지께 선물하려고. 할아버지 보시면 심장마

비 걸리겠는 걸?

-푸하하하.

코끼리 녀석은 금세 내가 던져준 USB에 푹 빠져있다. 저 물건은 이 상한 짐승이다. 저런 건 이미 중학교 때 마스터 했을 터인데 그칠 줄을 모르고 침을 질질 흘리고 있다. 앉은 녀석의 팬티를 보니 거의 80%에 육박했다. 저러다가 수음하는 게 아닌가 모르겠다. 저 자식도 혹시 퀵 (Quick)이 아닌지 모르겠다.

고등학교 일 학년 때 수학여행을 제주도로 갔다.

여관방에서 일곱 명이 나란히 서서 팬티를 무릎까지 내린 다음 물총을 꺼내놓고 사격대회를 했다. 앞에 목표물은 일본 잡지에서 오린, 아랫도리는 발가벗어 음모가 보이고 윗도리는 벗는 중이라 밀크 박스까지만 보이고 얼굴은 보이지 않는 여학생의 사진이 벽에 붙어 있었다.

물총 사격대회도 대회인지라 상품이 걸려있었다.

가장 빨리 싸는 놈은 맥주 한 병, 가장 멀리까지 싸는 놈은 담배 한 갑, 빨리 싸고 명중시키는 놈은 맥주 한 병에 담배 한 갑.

비타민Q가 시작하며 박수를 침과 동시에 녀석들은 발기시켜 흔들어대기 시작했다. 일곱 놈이 팬티를 무릎까지 내리고 그 짓을 하는데 볼거리로는 A+이었다. 가장 먼저 싼 놈이 덕호 녀석이었고 가장 멀리까지 싼 놈이 명수였다. 명중시킨 놈은 없었다. 상품은 받아갔지만 덕호 녀석은 그날부터 최덕호가 아닌 최조루, 아니면 퀵으로 불리어졌다. 내 별명의 Q자도 그 퀵에서 비롯된 것이다.

코끼리 녀석은 모니터에서 눈을 뗄 줄을 모른다. 모니터를 슬쩍 보니 개가 노랑머리의 사타구니에 삽입하는 과정이다. 앉은 녀석의 팬티를 보니 90%다.

-그러다가 먼저 싸겠어요. 코끼리 아저씨. 초딩 같은 녀석아. 암 데나 싸지 마라.

Q.39

효미가 문제를 곧잘 푼다.

내가 어제 사 온 문제집은 난이도가 높은데 걸리는 문제가 없이 중얼중얼 잘 풀어나간다. 문제를 푸는 시간도 상당히 빨라졌다. 어쩌다 막히는 부분이 있으면 나에게 묻는 정도다. 이젠 지도랄 것까지도 없고 같이 공부하는 시간이 되어버렸다. 수능이 서너 달 후에 있으면 좋겠다. 그 때까지 투 스타의 연구실을 마음대로 쓸 수가 있으니까. 수능이 끝나면 연구실 열쇠를 압수당할 게 뻔하다. 언제 틈이 나면 병무청에 가서 입대신청을 하고 방학하는 대로 입대할 것이다. 입대일자가 잘 맞아 떨어질지 모르지만, 그때까지 만이라도 이 연구실을 마음대로 이용하면 딱인데.

효미는 앞으로 사흘 정도 문제풀이를 하다가 그 다음에 암기과목을 중점으로 연상기억법을 동원하여 지도할 예정이다. 안 외워진다고 투정을 부리면 대가리를 반으로 쪼개서 백과사전을 집어넣고 꿰맬 참이다. 오로지 점수를 올려야 한다. 지금부터 효미는 인간이 아니라 수능 점수를 올리는 기계에 불과하다. 수능 날까지만.

빌릴리~ 문자가 들어왔다. 그 동안 나는 효미를 지켜보며 연구실에서 중국문화사를 읽고 있었다. 물론 내 책이 아니라 투 스타의 서가에 꽂힌 책이다.

∧∧*비타민Q! 아니 동생, 킬링필드로 컴!∧∧*

혜정누나의 번호다. 그렇지! 오늘 학교에 온다고 했었지. 시계를 보니 여덟 시가 다 되었다. 누나에게 문자를 날렸다.

∧∧*누나 이십 분만 기다려!∧∧*

-효미야, 오늘은 십 분만 일찍 마치자.

-오빠! 또 데이트야?

-아니, 동아리 선배가 호프집으로 오라네.

효미에게 숙제를 가혹할 정도로 많이 내어주고 책가방을 챙겼다. 숙제에 대해 효미는 투정을 하지 않았다. 그것도 고마운 일이다. 효미와 팔짱을 끼고 북문으로 나와 횡단보도를 건너는 걸 보고 혜정누나가 기다리는 죽음의 땅으로 갔다.

내가 킬링필드로 들어서자 구석자리에 앉은 혜정누나가 손을 들어 보였다. 이 시끄러운 곳이 뭐가 좋다고 꼭 이곳으로 오라는지 모르겠다. 취향도 고약하고 가지가지다.

가까이 가서 보니 맞은편에 준호선배와 철민선배가 앉아 있었다.

-어? 철민선배! 도서관에 있어야 하실 분이 여길 어떻게?

-하하하 일이 그렇게 됐어.

-벌써 시험을 친 겁니까? 아니면 시험이 취소된 겁니까?

-포기한 거다. 전라도 어느 시의 지방직으로 기술직을 네 명을 뽑는데 커트라인이 몇 점인 줄 아냐?

대답을 바라는 질문이 아니다. 뒷말을 기다리고 있었다. 선배는 담배에 불을 붙이고 뒷말을 이었다.

-100점 만점에 커트라인이 103점이었다.

-어떻게 그런 일이 있을 수가?

-국가 유공자 자녀나 국가기술자격증에 부여되는 점수 때문에 그렇게 되는 거야. 만점을 다 맞아도 떨어졌다는 얘기야. 만점을 맞고 떨어지는 세상이다.

-그래서 포기했나요? 그곳 보다 좋은 자리가 있음꽈?

거기까지 묻고 나니 준호선배가 끼어들었다.

-아따! 비타민Q! 아니, 처남 앉아부러. 앉아서 야기하자당게.

뭐라구 처남? 분명히 들었다. 준호선배는 나에게 처남이라고 했다. 이게 무슨 개족보야? 그 말에 혜정누나가 웃었다. 여태까지 내 이야기를 하고 있었던 모양이다. 나는 엉거주춤 혜정누나의 옆에 앉았다.

-아따! 처남 거 뭐시냐? 긍게 술이나 한잔 해불면서 찬찬히 얘기해불장게. 근데 대가리를 왜 그렇게 홀라당 깎아부렀당가? 유발거사가 된다꼬 난리를 부리더만?

-아버지께서 가위를 들고 올라오셔서 대가리를 쑥대밭으로 만들어 놓았습니다.

-아따! 징한 거. 고거 잘 되야부렀다. 대가리를 밀어붕게 훨씬 참하

구만이라이.

준호선배는 기분이 업 되었다. 분위기로 보아 철민선배가 시험을 포기한 이유가 어디엔가 취업이 되었기 때문일 거다. 그렇지 않고선 준호선배가 철민선배 앞에서 이렇게 전라도 사투리로 떠들지 않을 것이다. 아니, 떠벌리지 못할 것이다.

피처를 마시고 있었다. 누나가 내 잔에 술을 따라주며 한마디 했다.

-준혁아! 저녁은 먹었니?

-아니야, 누나.

-그럼 뭘 하나 시킬까? 식사 될 만한 게 이 집에 뭐가 있지?

-혜정아, 이거만 마시고 요 옆 감자탕 집으로 옮기자. 국물에 소주 마시자.

철민선배가 근엄하게 말했다. 옳은 말씀! 감자탕 집이 훨씬 낫지. 철민선배는 언제나 현실적이다.

잔을 비우고 우리는 킬링필드를 나와 두 집 건너에 있는 감자탕 집으로 자리를 옮겼다.

24시간 영업이라고 간판이 내걸린 감자탕 집은 조용했다. 우리는 구석자리를 차지하고 앉았다.

-어제 새 이모랑 집에 왔다가 갔다는 소리 들었다. 엄마는 네가 참하다고 난리더라. 뭐 먹을래?

-누나도 차암, 감자탕 집에 왔으니 감자탕을 먹어야지.

준호선배가 서빙 아주머니를 불렀다.

-아짐씨! 여그 감자탕 삼인분허고 공깃밥 두 개? 세 개? 글고, 거 뭣 시당가? 소주 두어 병 주어부러.

반말도 아니고, 높임말도 아닌데 서빙하시는 아줌마가 알아들었는지 모르지만 씨익 웃으며 계산서에 볼펜으로 체크를 해서 주방 앞 카운터로 갔다.

-근데 철민선배 어디 취업이 확정되신 겁니까?

내가 가장 궁금한 것은 그것이었다. 내 물음에 철민선배가 희미한 웃음을 머금는 사이 준호선배가 나섰다.

-거 뭐시다냐? 야가! 시방, 연구소 실장으로 취직이 확정 되야부렀어라.

-연구소 실장이라구요? 어느 연구소요?

철민선배가 조목조목 설명을 했다. 철민선배가 일 학년 때, 같이 풍경소리에 활동하던 덕기라는 동아리 대선배가 있는데 그 선배가 컴퓨터기계응용학과라, 과 후배니 철민선배가 총애를 많이 받았다고 했다. 그 선배가 서산에 조그만 정밀기기 공장을 설립해서 어느 대기업 전자회사에 부품을 납품하고 있는데, 그것과는 별도로 이번에 정밀기기를 보완하여 특허를 내려고 마음먹고 발명 중인 기기가 있다는 것이다. 은행에 발명자금을 대출 신청해 놓고, 혼자서 하기가 벅차서 사람을 찾고 있던 중에 학교에 와서 총애하던 철민선배를 찾아 특별채용으로 그 프로젝트에 실장으로 가게 되었다는 것이다.

자세히 물어보니 연구직은 사장인 덕기라는 대선배님과 철민선배

둘이서 극비에 그 작업을 하는데 연구비가 엄청 든다는 것이다. 무슨 기기를 발명하는 것인지 모르겠으나 철민선배가 연구소 소장이고 일이 잘되면 공장 지분을 나누기 이로 한다는 것이었다.

-잘 되었네요. 철민선배가 동참하면 금세 대박이 나겠어요. 시험 치르고 가는 것 보다 훨씬 현실적이네요. 선배 잘 되면 이 비타민Q도 총애해줘요.

-하하하, 알았다. 근데 너는 뭐가 되고 싶냐?

그 사이 우리가 주문한 음식이 나왔다. 내가 소주잔을 선배들과 누나에게 돌리고 한잔씩 부었다. 내가 건배 제의를 하겠다고 했다.

-자! 철민선배의 위대한 특허 발명과 대박을 위하여!

-야! 비타민Q! 너는 뭐가 되고 싶냐고 내가 물었다?

-저요? 외무고시도 되고 사법고시도 되고, 둘 다 되어버릴 겁니다.

-농담하지 말고 구체적으로 말해봐라.

혜정누나가 내 옆구리를 쿡 쑤시며 현실을 일깨워 주었다.

-야! 혜정아, 네 이종사촌 동생 정말 귀엽지?

숟가락을 쥐고 감자탕의 감자를 반으로 나누던 철민선배가 누나를 보고 말했다.

-선배님들 앞에 정정하겠습니다. 전공인 중문학을 하면서 부전공으로 경영학을 하고 로스쿨로 가서, 중국을 상대로 하는 국제변호사가 되고 싶습니다. 아니, 그렇게 되겠습니다.

-선배! 내 동생 야무지지?

혜정누나가 나를 감싸고돌았다.

-그래. 일 학년 때 계획을 그렇게 확고히 세워야 한다. 나는 일 학년 때 뭐했는지 몰라. 비타민Q 보기가 민망하구나.

-아닙니다. 저는 철민선배를 전범으로 그 궤적을 좇고 싶은데요. 존경합니다.

Q, 40

뭔가 기분이 찝찝하다.

어딘가 모르게 허전하고 뭘 잊어버린 것 같다. 이상하게도 책이 눈에 들어오질 않는다. 곰곰이 짚어보니 10월 18일이다. 10월 18일 속으로 더듬다가 무릎을 쳤다. 그렇다. 1018 미용실의 현정누나 생일이고 방문의 비밀번호다. 어쩐다? 며칠 전에 보름 정도 미용실 현정누나는 안 만나겠다고 다짐하며 내 인내의 한계를 테스트하기로 했는데.

선물을 하나 사서 택배로 보낼까? 무슨 선물이 좋을까? 전화번호와 미용실, 집의 위치는 아는데 주소를 모른다. 선물을 사더라도 택배로 보낼 수가 없다.

-야 코끼리! 예쁜 누나가 생겼는데 그 누나가 오늘 생일이다. 선물을 하고 싶은데 어떤 게 좋겠냐?

-동아리에 네가 늘 자랑하던 그 선배냐?

-아니야! 나이가 서른다섯인데, 혼자 사는 누나야.

-그렇다면 뭐 화장품도 괜찮을 거 같고, 아니면 '하늘 소풍'에 데려가서 수육이라도 실컷 먹여라.

-농담 말고, 그 누나 미용실 하시는데 내가 화장품에 대해서 그 누나보다 모르지. 특별한 누나야.

-특별한 누나? 네 팬티라도 벗긴 누나냐?

-그래. 내 동정을 바친 누나다.

-야 이거 심각한데? 너 동정 없냐?

-그래. 그 누나에게 적선했어.

느닷없이 코끼리 녀석의 손바닥이 철썩 뒤통수를 때렸다. 방어할 틈이 없었다. 팬티만 걸친 녀석은 허리에 손을 걸치고 씩씩거리고 있었다.

-왜에?

-계산을 하니, 너 이 자식! 네가 아무리 카사노바라고 하지만 열다섯 살이나 많은 누나를 따먹었다는 말이 아냐? 도덕적으로 용서 못한다. 대가리 이리 대라. 한 대 더 맞아야 쓰겠다.

-그게 아니라 상처받은 누나야. 나의 소중한 동정을 적선, 아니 육보시 했어. 적절하게 시주한 거지. 절대 후회 안 한다. 그러니 좀 가르쳐 쥐라. 뭘 선물해야 할지?

-그렇다면, 육보시를 한 번 더 해라.

-농담 말고.

-속옷이나 한 벌 사주면 되겠네. 유명 메이커로.

-속옷?

괜찮은 생각이다. 브래지어와 팬티를 한 벌 사서 잘 포장하여 선물하면 누나 성격상 되게 좋아하겠다.

-야 그런 거 어디 파냐?

-남문으로 나가면 큰 상가 있잖아. 그런데 가면 란제리코너가 있을 거야.

-알았다. 또 USB보며 수음이나 해라. 동정도 떼지 못한 자식아!

명륜관을 나와 연구실로 향했다.

연구실에서도 그 생각을 했다. 토요일이라 투 스타가 나오지 않는다는 걸 알고 일찌감치 투 스타의 아니, 비타민Q의 연구실을 차지하고 투 스타의 한국어로 번역된 중국 근대문학사를 다시 중국어로 번역하면서도 안경닦이를 떠올렸다. 그렇게 소중한 팬티를 현정누나에게 선물하고 싶다.

노트북을 새로 장만하니 타이핑하는 손가락의 감촉이 그만이다. 나는 비밀주머니에서 세상에 하나밖에 없는 안경닦이를 꺼내 노트북을 닦았다.

효미는 오후 두 시에 오기로 되어 있었다. 노는 토요일이라는 '놀토' 지만 수능을 앞 둔 삼 학년은 오전 수업을 한단다. 두 시부터 다섯 시까지 효미와 공부를 하고 나가서 현정누나를 만나면 되겠다. 그건 순전히 내 생각이고 일단은 현정누나 스케줄이 어떻게 되는지 알아보아야 한다. 현정누나에게 문자를 날렸다.

∧∧*누나 생일 축하! 오늘 스케줄 어때요?∧∧*

미용실은 바쁘지 않은 모양이다. 누나가 미용의자에 앉아 잡지나 뒤적이는 모양인지 문자가 금세 날아왔다.

　∧∧*고마워! 내 생일을 기억해주는 이는 너 뿐이다. 고마워∧∧*

　다시 읽어보았지만 저녁 스케줄에 대한 답은 없었다. 나는 다시 문자를 날렸다.

　∧∧*오늘 스케줄이 어떠냐니깐?∧∧*

　기다렸다는 듯이 문자가 날아왔다.

　∧∧*지금이라도 동생이 가게 문 닫으라면 닫을게∧∧*

　오늘 스케줄이 비어 있음이 분명하다. 나는 현정누나를 먼저 차지해야 한다는 생각에 다시 문자를 날렸다.

　∧∧*다섯 시 이후에 가게 문 닫고 누구에게도 약속하지 말 것!∧∧*

　문자를 날리고 시계를 보니 열한시 반이다. 얼른 남문으로 나가 란제리코너가 있다는 상가에 가봐야겠다. 노트북과 책을 그대로 펼쳐두고 연구실 문을 잠그고 남문으로 내달았다. 선물부터 사고 들어오면서 숙사 식당에서 점심을 먹고 오면 효미가 오는 시간과 맞아 떨어지겠다.

　남문을 나서는데 현정누나의 문자가 왔다. 뭐야? 중간에 약속이라도 생긴 건가? 우려하며 메시지를 확인했다.

　∧∧*이쁜 동생 오우케이∧∧*

　아하! 내 문자를 받고 중간에 남성커트 손님이라도 받은 모양이다. 아까 연구실에서 보낸 문자의 답이다. 상가에 가니 란제리코너가 여러 개 있었다. 손님은 그리 많지 않았다. 이곳저곳 기웃거리며 그 중에서 가장 고상하게 생긴 아줌마가 지키는 코너 앞에 섰다.

막상 코너 앞에 서기는 했지만 말이 떨어지지 않는다. 진열장 위에는 플라스틱으로 만든 거지만 여체의 중간토막이 보기 민망할 정도로 야한 속옷을 걸친 채 서서 내 말문을 막고 있었다. 얼굴이 후끈거린다.

-학생 뭐 필요한 거 있어요? 오라, 여자 친구에게 선물하려고 그러는 모양이네.

이 아줌마도 눈치가 빠른 약을 상시 복용하는 모양이다. 아니다. 서울 사람들은 모두가 눈치가 빨라지는 약을 먹는지 모르겠다.

-예……, 그게 좀 사연이 있어서. 이런 거는 얼마나 해요? 한 벌에.

-학생이 물건 보는 눈은 있네. 이거 제일 유명한 메이커야. 한번 만져봐. 얼마나 보드라운지.

-허걱, 그걸 어떻게 만져요.

비타민Q가 두 손으로 화끈거리는 볼을 쓰다듬자 자상하게 생긴 아줌마는 웃으며 한마디 했다.

-호호호, 학생 되게 순진하네. 요즘 남학생들은 사지도 않을 거면서 만져보고 얼마나 보드라운지 볼에 비벼보고 난린데, 학생은 너무 너무 순진하다. 이거 육만 원인데 학생이 순진해서 오만 원에 줄게요.

-예, 좀 예쁘게 포장해주세요. 신문지에 말아서 비닐봉지에 넣어주지 마시고.

말을 마치고 종이 상자를 꺼내 고이 접어서 넣고 포장하는 걸 보며 나는 지갑에서 지폐를 꺼내 진열장에 올려놓았다.

그 때 철썩! 내 뒷덜미를 때리는 두꺼운 손바닥. 이게 어느 놈이야? 돌아보니 아이쿠, 선생님! 고등학교 이 학년 때 담임이셨던 왕손 선생님이시다.

-너 이 자식! 유명대학 가더니 계집애들 꽁무니만 쫓아다니냐? 여자 빤수 파는 집에 웬일이야?

인사도 올리기 전에 힐책부터 날아왔다.

-동아리 선배님 심부름인데요. 그러시는 선생님은 여자 빤수 파는 집에 웬일이세요?

-저 사람이 내 마누라니까 왔지.

-사모님이세요?

-호호호, 당신 제잔가봐요. 되게 순진한 학생이네.

-잘 만났다. 내가 돼지국밥 한 그릇 사지. 따라와. 같이 먹자.

왕손의 두꺼운 손에 이끌려 이 층 계단을 내려서는데 뒤에서 사모님이 소리쳤다.

-학생! 이건 갖고 가야지?

사모님은 속옷을 잘 포장해서 리본으로 묶고 쇼핑백에 담아 주셨다. 사모님! 하고 불렀다. 사모님이 보신다. 말없이 윙크를 했다. 그리고는 고개를 꾸우뻑.

Q 41

연구실에 오니 효미가 도착해 있었다.

-허리빵 오빠, 술 마셨어?

-응, 고등학교 때 담임선생님께서 찾아오셔서 점심 먹으며 한잔 했다.

-그 선물은, 혹시 내 거야?

-아냐. 담임선생님께서 주신 거다. 너는 줘도 못 써. 남자 속옷이니까. 책이나 펴라.

효미는 뜸을 들이는 시간이 현저히 줄었다. 바로 어제 풀지 못한 문제 셋을 찍었다. 효미에게 설명하며 세 문제를 풀고 나니 할 일이 없다. 십년감수했다. 하필이면 거기서 왕손을 만날 게 뭐람?

왕손의 손에 이끌려 상가의 지하에 있는 허름한 식당으로 가서 돼지국밥을 두 개 시키고 왕손은 소주를 한 병 시키셨다. 왕손은 먹성도 좋았다. 위벽이 손바닥만큼 두꺼운지 술은 고래다. 족발 하나를 더 시키고 반주로 먹은 소주가 세 병이었다. 낮술 치고는 과했다. 한 병 더 하자고 하시는 걸 오후에 수업이 있다며 도망치듯 나왔다. 왕손과 술 시

합이 붙어 살아남은 자가 아직까지 없다.

고등학교 이 학년 때, 소풍 가서 술을 처먹던 놈이 왕손에게 걸렸다. 징계를 면해주는 대신, 그 자식은 그날 밤 왕손의 손에 이끌려 시장 뒷골목, 작은 슈퍼 앞 인도에 놓인 플라스틱 탁자에 마주 앉아 왕손이 부어주는 소주를 왕손과 똑같이 마시는 체벌을 당했다. 풍문에 의하면 스물두 병을 비우고 뻗은 자식이 그 다음날 제 엄마 차에 실려 학교에 왔다. 똑 같이 마신 왕손은 멀쩡하게 수업을 하고 있을 때였단다. 비타민Q는 보지 않았으니 믿거나 말거나.

효미는 묻지도 않고 중얼거리며 문제를 잘 풀어가고 있다. 기특한 것. 중얼거리다가 나는 투 스타의 의자에 앉아 곯아떨어졌다.

효미가 내 어깨를 흔들었다.

-허리빵 오빠! 시간이 다 되었어.

-벌써?

-이거 두 문제 도저히 못 풀겠어.

보니 수학 문제였다. 간단한 문제인제 대입 공식이 틀렸다. 여기서 이 공식을 대입시키고 여기서는 이 공식을 응용해야지. 중얼거리며 두 문제를 풀었다. 그리고 내가 사 간 문제집에서 수학문제와 과학문제를 왕창 풀도록 숙제를 내주었다. 문제를 푸는 속도가 빨라졌다고 해도 새벽 두 시는 넘겨야 할 것이다. 내일은 아침 아홉 시에 연구실에서 수업 약속을 했다. 폰을 꺼내 시간을 확인하는데 문자가 두 개나 들어와 있었다.

∧∧* 비타민Q! 어디냐? 한 잔 어때?∧∧*

수경선배의 문자다. 언제 수경선배를 데리고 하늘 소풍에 가서 수육을 잔뜩 먹여야겠다. 나는 바로 수경선배에게 문자를 날렸다.

∧∧*오늘 선약. 끝나는 대로 연락함돠∧∧*

다음은 현정누나의 메시지다.

∧∧*미용실 문 닫고 집으로 들어간다. 집으로 컴!∧∧*

현정누나가 메시지를 보낸 시간을 확인하니 벌써 한 시간 전이다. 효미를 데리고 연구실을 나섰다. 효미는 날이 밝은데도 불구하고 북문까지 내 팔짱을 끼고 따라왔다. 숙제가 너무 많다고 투덜거리며.

-며칠 남지 않았는데, 허리빵이 너덜너덜하도록 조여야지.

현실을 직시하도록 다정하게 던진 한마디에 효미는 입을 꾹 다물었다. 약속처럼 북문 횡단보도 앞에서 효미를 보내주었다. 그리고 효미가 횡단보도를 건너는 걸 보고 서 있다가 그 다음 신호에서 효미가 건너간 횡단보도를 건넜다. 미용실 입구를 지나고 골목으로 접어 들다보니 코너에 제과점이 보였다. 제과점 앞에서 조금 망설였다. 누나가 케이크를 좋아하진 않겠지만 분위기상 필요하다.

제과점 안으로 들어가 가장 작은 케이크를 샀다. 생크림이 덮인 고구마 케이크였다. 내 주문에 따라 초는 큰 것 세 자루와 작은 것 다섯 자루를 봉투에 넣어주었다. 역시 서울 사람은 눈치가 빨라지는 약을 먹는 모양이다. 제과점 아주머니도 예외는 아니었다.

-초를 보니 포도주가 필요한 거 아닌가요?

작은 와인이 사천 원이라고 했다. 파격적인 가격이다.

-예 와인까지 주세요.

케이크에 와인 값까지 계산했다. 가만히 짚어보니 현정누나의 생일에 과다 지출이 아닌가? 보통이가 세 개다. 노트북이 든 책가방을 메고 쇼핑백과 케이크 상자, 그리고 포장된 와인이 한 짐이었다. 골목길을 따라 올라가서 골든빌 앞에 섰다. 누나에게 전화를 해볼까 하다가 내 집 같이 들락거리라는 누나의 말이 생각나 그냥 비밀번호를 누르고 계단을 올라가 현관문도 오늘 날짜를 눌러 열고 들어섰다.

-그래 준혁이 오는구나.

-누나! 생일 챙겨줄 사람이 나밖에 없지?

-너 아니었으면 내 생일도 모르고 지나갈 뻔했다. 너무 고마워.

내가 미처 신발도 벗기 전에 누나가 맨발로 현관에 내려와 내 이마에 뽀뽀를 했다. 달콤한 입술이다. 신발을 벗고 올라서자 누나가 앉은뱅이 식탁을 펴서 거실 겸 침실 중간에 놓으며 중얼거렸다. 케이크도 샀네. 학생이 무슨 돈이 있어서? 누나는 방금 샤워를 끝낸 듯 촉촉한 머리를 하고 있었다.

앉은뱅이 식탁에 케이크를 올려놓고 초를 꽂았다

내가 초에 불을 붙이자 누나가 거실 형광등 스위치를 내렸다. 분위기가 A+! 물 좋고 정자 좋은 곳이 따로 없다. 물 좋은 곳에 정자는 짓기 나름이고 분위기는 만들기 나름이다. 내가 축가를 불렀다. 누나도 나직한 목소리로 따라서 불렀다. 단지, 싸랑하는 나의 누나~ 그 부분에서만 누나가 잠시 침묵했다. 촛불을 불기 전에 와인 병을 흔들어서 내가 땄다. 플라스틱으로 된 병뚜껑이 천장으로 튀어오르며 와인이 솟구쳤다. 나는 와인을 누나를 향해 쏘았다. 와인 세례를 받은 누나가 울먹이는 목소리로 나를 불렀다.

　-이렇게 황홀한 생일은 난생 처음이야. 너무 고마워…….

　웬 눈물? 누나는 울고 있었다.

　-누나! 왜 울어? 이렇게 물 좋고 정자 좋은데?

　-거문고 소리가 너무 아름다워서. 이렇게 과분한 대접을 받다니 꿈만 같…….

　눈물은 누나의 고운 볼을 타고 하염없이 흘러내리고 있었다. 이거 참 난처하다. 무슨 말인가를 해서 누나를 달래야 하는데 할 말이 궁하다.

　-누나? 왜 울어? 내가 누나 감정을 잘못 건드렸나?

　-아니야. 그게 아니야.

　-감정 관리를 방만하게 하면 안 된다고 했잖아? 근데 왜 울어?

　-유명대학 수재한테 이런 대접을 받아서……. 너무 황홀해서 눈물이 난다. 내 평생 이런 대접 처음이야. 나도 오늘이 내 생일인 줄 몰랐어.

　-울지 말고 선물도 펴봐야지?

　누나에게 쇼핑백을 내밀었다. 누나는 조금 떨리는 손으로 리본을 풀고 상자를 열었다. 누나는 아! 하는 감탄사를 뿜어내고 마음에 들어하며 팬티와 속옷을 펼쳐 보았다. 촛불 아래 비춰보고는 마음에 드는지 내게 물었다.

-너무 맘에 든다. 네가 있는데 입어 봐도 되겠니?

-누나가 울지 않으면 상관없어.

누나는 일어서서 옷을 모두 벗었다. 촛불이 너무 밝아 누나의 벗는 모습이 실루엣이 아닌 실체로 보였다. 누나는 옷을 다 벗어던지고 알몸으로 브래지어부터 걸치고 팬티를 입어보았다. 나는 그 모습을 고스란히 보고 있었다. 탄력 있는 몸매에 꼭 맞다. 이러고 싶진 않은데 욕정이 치밀도록 매혹적이다.

-정말 맞춤이네.

누나는 모델처럼 한 바퀴 빙 돌았다.

-이뿐 동생 우리 춤추자.

내 의사도 듣지 않고, 누나는 침대머리에 놓인 오디오 스위치를 올렸다. 늘 듣고 있던 노래인가? 오래 전에 유행한 음악이다. 캐니지의 색소폰 소리가 방안에 은은하게 울려 퍼지고 있다. 누나는 나를 일으켜 세워 얼싸안고 거실에서 춤을 추었다. 브래지어와 팬티차림으로. 춤을 추며 누나가 내 귀에 대고 속삭인다.

-군대 언제 갈 거니?

-이번 학기 마치고.

-내가 매주 면회갈게.

그러는 사이 내 비타민Q의 분출구는 90도를 넘어서고 있다. 염치없는 비타민Q를 분출하는 대롱은 자꾸 누나의 맨 허벅지를 건드리고 있다. 너무 보드라운 살결이다. 누나는 내 목을 감고 있던 팔을 풀고 조용히 내 앞에 꿇어앉아 내 허리띠를 풀고 지퍼를 내리더니 바지와 팬티를 한꺼번에 말아 쥐고 내렸다. 누나는 돌아앉아 케이크의 생크림을 한줌 손바닥으로 훑어서 내 비타민Q의 분출구에 발랐다. 그리고는 그것을 혀로 핥아먹기 시작했다. 아! 카사노바도 누리지 못했을 이 기분, 평생 잊지 못할 밤이다.

손님을 만나고 수경선배에게 연락을 한다고 했는데…….

아! 아! 110도를 넘어서고 있다. 그 때 내 머리를 훑고 가는 무엇이 있었다. 효미에게 마지막으로 같이 푼 문제. 아차, 그게 틀렸다. 괄호를 닫지 않고 그대로 열어서 풀었다. 그 문제가 틀렸다. 그런 게 왜 지금 생각나지? 내일 그 문제를 수정해 주어야겠다. 비타민Q에 묻은 생크림을 부드럽게 핥고 있는 누나의 축축한 머리 너머로 일렁이는 촛불이 아름답게 보이기 시작했다.

Q⟩42

현정누나랑 시간을 더 보내기가 껄끄럽고 민망할 것 같다.

누나가 샤워하는 동안 나는 옷을 입고 온다 간다 말도 없이 가방을 메고 나와 버렸다. 생크림으로 떡칠을 한 현정누나의 머리와 내 가랑이를 닦기에는 휴지가 불감당이라 발가벗은 누나와 함께 욕실로 들어갔다. 누나가 먼저 샤워기를 틀어 따스한 물로 내 몸을 구석구석 씻겨주었다. 누나는 내 몸을 씻겨주며 '몸매 좋다. 남자 몸은 이래야지'를 연발했다. 누나는 내가 군에 가면 매주 면회를 온다고 했다. 매주는 못 오더라도 한 달에 한 번 정도는 올 것이다. 내 군대생활도 따분하지는 않겠다는 예감이 든다. 언제든 짬이 나면 빠른 시일 내에 병무청에 가봐야겠다. 겨울방학을 시작하면 바로 입대할 수 있도록 계획을 세워야겠다. 밖으로 나오니 숙제를 마친 것처럼 깔끔한 기분이다. 시간을 보니 겨우 여섯 시 반이다. 수경선배의 번호를 눌렀다.

-선배 어디야?

-비타민Q? 일 있다더니 다 마쳤냐? 여기 서문 부근이야. 미령이랑 K대에 가서 동아리 흑백 사진전시회 보고 오는 길인데 서문에서 내렸

265

어. 뭐 먹을까 둘러보는 중이야.

　-선배 식당 정하지 말고 십 분만 기다려. 그 쪽에 내가 잘 아는 식당이 있는데 그 식당으로 가자구.

　-넌 지금 어디냐?

　-나? 투 스타 딸 수업, 아니, 지도 마치고 북문까지 바래다주고 돌아서는 참이야. 십 분만 기다려. 총알 같이 갈게.

　전화를 끊고 복장을 보았다. 괜찮다. 현정선배 생일이라 윗도리로 콤비를 입고 나오길 잘했다. 수경선배와 미령누나도 장난기가 심해서 솔직히 말을 하고 하늘 소풍으로 모셔가도 관계가 없겠다. 나는 가방에서 A4용지를 한 장 꺼냈다. 그리고 중국 현대사를 꺼내 매끈한 책을 받쳐놓고 길가에 쪼그려 앉아 정성을 다해 볼펜으로 적었다.

　"삼가 고인의 명복을 빕니다. 부디 극락왕생 하소서!"

　들고 보니 유려한 필체다. 나는 그것을 잘 접어 재킷 속주머니에 넣고 책과 볼펜을 챙겼다. 그리고 서문을 향해 외곽도로로 내달았다.

　수경선배와 미령누나가 서문 앞에서 기다리고 있었다. 복장부터 살폈다. 전시회에 다녀오는 길이니 옷차림이 무난하다.

　-잘 아는 식당이 어디냐?

　-떡과 고기, 국밥과 술을 프리하게 먹을 수 있는 곳이 있어요.

　-어느 식당인데? 뷔페냐?

　-하늘 소풍이라고…….

　말 끝나기가 무섭게 수경선배가 내 종아리를 걷어찼다. 금세 눈치를 늙은 모양이다.

-선배! 괜찮아. 내가 여러 번 연습과정을 거쳐서 단골이 된 식당이
야. 괜찮아요.

-정말? 그럼 한번 가볼까?

수경선배는 장난기가 동하는 모양이다. 미령선배는 아직까지 눈치
를 긁지 못했다. 수경선배의 객기가 발동되었다.

-근데 부의금을 내야하지 않니?

-준비했어요. 여기.

나는 주머니에 든 A4 용지를 선배에게 내밀었다. 선배가 그걸 펼쳐
보고 킥킥 웃었다. 그제야 미령누나도 감이 잡히는 모양이다.

-좋다. 가자.

-선배! 표정관리 잘 해야 돼요.

하늘 소풍 현관으로 들어섰다. 안내 전광판을 보니 오늘은 네 집이
다. 어느 빈소에 손님이 많을까? 전광판을 보고 적당한 빈소를 골랐
다. 고인으로 장근수(81), 상주로 동선, 동규, 동철이다. 나는 데스크에
있는 부의봉투에 내 이름을 적었다. 이번에는 유명대학 중어중문학과
김준혁이라 적고, 주머니에 든 A4용지를 넣어 재킷 속주머니에 넣었
다. 전과 동! 이 층으로 올라가니 화한이 즐비했다. 화한 끝에 빈소 입
구가 있었다.

예상대로 문상객이 상당히 붐비고 있었다. 빈소 안을 들여다보니 중
년 아저씨 한 분이 향을 올리고 절을 하는 중이다. 조금 기다렸다가 그

분이 나오는 걸 확인하고 빈소로 들어갔다. 미령누나와 수경선배가 엄숙한 얼굴로 따라 들어왔다. 내가 대표로 검은 리본이 걸린 영정사진을 한번 보고 꿇어앉아 향을 올렸다. 그리고 절을 두 번 올리며 뒤를 보니 수경선배와 미령누나도 절을 올리고 있었다. 그 다음 좌향좌를 해서 상주들과 맞절을 했다.

-뭐라고 위로의 말씀을…….

-준혁이 네가 어떻게 연락을 받았냐?

깜짝 놀랐다. 이게 누구야? 헉? 고등학교 때 수학을 가르치신 장동선 선생님이 맏상주다. 아휴, 침착해야 한다.

-아, 예. 그게 그. 문자 메시지가 들어와서…….

-그래? 같이 온 저 여학생들도 내 제자냐? 누군지 모르겠는데?

-아닙니다. 저희 학교 선뱁니다. 혼자오기가 좀 뭣해서.

-그래? 고맙구나.

선생님께 반절을 올리고 물러나며 부의함 봉투에 주머니에 든 봉투를 집어넣었다.

접견실로 나오니 상조회사 마크가 찍힌 앞치마를 입은 도우미 아주머니들께서 벌써 우리가 앉아야 할 자리에 음식을 날라놓고 그 쪽으로 안내했다.

-수경선배 세상 좁다. 어떻게 전광판을 보고 이름을 기억 못했지? 휴! 십년감수했네.

-비타민Q! 너 이 자식아, 실수했어. 그 부의봉투는 넣지 말았어야

지? 내가 조마조마하더라. 말리려는데 쏙 넣어버리더라구?

-아차, 조졌다. 선배! 이걸 어쩌죠?

-괜찮아. 선생님께서, 용돈이 떨어진 제자라고 이해하시고 너에게 용돈을 부쳐줄 수도 있어. 먹자.

시장했던 모양이다. 부의금 봉투의 내용물로 인하여 나는 걱정이 태산인데 선배와 누나는 잘도 먹는다. 쇠고기국밥을 먹고 수육 세 접시에 떡 한 접시 소주는 세병이나 비웠다. 먹으면서도 내내 마음이 찜찜했다. 과연 부의봉투를 보시고 용돈이 떨어진 제자라고 이해를 해주실까? 다시 일 층 현관으로 가서 봉투를 하나 더 가져와서 이만 원이라도 넣고 내 이름을 적어서 다시 부의함에 넣어드릴까?

고민하고 있는데, 빈소 입구에 고등학교 삼 학년 때 담임선생님을 비롯하여 여러 선생님들이 한꺼번에 들어오시는 게 보였다. 비타민Q는 일어서지 않을 수가 없었다. 잠깐만, 선배와 누나에게 손을 들어 보이고 빈소 입구로 나가서 선생님들께 인사를 드렸다.

담임선생님께서 내 어깨를 두드리며 나를 가장 반갑게 반기셨다.

들어오시는 선생님들께 인사드리느라 바빴다. 인사를 다 드리고 자리에 오니 선배와 누나는 또 수육 한 접시에 소주를 하나 더 따고 있었다.

-너 오늘 여기 안 왔으면 큰일 날 뻔했다?

-그러네요. 이왕 조진 거 술이나 먹어요. 야! 세상 정말 좁다. 근데 부의봉투를 어떻하죠?

-선생님께서 이해하실 거야. 술이나 먹어.

소주 두 병을 더 비우고 좌석에 앉은 선생님들께 일일이 인사를 드리고 밖으로 나왔다. 꼬리가 길면 밟힌다고 했는데 이런 식으로 밟힐 줄 몰랐다.

서문 밖으로 나오니 수경선배가 내 등을 다독이며 한마디 했다.

-정말 싸게, 아니 공짜로 잘 먹었다. 비타민Q 단골집 아주 멋있다. 자주 오자.

- 선배, 그리고 누나! 나 내일 병무청에 갈 거야!

-왜?

-입대 신청하려고, 방학하자마자 입대하려면 지금쯤 신청해야겠지요?

-야! 너 군대 가면, 우리는 심심해서 어쩌냐?

-면회 오면 되지? 매주 면회 와요. 누나와 선배는 그쪽 길로 올라가요. 나는 서문으로 들어갈게요.

오늘은 천국과 지옥을 왕복 달리기한 이상한 날이다. 꼬이려니까 하필이면 들어간 빈소가 선생님 빈소일 줄이야, 모르겠다. 될 대로 되라. 신경을 끊자.

법대 건물을 지나오며 생각했다. 아무래도 내일은 병무청에 가서 입대 신청과 절차를 알아봐야겠다. 아버지 몰래 신청을 해야지. 아버지께서 아시면 또 무슨 수를 써서라도 희숙 씨가 아버지 사단으로 배치시킬 것이다. 해병대나 특전사도 좋다. 아버지 손이 닿지 않는 먼 곳으로 도망을 가고 싶다. 그러나 너무 멀리, 전방으로 가면 현정누나가 면회를 어떻게 오지? 그것도 걱정이네? 그렇게 갈등하고 있는데 문자가 들어왔다. 법대 뒤 오솔길을 넘어설 때였다. 확인하니, 현정누나가 보낸 메시지였다.

∧∧* 너무 달콤한 생일이었어! 이쁜 동생 고마워!∧∧*

Q. 43

일요일이라 아홉 시에 연구실에서 효미를 만나기로 되어 있었다.

시간을 어지간히 맞추었는지 내가 숙사 식당에서 아침을 먹고 연구실로 가다가 복도에서 효미와 마주쳤다. 둘이 들어가 숙제 검사를 하고 문제풀이를 시켰다. 어제는 새벽 두 시까지 풀었다고 투덜거리며 문제를 중얼중얼 잘 풀어나간다. 그 동안 나는 투 스타의 책을 뒤지며, 어제 일어난 일들을 찬찬히 훑었다. 정말이지 예상 밖의 일들이 일어났다. 현정누나와 만난 것도 그렇고 하늘소풍에서 넣은 부의봉투가 못내 찜찜하다. 선생님께서 용돈이 떨어진 제자라고 이해하고 넘어가실까? 마음이 편치 않다.

점심시간이 되어 효미를 데리고 교내 식당으로 가려다가 효미가 문제풀이에 집중하고 있어서 시간을 아낀다고 자장면을 시켜 먹었다. 효미에게 집에 가지 말고 여섯 시까지 연구실에서 공부하라고 숙제를 빵빵하게 내어주고, 또 집에 가서 할 과학까지 숙제를 한 아름 안겨주고 병무청으로 갈 채비를 했다. 효미 주둥이가 또 한발이다.

-허리빵 오빠! 오후에 또 데이트지?

-그래! 국방부 장관 사모님과 불륜의 데이트다. 너도 좋은 대학 가서 유명 인사들과 데이트 실컷 하세요.

-그럼요. 그렇게 할 거예요. 불륜이 더 짜릿하죠?

문제집에서 눈도 떼지 않고 받아친다. 효미도 자주 보니 예쁜 구석이 있고 애교가 있다. 효미야 열공! 한마디를 던져두고 연구실을 나왔다.

병무청은 일요일에도 접수를 받는다고 했다. 병무청 위치도 코끼리 녀석을 통해 알아두었다. 지난밤 코끼리 녀석은 병무청 위치를 일러주며 뇌까렸다.

-일찍 다녀오세요. 고참님.

코끼리 녀석은 이 학년을 마치고 느긋하게 누룽지 한 사발을 마시고 가겠다고 팬티바람으로 새끼 코끼리를 닦으며 심드렁하게 말했다.

-군대에서 만나면 내가 얼차려를 엄청 주며 빵빵이 돌린다. 졸병으로 와서 나와 조우 안 되기를 부처님께 빌어라.

코끼리 녀석에게 엄포를 놓았다.

-만나면 고참으로 잘 좀 봐주세여.

심드렁한 목소리로 코끼리를 닦고 있었다. 저 자식은 아무래도 입대하면서도 코끼리를 안고 갈 녀석이다. 못 말리는 자식!

서울지방병무청은 영등포에 있었다.

처음이지만 찾는데 별 어려움이 없었다. 모병센터만 일요일에 근무하고 있었다. 모병센터에는 복잡하지는 않지만 학생들로 보이는 청년

들이 좀 붐볐다. 거의가 대학생들이고 복학 시기를 맞추기 위해 몰리는 모양이다. 입대 날짜가 잘 맞아떨어져야 전역하고 복학하는데 지장이 없다. 잘못하면 한 학기를 휴학하거나 코스모스 졸업이 된다. 입대 일자와 신검 일자가 적힌 안내문으로 인쇄된 모병계획서를 훑어보았다.

얼른 보아서는 잘 모르겠다. 육군 해군 공군 그리고 해병대 계획까지 다 받아서 찬찬히 뒤적이고 있는데 누가 손바닥으로 뒤통수를 철썩 때렸다. 어디를 가든 뒤통수가 온전한 날이 없다.

-어? 이 씹새 누구야?

-반갑다.

손을 내민 녀석은 바로 중국어에 능통한 고등학교 동기 규태 녀석이었다.

-너? 이 자식, 중국에 계속 눌러앉았으면 군에 안가도 되잖아? 여긴 지랄하려고 왔어?

-그러는 너는 웬 지랄로 왔냐?

-나야 입대 일자와 전역일자 맞추러 왔지? 코스모스 졸업하기 싫어서.

-둘이 아는 사이야?

옆에서 끼어드는 여자가 있었다. 어라? 이게 또 누구야?

-준혁 오빠! 어떻게 아는 사이야? 그제께 집에 왔다 갔다며? 엄마가 오빠 잘 생겼다고 난리더라.

예림이었다. 그러고 보니 규태도 K대에 다니고 있다.

-그러는 너희 둘은 어떻게 아는 사이냐? 오우! 감이 잡히는 군. K대 커플? 둘이 사귀냐?

-준혁 오빠 내가 먼저 물었다?

-이 자식은, 내 고등학교 동기야. 아니 반쪽짜리 동기. 이 자식 중국서 왔거든. 반은 중국 놈이야.

-그렇구나! 규태는 나랑 같은 과야. 서울 지리 모른다고 따라가자고 해서 촌닭을 따라 왔어.

-야! 잘 되었다. 상의 좀 하자.

나는 혼란스럽기 그지없는 모병계획서를 흔들었다.

-야! 점심은 처먹었냐?

-나? 방금 자장면 하나로 때웠다.

-우린 아직 점심 전인데 저쪽으로 나가자. 신중하게 생각하고 신청해야한다. 까딱하다간 국립 현충원으로 가는 수가 있어.

규태는 고등학교 졸업하는 날 보고 처음이다. 고등학교 때는 친했는데 서울에 있으면서 전화도 한번 없었다. 비타민Q는 어제 담임을 만난 이야기를 하며 수학선생님 부친상 당한 이야기, 왕손 선생님 이야기를 들려주며 걷다보니 영등포 시장 부근이었다. 재래시장 특유의 고리타분한 젓갈 냄새가 코를 찔렀다.

-너도 학교에서 숙사 생활을 하냐? 못 처먹어서 그런지 꺼칠하다.

규태 녀석이 어딘가 모르게 수척해지고 꺼칠해진 것 같아 물었다.

-아냐! 아버지 승진하셔서 본사로 들어오시는 바람에 우리 서울로 이사 왔어. 지금, 수유리에 살아. 야! 어디 들어가서 뭐 좀 먹자.

시장한지 규태 녀석이 허름한 돼지국밥집으로 나를 밀어 넣었다. 나는 점심을 먹었고, 돼지국밥 두 개를 시켜 안주 삼아 예림이와 셋이서 소주 한 병을 비우며 모병센터에서 받은 인쇄물을 뒤적이며 입대일자를 맞추고 군대 동기로 하자고 내가 제의를 했다.

규태가 동의했다. 그 말을 듣고 내가 손을 들자 녀석이 하이파이브를 했다. 같은 일자에 신검을 받고 같은 일자에 훈련소로 들어가는 걸로 합의를 보았다. 그 동안 빈 소주병이 세 개로 불어나고 화장실을 두 번이나 다녀왔다. 또 수육이 한 접시 더 추가 되었고 탁자에 소주가 한 병 불어났다. 훈련이 빡세고 군기가 엄하기로 소문이 났지만 해병대에, 대한의 싸~ 나이로서 지원하기로 결정을 보았다.

-개병대! 좋다. 개병대 가서 물개를 잡자. 귀신도 잡는데 물개를 못 잡겠냐?

-그럼. 물개는 수컷 한 마리가 암 컷 육천 수를 거느린단다.

-좋다 개병대! 물개 자지 따러가자.

-나? 유명대학의 비타민Q! 일명 카사노바다. 그 정도는 되어야지.

해병대에 지원서를 넣기로 합의되기까지는 술기운이 전혀 작용 하지 않은 것이 아니었다. 이제 가서 지원서만 작성하면 된다.

예림이는 끝까지 자리를 함께 했지만 싸~나이들 사이에서 군대에 대한 이야기에는 한마디도 끼지 못하고 듣고만 있었다. 우리가 개병대에 같은 일자로 지원하는 걸로 합의를 보고 다시 한 번 더 하이파이브를 하자 예림이가 잠시 화장실을 다녀왔다. 우리가 남은 소주를 비우고 일어날 쯤, 형에게 전화가 왔다.

-너 이 자식! 뒈지고 싶어 환장했어?

수화기 너머에서 형의 욕이 날아와 면상을 사정없이 후려갈겼다.

-아니, 형 무슨 일이야? 왜 그래?

-너 해병대에 지원한다며? 뒈지고 싶어 환장했냐? 내 당장 올라갈 거니까 기다려. 이 새끼가 사제 군기가 바짝 들어가지고⋯⋯. 뒈질라고.

그렇게 내질러놓고 형은 전화를 끊어버렸다.

비타민Q는 예림이를 쏘아 보았다. 저게? 매를 벌어요. 속으로 벼르고 있을 때, 예림이는 죽이려면 죽이라는 태세로 퍼질러 앉아 수육을 한 점 집어다 씹으며 능청을 떨었다.

-남자들은 군대 가니 좋겠네~ 씩씩한 개병대. 근데 수육이 되게 맛있다? 어쩜 이래 맛있지?

한 대 쥐어박고 싶은 순간, 또 전화가 왔다. 이번엔 아버지 전화다.

-너? 술 처먹고 객기로 해병대 지원서 낸다며? 뒈지고 싶냐? 중대 장이 너 만나러 올라갔으니까. 기다려라. 이 자식아, 알았나?

-아, 아니라카니까요. 아부지! 형한테 얘기해서 차 돌리라고 하세여. 생각 좀 해보고 다음, 그래요. 다음 주에 결정할게요.

-그래? 일단은 알았다. 이 자식이 뒈질라고 지 멋대로 지랄이야.

아버지는 난폭한 목소리를 폰에 내질러 놓고 전화마저도 난폭하게 끊었다. 이런, 결국 주둥이가 부지런한 예림이의 염색한 대가리에 비타민Q의 손바닥이 철썩 올라갔다.

쥐어 박히거나 말거나 예림이는 제 잔에 남은 소주를 마시고 수육을 우물거리고 있었다.

-아! 슬프다. 비타민Q는 물개 자지 따러 가고 싶은데.

규태는 무슨 영문인지 모르고 능청을 떠는 예림이와 씩씩거리는 나를 번갈아 보고 있었다. 엄마가 알면 육군으로 보내서 무슨 수를 써서라도 아버지가 근무하는 사단으로 배치를 시킬 것이다. 아, 슬프다. 육군 원사 김종식의 차남. 비타민Q는 군대도 제 마음대로 못 가는구나.

갑자기 일어난 일이라 무슨 사연인지 어리둥절해 하는 규태 녀석에게 사정없이 내질렀다.

-야! 서울 촌놈. 오늘 오입이나 한번 질펀하게 시켜주라.

옆 자리의 손님들이 다 들리도록 내지른 큰 소리였다. 물론 예림이가 들으라고 한 소리 한건데 옆 자리에 앉은 중년 사내 둘이 우리를 넘보고 있다.

-진짜로? 정말 오입하고 싶냐? 이 기분에?

-아니, 나 말고 저 물건.

일어서서 씩씩거리며, 아직도 수육을 우물거리고 있는 예림이를 손가락으로 가리켰다. 옆자리 손님들의 눈길에 예림에게 기울어지며, 하하하, 소리 내어 웃었다.

예림이는 우물거리던 수육을 재떨이에 슬며시 뱉어놓고 고개를 팍 숙였다. 쾌재를 울리고 있을 때 고개를 숙이고 있던 예림이가 느닷없이 식탁 위의 숟가락을 내 얼굴로 집어던졌다. 쨍그랑, 파열음을 내며 숟가락은 내 안경알 한 쪽을 박살내며 콧등을 때리고 발등 위에 떨어졌다. 애꾸눈으로 보니 예림이가 잔뜩 약이 오른 얼굴로 씩씩거리고 있었다. 규태는 멍한 눈으로 우리를 살피며 중국어로 한마디 했다.

-뚜이 부치! 콰이 야오 파 펑 러. (미안해! 미치겠다.)

-야! 발음 좋다. 괜찮아, 미치지는 마라. 아무 일 아니야. 예림이는 내 동생이야.

비타민Q는 애꾸눈으로 규태의 등을 한번 토닥여 주었다. 개병대는 아무래도 개가 물 건너간 기분이다.

규태녀석을 다시 앉히고 술상을 다시 봐서 예림이를 달래주고, 규태 녀석의 음성으로, 이백의 장진주將進酒나 월하독작月下獨酌을 중국어로 한 수 들어봐야겠다. 그걸 들으면 분위기가 완전히 바뀔 것이 분명한데 영문학을 전공하는 녀석이 아직까지 그런 당시를 줄줄 외고 있을지 모르겠다.

-규태야. 이백의 장진주나 월하독작, 한 수 읊어봐라. 듣고 싶었다.

부서진 안경은, 한쪽 알만 바꾸면 되겠다. 깨어진 안경을 벗어 가방에 넣고 예비로 가지고 다니는 뿔테로 된 안경을 끼는데 규태가 말했다.

-제대로 욀 수 있을지 모르겠다. 한 번 해보지. 까짓 거.

Q,44

규태가 새로 차려진 술상 앞에서 당시를 성조에 맞추어 멋지게 읊조리고 있다. 시의 운율은 저래야 한다. 맞은편에 앉은 손님들도 규태의 운율에 귀를 기울이고 있다. 나는 그들에게 소리치고 싶었다. 너희가 풍류를 아느냐고.

예림이는 성질이 좀 누그러졌는지 나에게 물었다.

-오빠! 저 시가 무슨 시야?

규태의 낭송을 들으며 나직하고 다정하게 물었다. 예림이도 듣기 좋은 모양이다.

-너 기분 좀 풀렸냐? 이태백의 장진주라는 시야.

규태는 장진주를 외우고 또 월하독작을 중국어로 외우며 그 풀이를 중간 중간에 한국어로 추임새를 넣었다. 기가 막힌 분위기다. 옆 자리에 앉은 중년 사내들이 희한한 구경거리가 생겼다 싶은지 자리에서 귀를 기울이고 있다. 규태의 낭송이 끝나자 옆에 앉아 귀를 기울이던 손님들이 박수를 쳤다.

그 순간 문자 메시지가 날아왔다. 형의 문자지 싶어 대수롭잖게 확인했다.

풍경소리 박철민선배 사망. 우리대학병원 장례식장 속히 집합

-이게 무, 무슨 소리야? 사고가 아니라 사망이라구?

누구라도 이런 장난을 칠 수는 없다. 잘못 본 것인가 싶어 다시 문자를 훑어보았다. 다시 훑어보았지만 그렇게 적혀 있었고 문자를 보낸 이는 동아리의 회장 재호선배다. 단체문자로 날린 메시지다. 어떻게 이런 일이 있을 수가……

엊그제 대선배가 하는 중소기업의 연구실장으로 간다고 야심차게 포부를 밝혔는데, 사망이라니? 소름이 오싹 끼치고 술이 확 깨는 기분이었다. 시계를 보니 다섯 시가 넘었다. 아마도 교통사고인 모양이다.

-야! 나 지금 가야 된다.

-왜? 분위기 딱 좋은데 무슨 일이야?

비타민Q는 폰을 내밀어 문자를 규태에게 보여주었다.

-박철민이 누군데?

-동아리 전 회장이야. 나를 엄청 총애했거든. 나 지금 간다. 이게 무슨 일인지 모르겠다.

그렇게 흘러놓고 가방을 챙기고 급하게 밖으로 나와 지나가는 빈 택시를 탔다. 지하철역까지 걸어갈 시간이 없다. 무슨 일일까? 택시 안에서도 관심은 그쪽으로 쏠려 있었다. 궁금해 미칠 지경이었다. 택시는 서문 앞에 도착했다. 택시에서 내려 급하게 하늘 소풍으로 들어섰다. 현관에는 준호선배를 비롯한 동아리 선배들과 얼굴을 모르는 철민선배의 과 동기들이 둘러서서 웅성거리고 있었다. 아직 빈소가 차려지지 않은 모양이다. 나는 준호선배를 물고 늘어졌다.

-무슨 일입니까?

-나도 모르겠어. 이놈의 취업대란이 엘리트 한 명을 전사시킨 모양이야.

-철민선배, 중소기업 연구소 실장으로 가기로 되었잖아요?

-그게 말이다. 어제……. 덕기선배님께 연락이 왔는데, 원청회사는 노조에서 파업 들어가서 납품이 중단되었고 엎친 데 덮친 격이라고. 철민이가 참여하기로 했던 그 프로젝트가 검토한 은행에서 부적격 판정을 받아 대출이 어려워졌대. 덕기 선배님도 막막하겠지! 그래서 철민이에게 사정 얘기를 하고 좀 기다리라고 한 모양이더라. 어제 저녁에 철민이가 찾아왔는데 조급해서 죽겠다고 괴로워하더라. 어제 같이 술을 좀 먹었어. 그 때 내가 눈치를 긁었어야 했는데……. 우울증 기미가 엿보였어. 그거 무서운 건데……. 우울증은 유서도 안남긴대잖아? 아이구, 이 빌어먹을 자식!

-그럼 자살입니까?

-잘 모르겠지만 그런 거 같아.

그 때 경찰 두 명이 안치실에서 나왔다. 준호선배가 그 경찰을 잡고 사고 경위에 대해 물었다. 준호선배도 방금 도착한 모양이다. 오후 세 시에 노래방에 쓰러져있는 것을 노래방 알바생이 발견하고 119로 연락하여 바로 옆의 우리 학교병원 응급실로 옮겼는데 이미 숨이 멎었다고 했다. 아무래도 부검을 해봐야 알겠지만 혈압강하제를 다량 맥주에 타서 음독한 것으로 추정된다고 했다. 노래방에서 혈압강하제 플라스틱 빈 통, 두 개가 발견되었다고 하며 그 플라스틱 병 하나를 보여주었다.

-신상은 파악되었으니 이건 유족에게 전해주시죠. 우리는 들어가서 조서를 꾸며야 해요.

두 명 중의 젊은 경찰이 준호선배에게 건넨 것은 철민선배의 지갑이었다. 준호선배는 그것을 받아들고 경찰이 묻는 대로 임시 보호자로서 준호선배의 신상과 전화번호를 일러주었다. 카메라를 쥐고 있는 것으로 미루어 경찰은 철민선배의 사체에 대해 사진을 다 찍은 모양이다. 그럼, 하고 돌아서는 경찰을 준호선배가 불러 세웠다.

-잠깐만요. 어느 노래방입니까?

-저 위에 있는 24시 노래방에서 그랬습니다.

-유서 같은 거라도 발견되지 않았습니까?

-유서가 있으면 우리야 간단하죠. 보통 우울증은 유서를 남기지 않는 특징이 있습니다. 충동적이라는 얘기죠. 또 다른 특별한 사항이 있으면 연락드리겠습니다.

그렇게 사무적인 말만 딱딱하게 흘러놓고 경찰들은 갔다. 준호선배도 무슨 일을 어떻게 처리할 줄 모르고 우왕좌왕하다가 철민선배의 지갑을 뒤졌다. 주민등록증, 학생증, 운전면허증, 두 장의 신용카드 그리고 지폐 몇 장이 들어있었다.

준호선배는 지갑에서 학생증과 운전면허증을 빼서 나에게 주며 말했다.

-비타민Q! 너 이거 가지고 나가서 영정사진으로 확대 좀 해 와라.

내가 할 일은 그 뿐이었다. 서문으로 나가 사진관을 찾아보니 사진관은 공교롭게도 사고가 났다는 24시 노래방과 붙어 있었다. 사진관으로 들어가 학생증과 운전면허증을 보이며 어느 사진이 확대를 하면 선명하게 나오겠냐고 물었다. 사진관 주인은 운전면허증을 집어 들고 확대하는데 삼십 분 정도 걸린다고 기다리라고 했다.

잠시 기다리다가 밖으로 나와 옆 건물의 24시 노래방으로 올라갔다. 카운터에 주인으로 보이는 남자가 지키고 있었다. 손님은 아무도 없는지 조용했다. 조용하다기보다는 썰렁했다.

-아까 사고가 난 방을 한번 봐도 되겠습니까?

-마시던 술과 쓰레기통은 경찰들이 가져갔고 벌써 청소를 다했는데 뭐 볼 게 있남? 저 쪽 삼 호실이야. 볼 테면 한번 보라구.

노래방 주인은 껄끄럽게 말했다. 삼 호실 문을 열어보니 깨끗이 청소가 되어 있었다.

-내 생각으로는 취업을 비관한 자살인 거 같아. 오후에 근무하던 알바생이 지금 퇴근하고 없는데, 그 녀석 말로는 그 학생이 한 시쯤 혼자 들어왔대. 첫손님으로, 그리고 피처를 하나 시켜서 주었더니 혼자서 노래를 부르더라는 거야. 노래를 부르는데 들어보니, 굉장히 쓸쓸한 노래만 골라서 부르더라는 거야. 그러더니 또 피처를 하나 더 추가 시

컸대. 그리고 한참 노래를 부르다가 한 시간이 넘게 조용해서 술에 취해 잠이 든 줄 알고 그대로 두었다가 노래방 요금이 많이 나올까봐 깨우러 들어갔는데 축 늘어져있더라는 거야. 그래서 119를 부르고 나에게 연락을 했더라구. 그 다음에 경찰들이 와서 마시던 술과 쓰레기통까지 다 가져가버렸고. 이거 경기가 안 좋아 장사도 안 되는데 소문나면 문 닫게 생겼어. 노래방에서 맥주를 팔았으니 벌금도 왕창 나올 거고. 그러나 저러나 동생이라니 참 안됐다. 그 학생 유명대학 학생이지?

-예.

-유명대학 출신이 취업문제로 자살하는 사태까지 이르렀으니 나라가 망조가 들었지. 나도 대기업 다니다가 이 나이에 명퇴했어. 그러나 저러나 정말 안됐다. 유명대학 출신이 취업문제로 자살하기에 이르면 신문에 날 일이지.

더 알아볼 게 없다. 들을 건 다 들었다. 사진관에 들러 조금 기다렸다가 액자가 된 사진을 찾아들고 영안실로 왔다.

영안실에는 그 사이에 수경선배며 혜정누나를 비롯해 동아리 회원들과 철민선배의 과 동기들이 2호실 빈소를 차지하고 망연자실 앉아 있었다. 아무 준비가 되지 않은 빈소 제단에 사진을 올려놓자 모두들 눈이 그 사진으로 쏠렸다.

내 눈에는 눈물이 볼을 타고 하염없이 흘러내렸다. 철민선배의 모친과 여동생이 오려면 두 시간 이상 걸릴 게다. 그 때 준호선배가 어딘가에서 온 전화를 받고 망연자실 앉아 있는 좌중을 향해 말했다.

-마시던 맥주에서 다량의 혈압강하제가 검출되어 부검 없는 자살로 처리되었고, 장례를 치러도 좋다는 검사지휘서가 떨어졌다네. 담당 경찰의 전화야. 아, 씨부랄 세상! 취업이 사람 잡았네. 정말 대란이다. 취업대란! 이런 난리가 있나?

말을 끝내고 준호선배가 손바닥으로 벽을 치며 통곡했다. 아무도 말리지 않았다. 모두가 미쳤다. 이 자리에서 미치지 않을 사람은 아무도 없다. 장례식장의 직원이 검은 리본을 들고 와서 내가 가져다 놓은 철민선배의 사진이 박힌 액자에 리본을 달아 완전히 영정사진으로 만들었다.

-장례절차에 대해 상의해야 되는데…….

영안실 직원은 혼잣말로 슬쩍 말꼬리를 흘리며 빈소 밖으로 사라졌다. 현실감이 일지 않아 빈소에서 벽에 등을 기대고 맥없이 앉아있는데 영정 제단에 외로이 올라앉은 철민선배가 비타민Q를 하염없이 내려다보고 있다. 비타민Q! 선배가 지어준 별명이다. 선배의 사진을 올려다보며 소리쳤다.

-선배님! 취업대란이라는 전쟁터에서 총구를 거꾸로 대고 방아쇠를 당긴 겁니다. 차라리 머리나 깎지, 죽긴 왜 죽어요.

상주 골짜기에서 유명대학에 합격했다고 모교 교문과 동네 입구에 현수막이 걸릴 정도로 화려하게 입학했던 수재가 취업으로 인한 비관 자살로 졸지에 영정사진으로 변해 빈소 제단에 얹히는 세상이다. 누구를 씹고 어디에다 눈을 흘겨야 하나?

영정사진 뿐, 아무것도 준비되지 않은 쓸쓸한 빈소에는 흐느끼는 소리가 여기저기서 들리고 있었다. 우리 시대의 취업대란을 대변하는 아포리즘이 바로 저 흐느낌이다. 이 시대를 누가 책임져야 하는가?

또 소리 지르고 싶었다. 그렇게 매사에 적극적이던 선배를 저렇게 영정사진으로 돌변시키는 이 개 같은 시대! 선배를 살려놓으라고, 책임질 놈이 누구냐고.

아무데나 대고 미친 듯이, 미친 듯이 마구 소리 지르고 싶었다. 수경 선배는 벽에 이마를 박고 큭큭 흐느끼고 있다. 정말 환장하겠다.

이홍사(본명 이종률) 작가 약력

1960년 구미 출생.
중앙대 예술대학원 문예창작 수학
한국소설 신인상 수상
매일신문 신춘문예 소설부문 당선
창작집 「잘난배꼽」
소설집 「高」
소설집 「아버지는 맞아도 싸요」
소설집 「달빛여인숙」이 있다.

비타민 Q

2013년 10월 18일 발행
2013년 10월 25일 1쇄

지 은 이 / **이홍사(이종률)**
펴 낸 이 / **윤현호**
펴 낸 곳 / **뿌리출판사**
홈페이지 / **www.rootgo.com**
E-mail / bp1115@naver.com / root1115@daum.net / rootgo@dreamwiz.com
주   소 / 서울시 성동구 성수 2가 3동 275-29 대군인더스타운 802호 우편번호 / 133-831
전   화 / (代)2247-1115, 466-4516, 팩 스 / 466-4517
출판등록 / 서울시 등록(카) 제 1-551호 1987.11.23

*잘못된 책은 바꾸어 드립니다.
*인지는 저자와의 협의에 의하여 생략합니다.